Le carnet maudit

Elie Hanson

Les Éditions
Goélette

Le roman que vous vous apprêtez à lire est une pure fiction.
Toute ressemblance avec des personnes existantes ou ayant existé
ne serait que le fruit d'un hasard. Toutefois, certaines dates et faits
touchant à la Première Guerre mondiale sont les résultats de recherches
dans les archives et la documentation relatant la guerre de 14-18.

Graphisme : Katia Senay
Révision, correction : Sophie Ginoux, Geneviève Rouleau
Crédits photos : ShutterStock

© Éditions Goélette, Elie Hanson, 2011

Dépôt légal : 2ᵉ trimestre 2011
Bibliothèque et Archives nationales du Québec
Bibliothèque nationale du Canada

Les Éditions Goélette bénéficient du soutien financier de la SODEC
pour son programme d'aide à l'édition et à la promotion.

Nous remercions le gouvernement du Québec de l'aide financière
accordée par l'entremise du Programme de crédit d'impôt pour
l'édition de livres, administré par la SODEC.

ASSOCIATION
NATIONALE
DES ÉDITEURS
DE LIVRES
Membre de l'Association nationale des éditeurs de livres.

Imprimé au Canada

ISBN : 978-2-89638-910-0

À Gaston Livoir, qui a participé
aux deux Grandes Guerres, en France.
À mon oncle H., que la guerre a traumatisé.
Merci à tous les deux de m'avoir inspiré par vos écrits et vos récits.

Pour un monde sans guerre.

Carte du Nord-est
de la France

Lille

Nord-Pas-
de-Calais

Amiens

Picardie

Châlons-en-
Champagne

Metz

Alsace

Strasbourg

PARIS

Île-de-France

Lorraine

Champagne-
Ardenne

Franche-
Comté

Bourgogne

Dijon

Besançon

Chapitre 1
Débarquements

20 mai 1915 – Marquion, nord-est de la France

Au réveil, on a distribué à chacun cent cartouches et des vivres pour deux jours, ce qui représente la moitié de la ration habituelle. On nous a expliqué que c'était par souci de légèreté !

Puis, nous avons dû marcher sur une dizaine de kilomètres, portant vingt kilos sur le dos, avant d'atteindre les postes avancés. Pas une mince affaire que celle-là !

Nous devons prendre la relève d'une compagnie décimée par les troupes ennemies.

Nous sommes arrivés en fin d'après-midi, au point de ralliement, un terrain vague à l'entrée nord du village de Cantaing-sur-Escaut. Sans aucune protection, nous avons dû nous creuser des tranchées à la hâte. Chacun à son tour montait la garde pendant qu'un autre creusait.

« Plus vite ! Dépêchez-vous ! Ils ne vont pas tarder à nous canarder ! » répétait le sergent.

Une fois les tranchées creusées et sans autre directive, il nous a fallu rester en position, terrés jusqu'à nouvel ordre.

En début de soirée, on nous a finalement ordonné de partir vers le nord. À l'arrivée au point de ralliement, le village Fontaine-Notre-Dame, le sergent-chef nous a indiqué que l'ennemi avait fait une brèche dans les lignes des troupes alliées. La nuit venue, il a fallu tenir nos positions et monter la garde. Nous étions de nouveau à découvert et j'ai trouvé cela singulier. Heureusement, il n'y avait pas d'ennemis en face !

21 mai 1915

Au lever du jour, nous avons avancé de quelques centaines de mètres pour reprendre possession des tranchées abandonnées. En approchant, la puanteur des cadavres nous a saisis. On enjambait des corps en putréfaction. Notre corvée était de restaurer les tranchées. Un travail d'autant plus pénible que les odeurs étaient particulièrement nauséabondes. J'avançais presque en apnée...

Les travaux finis, le train-train habituel est revenu, entre le rafistolage des vêtements et la récupération de rations alimentaires, d'armes, de cartouches et de munitions diverses sur les cadavres.

Arrivé au poste qui m'avait été désigné dans la tranchée, j'ai profité d'un moment d'accalmie pour manger un morceau afin de tenir le coup et de me préparer pour mes tours de garde, pendant la nuit.

On commençait à s'habituer à la puanteur, qui ne nous empêchait plus de manger. J'ai donc ouvert la boîte de conserve, ignorant ce qu'il y avait dedans. En raison du manque de budget et de l'éloignement de la ligne de commandement, on recevait à peine l'équivalent de deux repas par jour. Les supérieurs ne cessaient de nous rappeler que nous étions privilégiés : la population civile, elle, ne mangeait que des navets et du pain rassis tartiné de saindoux.

La boîte ouverte, une autre odeur que celle de la mort m'a enveloppé. Je commençais à l'apprécier, malgré les maigres rations et la qualité médiocre des gamelles servies, quand on avait la chance d'avoir des repas chauds. Ce jour-là, c'était de la viande en conserve, un mets de qualité, avec des biscuits durs !

Malheureusement, mon casse-croûte a été interrompu par le début des tirs. Les balles des fusils et les obus d'artillerie pleuvaient. L'air était irrespirable, chargé de poudre et de soufre. Des blessés et des morts : de notre côté, Pierre Bergeron, Yvon Beauchamp, Marcel Lavallée.

Il a fait exceptionnellement froid cette nuit-là, malgré le brasier des explosions qui nous entourait. Et dire qu'on était en plein mois de mai !

22 mai 1915

Les tranchées dans lesquelles nous tenons nos positions sont peu profondes et comportent des évitements, surmontés de revêtements de sacs de terre, séparés par des plaques d'acier crénelées qui servent de garde-corps.

J'ai fait mon tour de garde durant trois heures, puis je suis revenu à ma place m'assoupir deux heures avant ma prochaine ronde, à six heures du matin.

À l'aube, j'ai été réveillé par un bruit bizarre quelque part sur ma droite. Une sorte de raclement répétitif, assorti de cris et de hurlements étouffés. Un soldat ennemi s'était-il faufilé dans nos tranchées ? En raison de la proximité des canardeurs embusqués, il nous est interdit d'allumer briquet ou lampe. J'ai donc avancé à tâtons, fusil et baïonnette en avant. Je me suis enfoncé dans les abris souterrains, creusés sous les tranchées de soutien...

15 octobre 2007 – France

Le train me déposa sur le quai de cette gare du bout du monde, en Argonne. Deux autres passagers débarquèrent, comme moi. Je boutonnai ma veste jusqu'au cou, pour me protéger de l'air glacé qui balayait le quai. L'effet du décalage horaire n'arrangeait rien. Mon horloge biologique était réglée à l'heure québécoise : 6 heures plus tôt. J'étais épuisé !

Je m'avançai vers la sortie. L'état des murs révélait l'âge reculé de cette gare presque abandonnée, alors qu'elle était un point névralgique pendant la Première Guerre mondiale. Arrivé au portail, je scrutai les alentours, puis j'extirpai de mon sac à dos un vieux cahier d'écolier aux pages jaunies et racornies… Les inscriptions et les croquis ébauchés par l'oncle Houde semblaient fidèles à la réalité : à droite le bureau de poste, à gauche la boulangerie et, au milieu, le Café-tabac de la gare. Il ne manquait que les carrioles et les chevaux.

J'avais déjà parcouru des milliers de kilomètres depuis Montréal, mais le vrai voyage ne faisait que commencer.

J'étais à bout. Après sept heures de vol sans avoir pu fermer l'œil, une heure d'attente à la douane de l'aéroport Paris-Charles-de-Gaulle et trois heures de train jusqu'en Argonne, ce n'était toujours pas fini… Je devais encore trouver un endroit où dormir. Je poussai la porte du Café de la Gare. À cette heure-ci, quelques individus au comptoir sirotaient un café.

Je laissai tomber mon sac à terre.

– Un café double serré s'il vous plaît! lançai-je en direction du gaillard derrière le comptoir.

Un silence de mort s'installa. D'un seul coup, je sentis une quarantaine de paires d'yeux scruter mes lèvres.

– Vous avez l'air d'être en visite dans notre belle région, l'ami, vous parlez comme Céline Dion!

– Ben ouais, je suis Québécois, confirmai-je en jetant un regard par-dessus mon épaule. J'avais vu juste: la plupart des clients me fixaient, intrigués par mon accent étranger.

– D'ailleurs, pourriez-vous m'indiquer où se trouve l'Infotouriste? ajoutai-je.

– À cinq heures, l'office de tourisme est déjà fermé. Mais peut-être pourrais-je vous aider?

– J'aimerais me trouver un café-couette.

– Vous n'aurez pas tellement le choix, mon ami. Nous avons une auberge ou, comme vous l'avez appelée, un «café-couette», dit-il en désignant d'un doigt boudiné une belle bâtisse en pierres de l'autre côté de la rue. Ils ont une excellente réputation, seulement il faut réserver des mois à l'avance!

Je m'impatientais, la fatigue me rendait irritable.

– Sinon, ajouta-t-il en passant l'index sur sa moustache, il y a l'Hôtel du Commerce. Le proprio est mon ami: je peux vous recommander, vous ne serez pas déçu.

– Il est certain que j'aurais dû m'y prendre à l'avance, mais pensez-vous que là, il y aura de la place?

– Je vous dis que c'est mon ami, il suffit que je lui passe un coup de fil... Un instant! ajouta-t-il en me servant un café.

Puis, il s'empressa de téléphoner. Un sourire lui fendait le visage lorsqu'il raccrocha quelques minutes plus tard.

— Tout est réglé, ils vous attendent, fit-il avec un clin d'œil complice.

Je déposai un billet de cinq euros sur le comptoir.

— Laissez, monsieur, c'est la maison qui offre, on ne reçoit pas tous les jours des Québécois dans notre café, protesta-t-il.

Puis, le dénommé Michel me raccompagna à la porte et m'expliqua comment rejoindre l'hôtel qui, heureusement, se trouvait à une centaine de mètres de là. C'était une vieille bâtisse jaune, probablement du même âge que la gare. Magané, j'y traînai mon sac.

À l'arrivée, la chambre numéro 4 m'attendait.

— Bienvenue à l'Hôtel du Commerce! s'exclama la jeune réceptionniste en me tendant une clé. Je pris congé dès le paiement effectué, pour aller dormir. L'ameublement de la chambre était sommaire, témoignant de l'ancienneté des lieux : un lit avec un téléviseur à son pied, deux petites fenêtres, une tapisserie jaunie par le temps, une moquette grisâtre et élimée.

Je m'allongeai cependant sur le lit, qui gémit sous mon poids. Les draps semblaient propres, mais la chambre sentait le renfermé. Je sombrai dans le sommeil et rêvai, une fois encore, au carnet de bord de l'oncle Henri, tellement décousu.

« *Nos déplacements sont fréquents. À la dernière minute, on nous ordonne d'embarquer dans des camions en file indienne. Ces caravanes avancent à l'aveuglette, une fois la nuit tombée, et les véhicules se tamponnent régulièrement. Usés par la rouille, le manque d'entretien et les éclats d'obus, ils cahotent lourdement. Par quel miracle roulent-ils encore ?* »

* * *

Je me réveillai quelques heures plus tard, complètement déboussolé. Où étais-je ? Il faisait nuit noire ; ma montre indiquait 20 h 30 et la faim me tordait l'estomac. J'avais donc récupéré. Je téléphonai à la réception, on m'apprit que l'hôtel ne servait pas de repas. Aucune possibilité non plus de se faire livrer une pizza, pas même un sandwich. Il me fallait sortir.

– Pouvez-vous me conseiller un endroit où manger ?

– Le Café de la Gare ! suggéra la réceptionniste.

– Il n'y a rien d'autre dans le coin ? demandai-je, pensant qu'ils se renvoyaient l'ascenseur entre commerçants…

– La boulangerie ferme vers 18 heures et ici, à moins que vous n'ayez une voiture, rien n'est plus proche que chez Michel, répondit-elle.

Je lui tournai le dos et la gratifiai d'un merci rapide. Je sortis de l'hôtel. Les rues étaient désertes, me rappelant celles de Montréal pendant une série de hockey… Après quelques minutes de recherche, je me rendis à l'évidence : il n'y avait aucun autre restaurant ouvert que le Café de la Gare. Michel, fidèle au poste, m'accueillit avec un grand sourire. Je fus à moitié surpris d'être le seul client. Je m'approchai du comptoir et m'assis sur le tabouret devant lui.

– Alors, aimez-vous votre chambre d'hôtel ?

– Oui, merci d'avoir contacté l'hôtelière, elle m'a donné une belle chambre, mentis-je. Que me proposez-vous au menu ?

– Je n'ai que de la bavette à l'échalote et des pommes de terre sautées.

Je passai la commande et, en attendant d'être servi, j'appris que Michel ne préparait qu'un plat unique, puisque les habitants du village évitaient de sortir le soir. S'ils devaient le faire, ils ne se déplaçaient surtout pas à pied…

Je regardai le restaurateur travailler. Il avait l'air sorti d'une bande dessinée : un quinquagénaire de grande taille, bedonnant, et portant un tablier badigeonné d'huile, de café et de toutes sortes de sauces. Presque chauve, il camouflait sa calvitie soigneusement, à l'aide d'une mèche épaisse rapportée du côté gauche et plaquée sur le sommet de son crâne.

– Et qu'est-ce qui vous amène dans notre belle région ? Le tourisme, j'imagine ? demanda-t-il en déposant une assiette devant moi.

– Oui, voilà, confirmai-je, espérant qu'il s'en tiendrait là. L'arôme des patates sautées et de la viande à l'échalote m'exaltait.

– Excusez-moi si je suis curieux, mais comment se fait-il que vous soyez venu jusqu'ici sans réserver d'hôtel ?

– Mon voyage s'est décidé rapidement. L'agence m'avait assuré que je n'aurais pas de problème pour me loger en basse saison.

– Et pourquoi la région de l'Argonne ?

Ses questions étaient envahissantes.

– À vrai dire, je viens rendre visite à une connaissance, un ami de la famille.

– Si une personne du village était allée au Québec, je l'aurais su, rétorqua-t-il avec malice en passant son doigt sur sa mince moustache.

– Il ne s'agit pas de Français en visite au Québec, mais d'un Québécois, de ma parenté qui... dirais-je... vous a rendu visite, il y a ben longtemps.

* * *

Je n'oublierai jamais le jour où ma famille et moi avons vidé la maison de l'oncle Henri. Je devais prendre soin du grenier et ne fus pas déçu.

Grand-oncle Henri, un ami de la famille, avait dû passer les dernières années de sa vie dans une maison de santé, puisqu'il n'avait plus toute sa tête. Il était néanmoins très attachant. Je le considérais comme le grand-père que je n'avais jamais eu. Si j'ai choisi de poursuivre une carrière artistique, c'est grâce à lui, à son âme d'artiste. Dans ses moments de lucidité, il m'avait appris comment tenir un crayon de couleur et un pinceau, comment peindre et fabriquer des merveilles de mes propres mains. On l'appelait « l'Artiste ». C'était un homme très sensible, que les atrocités de la Première Guerre mondiale avaient complètement changé. Il en était revenu avec les cheveux blancs, alors qu'il n'avait qu'une vingtaine d'années. Au dire de ma mère, s'il avait survécu, c'était en s'accrochant à la vie avec une détermination féroce ! Mais elle ne donnait pas plus de détails sur les horreurs qu'il avait vécues... Lui non plus d'ailleurs.

Ma mère m'avait également raconté avec quelle insistance et quelle détermination l'oncle Henri ne cessait de répéter qu'il avait « une mission à finir là-bas », comme si, quelque part, il avait voulu y retourner.

Je montai les marches qui menaient au grenier et découvris une grande pièce, dont la surface correspondait à celle de la maison entière, encombrée de poutres, de poussière et de toiles d'araignées. L'endroit m'offrait un spectacle insolite : un amoncellement de livres sur des étagères rudimentaires. Il y avait là des centaines de volumes enchevêtrés. Au milieu de ce capharnaüm, une grande table antique trônait, supportant des tonnes d'ouvrages éparpillés. Au-dessus, une lampe pendait. Je m'approchai et tirai sur une chaînette métallique, allumant l'ampoule aux lueurs timides. Des livres anciens et récents se côtoyaient dans un joyeux méli-mélo ; certains étaient encore ouverts, comme si quelqu'un n'avait pas achevé sa lecture et avait quitté les lieux précipitamment.

Dans ce fouillis, je découvris des coupures de presse, des notes manuscrites et des croquis qui ressemblaient à des hiéroglyphes, des pictogrammes ou des symboles qui m'étaient inconnus.

Qu'est-ce que l'oncle Henri faisait de tout cela ? Je savais certes qu'il adorait lire, mais découvris avec surprise qu'il menait des recherches historiques et apprenait une langue ancienne. Pourtant, il disait toujours des étrangers qu'ils n'avaient qu'à « apprendre not' langue, le français », la considérant toujours avec fierté par rapport à l'anglais ou à toute autre langue.

Je décidai de conserver ses livres, malgré leur nombre infini. J'avais profité de l'espace qu'offrait le sous-sol de la maison de ma mère, où j'habitais à l'époque, pour stocker ce bazar. Pendant mes temps libres, je m'attelais à la tâche ardue de les classer par thème, puis par ordre alphabétique. Mais ce n'était pas chose aisée.

Je découvris des théories plus farfelues les unes que les autres. Quelques-unes semblaient pourtant crédibles et certains ouvrages étaient intéressants. De nombreuses coupures de journaux relataient des phénomènes inexpliqués qui s'étaient déroulés au Canada ou à l'étranger et qui présentaient un ou plusieurs points communs : l'évocation de vortex d'énergie ou d'êtres hybrides, voire paranormaux. Je ne distinguais plus le vrai du faux, d'autant plus que certains des événements relatés étaient anciens.

Tout cela restait incompréhensible pour moi. Y avait-il un rapport entre le vécu de l'oncle, ses études et l'altération de sa santé et de son état mental ? Existait-il un lien entre ces éléments ?

Un jour, alors que ma mère et moi étions allés le voir, l'oncle Henri était assis dans son fauteuil, face à la fenêtre. Il avait tellement maigri qu'il ressemblait à un épouvantail décharné, flottant dans son pyjama gris à rayures bleues, les yeux dans le vide.

Physiquement il était là, mais son esprit était ailleurs. Il était perdu dans ses pensées. De temps à autre, son regard se posait sur un cahier racorni, qu'il tenait sur ses genoux.

– Bonjour, Henri, fit ma mère, de sa voix mélodieuse.

L'oncle Henri nous regarda à peine.

Je décidai de le provoquer :

– Vous avez une formidable collection, mon oncle !… Je ne savais pas que vous vous étiez intéressé aux langues anciennes.

Toujours le même silence de sa part.

Ma mère me regarda d'un air interrogatif, cherchant à savoir où je voulais en venir, puisque je ne lui avais pas encore parlé de ma découverte.

– J'ai vu vos pictogrammes, continuai-je. Aussitôt, son regard changea, il sembla revenir à la réalité. Il me fixa de ses yeux clairs comme du cristal, mais je fus incapable de discerner ses émotions. J'avoue, ajoutai-je, que c'est surprenant de voir que vous écriviez avec des symboles !

À cet instant précis, le comportement de l'oncle Henri commença à changer : il écarquilla des yeux terrifiés, se mit à trembler et commença à se balancer de l'avant vers l'arrière. Ses mains étaient crispées si fortement sur son cahier qu'il devait avoir mal aux articulations. Des gémissements s'échappèrent de sa bouche.

Je me sentis mal à l'aise d'avoir provoqué une telle réaction. Je ne savais plus où me mettre.

– N'aies pas peur, oncle Henri. Il n'y a pas de danger. Personne ne te veut de mal ! On ne te fera aucun mal ! voulut le rassurer ma mère d'une voix calme et apaisante. En vain. L'oncle Henri lâcha finalement son cahier, serra les poings et les porta à ses oreilles en poussant des petits cris aigus.

Ma mère s'agenouilla auprès de lui.

– Ne t'inquiète pas, oncle Henri, intervint-elle en caressant le dos de sa main. Tout va bien ! Il n'y a plus de danger. Il n'y a que moi et mon fils, Alain. Nous sommes ta famille. Tu t'en souviens, n'est-ce pas ?

La voix familière de ma mère commença à faire son effet. Les poings de l'oncle s'abaissèrent, son balancement ralentit et ses plaintes se réduisirent à une sorte de ronronnement grave.

Une fois calmé, ses yeux gris opaques retournèrent à son cahier. Un bourdonnement presque imperceptible sortait encore de sa bouche. Ce n'était qu'un murmure, une faible turbulence rappelant certaines psalmodies. Cependant, on y détectait quelques mots : « Disparus… avalés… Morts, ils sont morts. Et mon tour viendra. »

Lentement, l'oncle Henri releva la tête et regarda ma mère de ses yeux vides. Il s'éloignait à nouveau, on le sentait. Il replongeait en lui même. Ma mère continua de lui parler à voix basse. Elle lui chanta même une berceuse, tout en caressant doucement ses mains osseuses pour l'aider à se détendre. Mais son moment de lucidité avait disparu. Si on pouvait peut-être considérer ses psalmodies comme de la vivacité, elles n'étaient qu'éphémères… Il était trop loin.

Quelques minutes plus tard, nous sortions de sa chambre. En avançant dans l'allée du jardin bordée de bosquets fleuris, je tournai la tête et aperçus mon oncle, seul dans son fauteuil, devant la fenêtre, fixant toujours l'horizon… Son horizon. Ce fut la dernière fois que je le vis vivant.

Je me promis alors d'élucider le mystère qui avait changé sa vie.

Après sa mort, j'ai récupéré son carnet de bord et l'ai ouvert dans un mélange de crainte et d'excitation.

15 septembre 1914 – Valcartier

Je me souviendrai toujours de la visite de M. Lessard, le maire du village, à la maison. « La patrie a besoin de vous ! » avait-il déclaré.

Je l'ai questionné : « Et pourquoi ? Que se passe-t-il, monsieur le Maire ? »

Il m'a répondu : « Tu ne lis pas les journaux, Henri ? L'Angleterre est en guerre contre l'ennemi de la France, l'Allemagne. Notre devoir est d'aider nos frères et nos cousins.

– Mais nous nous trouvons à des milliers de kilomètres de la France, monsieur le Maire, la guerre ne nous touche pas et ne nous atteindra jamais, ai-je rétorqué.

– On a tous prêté serment au roi, Henri, ne l'oublie jamais ! Et puis, avec l'aide des armées d'Angleterre, ce sera comme une partie de chasse. Quelques mois et tu seras de retour à la maison.

– Mais…

– Y a pas de « mais » qui tienne, Henri ! Penses-y. Te rends-tu compte qu'avec la paye que tu auras, tu pourras revenir t'acheter une terre ou te faire construire une maison, ou même les deux ? Ton avenir sera garanti, petit ! m'avait-t-il promis d'un air paternel.

Je lui avais alors demandé si son fils Martin allait partir pour la guerre, lui aussi. Il m'avait répondu :

– *Martin est encore trop jeune, tu le sais bien et puis, il est tout le temps malade. Mais dès qu'il ira mieux, je l'enverrai pour sûr.*

Monsieur le Maire, cet homme avide et mesquin, a ainsi embobiné plusieurs d'entre nous. C'est à croire qu'il touchait une commission sur le nombre de gars qu'il allait convaincre de s'engager. Plusieurs jeunes ont salivé en l'entendant parler de la paie. Soixante-quinze sous par jour! Ça dépassait de loin ce qu'on pouvait gagner dans les champs. Surtout que je n'aimais pas le travail de la ferme. Labourer la terre, traire les vaches, faucher le blé... Moi, j'aimais mieux peindre, tailler une statuette dans un morceau de bois, lire un beau poème, chanter à la belle étoile ou, tout simplement, admirer un coucher de soleil en m'imprégnant du silence...

On nous a promis une hausse de 25 sous par jour après la période d'entraînement. Et encore, 10 à 15 sous comme allocation de campagne, une fois envoyés hors du pays. Le moment de l'engagement est venu... De longues files d'attente... Des examens médicaux assez brefs. Ça m'a rappelé comment on examine les bêtes avant de les acheter. Un coup d'œil dans la bouche. Le stéthoscope qui touche à peine la poitrine, pour vérifier l'état des poumons. Il ne fallait surtout pas embarquer de tuberculeux, mais on fermait les yeux sur d'autres tares.

Quelques gars avaient des défauts physiques ou des maladies qu'ils ont dissimulés pour être intégrés à la milice.

Par la suite, nous avons été transférés à Valcartier. Notre période d'entraînement devait durer quinze semaines, mais elle a été écourtée en raison de l'urgence de la demande de renforts sur le front. Il était prévu qu'on s'exerce à tirer sept demi-journées dans le champ de tir. Cela s'est donc soldé par quatre demi-journées où nous avons tiré quinze coups chacun, sur une distance de cent et deux cents verges, mais nous n'avons pas pu tirer sur trois cents verges, comme on nous l'avait expliqué au début de la période d'entraînement.

La formation de la milice s'est donc faite rapidement, dans une ambiance bon enfant. Un esprit de camaraderie s'est vite instauré entre nous et nous sommes persuadés que nous allons botter le cul des Allemands.

18 septembre 1914

Avant de retourner une fois pour toutes au campement, le cœur gros, j'ai eu une courte permission de quarante-huit heures.

J'ai vu Pauline... Dès mon retour au village, je me suis approché de sa maison. Elle a réussi à me retrouver, quelques instants plus tard, dans la grange où on a l'habitude de se voir. Notre rencontre a été trop courte à mon goût... mais si intense! On s'est promis de se revoir le soir même, avant mon départ. Mes parents, eux, cachaient tant bien que mal leur tristesse. En prétendant que j'étais fatigué, j'ai réussi à m'éclipser pour rejoindre ma belle Pauline, une dernière fois.

20 septembre 1914

La séparation n'a pas été chose simple... Les larmes de Pauline, les pleurs et les prières de ma mère, tandis que mon père se mordait les lèvres pour s'empêcher de pleurer à son tour. Les hommes, ça ne pleure pas...

C'est le jour du grand départ. Nous avons reçu l'ordre de monter dans des trains en direction de Québec, avant d'être transférés par navires en France... ou en Angleterre. Personne ne sait où nous allons! J'ai remarqué que nos supérieurs laissent planer le doute volontairement en diffusant des informations contradictoires. Sécurité oblige!

22 septembre 1914 – Québec
Après deux jours de voyage, nous avons atteint les quais. Trois navires nous attendaient. Fierté de la patrie!

23 septembre 1914 – Québec
Nous n'avons toujours pas embarqué. Nous avons appris que d'autres navires doivent partir de Montréal et nous les attendons ici. Le décompte des troupes est effectué plusieurs fois par jour, le commandement général craignant que des soldats faussent compagnie aux troupes.

Des bruits circulent à propos des conditions lamentables dans lesquelles l'embarquement précédent s'est déroulé. On nous cache la vérité. On croirait que notre montée à bord a été laissée au hasard. C'est la grande confusion: les unités montées (cavalerie) sont arrivées de Québec par la route. Nous autres, les soldats, on a fait le trajet par chemin de fer et nous sommes arrivés deux jours plus tard, le train ayant fait plusieurs arrêts prolongés, pour des raisons qu'on ignore.

D'un côté, les conditions de transport des soldats sont très déplaisantes et de l'autre, les unités montées ont moisi dans les navires, en attendant notre arrivée. De plus, nous n'avons pas pu embarquer tant que nous n'avions pas reçu les ordres du directeur du transport.

24 septembre 1914
Une fois à bord du Manhattan, *il a fallu débarquer notre unité et la remplacer par une autre, moins nombreuse,*

en raison du manque d'espace. À l'inverse, d'autres navires n'étaient pas assez chargés et on a dû y embarquer du matériel supplémentaire, de l'eau et de gros galets qui devaient servir de lest. La bonne affaire !

Le manque d'hygiène et l'attente interminable rendent les hommes fébriles. Les odeurs de sueur, de mazout, de vidanges et d'iode se mélangent. La situation sur les quais du port est confuse, ce dont nous ne sommes pas fiers du tout.

Les mouettes dessinent des figures dans le ciel d'azur, tout en poussant des cris stridents. Sont-ce des cris d'encouragement ? Veulent-elles nous mettre en garde et nous empêcher de partir ?

10 octobre 1914 – Le port de Saint-Nazaire, sur le golfe de Gascogne, à l'embouchure de la Loire

Nous voilà enfin arrivés à destination, une quinzaine de jours après notre départ. Paraît que le choix du port a été fait en fonction de l'avancée des troupes allemandes, qui menacent le port du Havre et celui de Boulogne, situés plus au nord. Le port de Saint-Nazaire, qui servait essentiellement aux civils, a été réquisitionné par l'armée, qui l'utilise comme principale base maritime du corps expéditionnaire britannique, dont nous faisons maintenant partie.

Nous sommes donc arrivés après une traversée en mer dans des conditions plus que difficiles. Nous n'étions pas vraiment préparés pour affronter la pleine mer et nous avons pourtant essuyé une tempête ! Les vagues ont fait tanguer le navire comme une feuille d'arbre dans le tourbillon d'une cascade. À tour de rôle, la moitié des gars a vomi !

Arrivés en France, nous avons dû décharger nous-mêmes le matériel, les chevaux et les armes. Aucune installation n'était prévue dans le port pour ça.

Les quartiers-maîtres nous ont distribué des vêtements chauds, des foulards et des mitaines de laine. « Faut ajouter ça au paquetage. Vous en aurez besoin plus tard », ont-ils précisé. À chaque étape, l'attente est interminable et épuisante. Enfin, nous avons eu l'autorisation d'embarquer dans les trains, mais la gare étant située à un mille de là, il a fallu y aller à pied !

Tout ceci n'était rien, en comparaison au trajet en train... interminable ! On a longé la Loire jusqu'à Angers, au nord de Saint-Nazaire. Puis, nous avons franchi la Seine au niveau de Rouen et traversé la Somme, toujours vers le nord. Nous avons finalement longé la côte, en passant par Boulogne et Calais, avant de repartir vers Hazebrouck, plus au sud. Ce trajet a duré quarante-trois heures ! Quarante-trois heures dans un train, assis à ne rien faire !

Enfin, notre laborieux voyage en chemin de fer s'est terminé... Nous avons rejoint nos cantonnements, dans les Flandres françaises, à l'est de Hazebrouck.

Chacun a reçu sa dotation en literie, un ben grand mot pour désigner cinq livres de paille par homme et par semaine. Dire que je faisais la fine bouche à propos de ma couche à la maison, parce qu'elle était fourrée de vieilles guenilles !

20 octobre 1914 – Hazebrouck

Affreux temps. Le froid s'installe peu à peu. Les routes sont pilonnées régulièrement pour empêcher nos troupes d'avancer. Chaque déplacement devient de plus en plus pénible. Les crevasses de la route sont profondes de trois ou quatre pieds, parfois même de cinq. Et l'eau qui n'arrête plus de tomber du ciel ! Sur le sol, de la boue partout. Nos pieds, nos jambes et nos cuisses s'y enfoncent. On dit même que des hommes s'y sont noyés.

Pauline, ma douce, où es-tu ? Chaque moment que je passe loin de toi est un calvaire.

Depuis la visite du grenier de l'oncle Henri, j'avais multiplié les recherches sur la Première Guerre mondiale et obtenu des informations absentes des livres d'histoire. J'avais rencontré différentes personnes : des militaires à la retraite, des militaires encore actifs, des psychologues et des psychiatres.

Quand j'évoquais certains des points cités dans le cahier et dans les manuscrits de l'oncle Henri, mes interlocuteurs avaient une réaction assez prévisible : ils me regardaient d'un air perplexe, ce qui en disait long sur ma crédibilité et leur sympathie pour l'état mental altéré d'Henri.

J'avais donc décidé de diriger mes recherches vers une autre voie et d'aller chercher l'information à la source. Le comportement de l'oncle Henri avait changé après son retour de la Première Guerre. Son isolement volontaire, son silence, sa tristesse... Tout s'était passé en Europe, quelque part en France ou en Belgique, voire dans les deux pays. J'ai donc décidé de me rendre directement sur place. Qui plus est, un nom était mentionné dans le coin supérieur gauche de la couverture du cahier d'Henri : docteur Régis de Mont Chevrier, sans précision supplémentaire. Pas de date, pas d'adresse non plus. Mes recherches sur Internet révélèrent qu'il s'agissait d'un spécialiste en psychiatrie, qui pratiquait en France, dans la région de l'Argonne.

J'avais noté ses coordonnées et composé le numéro de téléphone inscrit sur la fiche personnelle du médecin. Une voix féminine et chaleureuse m'avait répondu :

— Cabinet du docteur de Mont Chevrier, comment puis-je vous aider ?

— J'aimerais rencontrer le docteur s'il vous plaît.

— Je n'ai pas de disponibilité avant un mois. Êtes-vous référé par un confrère ?

— En fait, je voudrais voir le docteur Régis de Mont Chevrier. Est-ce bien son cabinet ?

— Vous êtes bien à son cabinet, mais le prénom du docteur est Nicolas, pas Régis. C'est son fils, il pratique la même spécialité.

Elle me précisa que le docteur Régis était décédé depuis des années. Je fus déçu, mais pas surpris. Le scénario était prévisible. La dame me suggéra de tenter ma chance avec le docteur Nicolas.

— C'est que je voudrais le voir au sujet d'une affaire personnelle, expliquai-je candidement.

— Tout le monde vient consulter pour des affaires personnelles, plaisanta-t-elle.

— Ce que je veux dire, c'est qu'il ne s'agit pas d'une consultation pour moi-même, mais j'aimerais des explications sur la dégénérescence que mon oncle a vécue. Mon oncle était peut-être un patient de Régis de Mont Chevrier.

— Vous savez, monsieur, même si le docteur Régis était de ce monde, il ne pourrait pas vous répondre, à cause du secret professionnel...

— Écoutez, madame, je vous appelle du Québec. Mon oncle est décédé après avoir vécu des événements inexpliqués. Je voudrais mettre en lumière les causes de sa dégénérescence mentale.

– J'avais bien remarqué votre accent. Voyez-vous, cette information complique un peu les choses puisque dans le cas du décès d'un patient, seul un procureur a le droit d'ouvrir son dossier médical. Nous sommes toujours tenus de garder le secret professionnel.

– C'est que…

– Écoutez, vous me paraissez bien sympathique, je vais donc faire de mon mieux pour vous aider ! Comment s'appelait votre oncle ?

Je lui donnai son nom. Elle me mit en attente quelques instants et me revint avec sa réponse :

– Merci pour votre patience, j'ai de bonnes nouvelles ! J'ai vérifié avec le docteur. Vous avez de la chance, car il accepte de vous recevoir après la fermeture du cabinet. Pourriez-vous venir au cours de la semaine prochaine ?

J'indiquai à la secrétaire que j'y serais le mercredi suivant et la remerciai de ses efforts. Je pris en note l'adresse et les indications pour me rendre au cabinet médical. Les préparatifs du voyage furent considérablement restreints par cette décision. Il faut dire que je n'avais pas anticipé un tel voyage. Finalement, cet appel m'avait rendu service, en m'obligeant à prendre le taureau par les cornes. Je communiquai aussitôt avec une agence de voyages pour essayer de trouver un vol de dernière minute. Il me fallait arriver au plus vite en Argonne afin de me préparer au rendez-vous avec le docteur. Deux jours plus tard, je me trouvais sur un vol à destination de Paris.

* * *

Après une courte nuit, je me levai de bon matin, pour obtenir des informations supplémentaires sur les réalités ou les anecdotes historiques de la période de la Grande Guerre.

J'étais conscient que la tâche ne serait pas facile, les participants à la Première Guerre mondiale ne devant plus courir les rues. Mais j'étais certain que des histoires avaient été transmises de père en fils. Au pire des cas, je pourrais consulter les archives locales, qui contiennent souvent des renseignements sur les combats qui diffèrent de ceux qui sont consignés dans les registres internationaux.

Il était 10 heures. Je passais devant le Café de la Gare. Michel, sur le pas de la porte, me fit un signe de tête.

— La nuit a-t-elle été calme, monsieur Alain, avez-vous bien dormi ?

— Oui, quoique pas suffisamment à mon goût. Je ne suis pas tout à fait remis du décalage horaire.

— Voulez-vous faire un tour dans le village avec moi ? Je prends une pause. On pourrait faire une petite promenade ensemble.

— Je ne voudrais surtout pas vous déranger et puis, s'il vous plaît, laissez tomber les « monsieur », vous pouvez m'appeler par mon prénom : Alain.

— Dac. Comme vous voulez, mon ami Alain.

D'un air enthousiaste, il me fit signe de le suivre.

Nous marchions côte à côte lorsqu'il se retourna vers moi :

— Dites-moi Alain… Une certaine hésitation se faisait sentir dans sa voix. Si ce n'est pas trop indiscret de ma part, puis-je vous demander à qui vous venez rendre visite ?

J'avais fait sa rencontre tout juste vingt-quatre heures plus tôt et je ne voulais pas lui dévoiler mes secrets de famille. Il était trop curieux, ce qui est souvent le cas dans les petites bourgades.

– Je vous ai expliqué hier que mon oncle connaissait du monde dans le coin.

– Je vois que vous ne me faites pas confiance. Mais ce n'est pas grave. Je voulais juste vous proposer de l'aide, si jamais vous en aviez besoin, rétorqua-t-il avec une pointe de déception.

La situation était délicate et je ne savais pas si je pouvais faire confiance au premier venu.

– Disons que, pour le moment, j'aurais surtout besoin de connaître les moyens de transport locaux.

– Il n'y a que l'autobus régional qui circule en journée, selon des horaires irréguliers. Disons que le matin et vers 16 heures, c'est-à-dire aux heures de pointe, il passe toutes les quinze minutes. Par la suite, les circuits s'espacent jusqu'à devenir inexistants en milieu et en fin de journée.

– D'accord, j'en prends note ! Merci.

– Et, comme je vous l'ai raconté, les habitants n'aiment pas s'attarder dans les rues après le coucher du soleil… Quand ils sortent, c'est toujours en voiture, ajouta-t-il après un moment d'hésitation. C'est plus pratique, plus fiable… et, surtout, plus sûr.

– Donc, si je comprends bien, je dois me trouver une auto de location.

– Oui, sauf que le bureau de location le plus proche est à trente kilomètres d'ici.

– De mieux en mieux, commentai-je avec une pointe de sarcasme.

– Mais Michel a toujours la solution ! répondit-il d'un air narquois. J'ai une vieille Peugeot 205 que je peux vous louer pour bien moins cher. Un prix d'ami, quoi !

– J'imagine qu'elle n'est pas automatique ?

Il secoua la tête tout en riant grassement.

– Non… Vous ne trouverez pas d'automatique ici, mon ami. Cette Peugeot est un bijou, elle ne consomme presque rien et elle est très fiable !

– OK, on y va pour la 205 alors.

Il me fallait une carte géographique de la région pour faciliter mes déplacements. Michel m'en prêta une, petite, présentant les routes principales et départementales, en attendant que je m'en procure une autre plus complète.

Finalement, je me décidai à le mettre un peu dans la confidence, car sans son aide, mon arrivée dans ce pays aurait été plus difficile.

– À vrai dire, Michel, j'ai un rendez-vous mercredi, avec un médecin qui n'habite pas très loin de votre village.

– N'avez-vous pas de médecin au Québec ? demanda-t-il avec une pointe de malice dans la voix.

– C'est un peu compliqué. Je peux juste vous dire que c'est un médecin qui a connu une personne de ma famille durant la guerre de 1914-1918.

24 décembre 1914

À la veille de Noël, nous sommes une vingtaine, entassés dans une mauvaise sape. Cette nuit de Noël est bien triste… bien pénible, même. Le premier Noël loin de ma famille… loin de Pauline. Je ne cesse de penser à elle. Son visage me revient à chaque minute. Que ne pourrais-je endurer rien que pour partager ma vie avec elle ?

La neige tombe à gros flocons, remplaçant progressi-vement les flaques d'eau croupie çà et là, dans le champ de bataille et dans les tranchées. Les visages sont tendus, les regards, éteints et le décor, monstrueux... Voilà une ambiance de fête !

4 janvier 1915
J'ai reçu une lettre de Pauline. Elle s'ennuie de moi. Et moi, donc ? Ce qui m'inquiète, c'est que Martin la demande chaque jour en mariage. Jusqu'à quand résistera-t-elle ? Elle reste vague sur le sujet, comme si elle me préparait doucement à la mauvaise nouvelle.

Mes parents vont bien ; ils m'envoient régulièrement des lettres d'encouragement. Ils prient pour moi et allument un lampion de temps à autre, à l'église.

Nous autres, sur le champ de bataille, avons entendu des rumeurs sur des actes de fraternisation dans certaines tranchées du front d'Artois. J'ai cru comprendre que des Français et leurs alliés, ainsi que les Allemands d'en face, ont décidé de faire une trêve temporaire pour la nuit de Noël. Est-ce possible ? Sachant que d'autres sections n'ont reçu que des obus en guise de cadeaux. Oublier tous les morts, trinquer et échanger du tabac et du vin... avec l'ennemi ? Si cela est vrai, est-ce que le conflit se terminera rapidement ? Allons-nous déposer les armes pour de bon ?

26 février 1915
À bien y penser, je crois que ce qu'on a entendu sur la trêve momentanée n'est que foutaise. Les combats sont aussi sauvages qu'avant. Encore plus barbares, même. Pas de répit. Et le rêve de rentrer prochainement au pays s'est

vite envolé ! Nous recevons un nombre incalculable d'obus, non loin des tranchées, quand ce n'est pas sur la tête, tous les jours, à chaque heure et presque à chaque minute.

Finalement, nous avons reçu l'ordre de nous déplacer vers le sud pour remplacer la septième division anglaise, sur un autre secteur du front.

28 février 1915

Nous nous sommes mis en marche vers Sailly-sur-Lys (c'est l'une des rares fois où on a connu d'avance notre lieu de destination). Nous sommes entrés sur les lignes de front dès notre arrivée là-bas.

J'oubliais… La veille du départ, nous avons reçu la visite du général commandant de brigade pour nous encourager et nous demander de ne pas nous mettre en danger inutilement. Il a déclaré : « Perdre sa vie sans nécessité, c'est priver l'État d'un bon soldat ! »

Faut garder les hommes pour le bien de l'État, pas pour le nôtre ! En tout cas, ces messages-là ont au moins le mérite de remonter le moral des soldats.

3 mars 1915

Je profite d'un moment d'accalmie pour continuer mon journal. Cela me permet de m'évader de la réalité et des horreurs du champ de bataille.

Nous avons appris qu'un bataillon de Canadiens français a été formé vers la fin de l'année dernière. Ces braves jeunes achèvent leur période d'entraînement et devraient nous rejoindre bientôt. Mais nous n'avons pas de date précise. Il serait temps que des troupes viennent prendre la relève ou, du moins, nous donnent un coup de main.

*Mais pourquoi n'ai-je plus de nouvelles de Pauline ?
Que lui est-il arrivé ? Aurait-elle épousé ce maudit Martin ?*

9 mars 1915
*La routine de l'armée exige la rédaction de divers
rapports. Les plus importants sont ceux qui sont établis matin
et soir par toutes les unités au combat. Chaque compagnie
doit dresser quotidiennement un bilan de sa situation
administrative pour la distribution des vivres. Nous tenons
aussi des rapports de patrouilles, sur l'avancement des
travaux, sur l'état des munitions et l'état des pertes.*

*Le corps du Génie est chargé des travaux d'entretien et
d'amélioration. Il a la responsabilité de réparer les fils de
fer qui bordent les tranchées et d'élargir leurs réseaux dans
l'obscurité. Des hommes de corvée effectuent ces travaux.
Notre compagnie n'y a pas échappé.*
*Je me souviens de la dernière fois... On a dû effectuer
cette corvée dans des conditions plus que pénibles, dans
la noirceur totale. Nous sommes rentrés avec de sérieuses
blessures aux mains. Parfois, il arrive même que nous
perdions un homme ou deux pendant la manœuvre.*

*Les troupes des deux camps ont fabriqué des viseurs,
appelés « périscopes », pour observer l'ennemi sans se lever
ni exposer son corps aux tirs adverses. Nos hommes ont
trouvé une façon ingénieuse de faire du tort aux soldats d'en
face, en tirant sur leurs périscopes. On inverse la douille de
la balle, on la fixe avant de tirer le coup, puis on vise. À
l'impact, la balle fait un éclat plus important et endommage
la vue et la figure du soldat d'en face.*

10 mars 1915

Vers 7 h 30, par une aube grise et froide, nos canons ont recommencé à tirer et l'artillerie canadienne a bombardé les positions allemandes en face d'elle.

Lorsque le bombardement a atteint le village de Neuve Chapelle, à 8 h 05, l'infanterie, installée trois milles à gauche, a ouvert des rafales de tir rapide à intervalles de quinze minutes. Ça a duré toute la journée.

À la tombée de la nuit, on a appris que l'opération avait réussi mais que l'attaque reprendrait le lendemain matin.

11 mars 1915

Neuve Chapelle a été prise dès 10 heures. Et la première phase s'est presque terminée au milieu de l'après-midi. Malheureusement, profitant d'un moment d'accalmie, les Allemands ont amené des renforts et installé leurs mitrailleuses de façon à pouvoir arroser le terrain au nord et à l'est du village.

Lorsque les Anglais ont repris leur marche, vers 6 heures du soir, ils ont été accueillis par un feu si dense qu'ils ont dû rebrousser chemin. À la noirceur, avec la brume, leurs unités se sont désorganisées. Puis, ils ont dû renoncer à leur avancée. Un ordre leur a été donné de consolider la ligne qu'ils avaient atteinte. Ils n'avaient alors réalisé qu'une progression de 3 600 pieds sur un front de 12 000.

Pendant la nuit, des troupes de renfort allemandes ont établi, à l'aide de fils de fer, une nouvelle ligne sur toute la largeur de la brèche. Ainsi, lorsque l'infanterie britannique a attaqué, le matin du 11, elle a été reçue par des tirs de fusils et de mitrailleuses venant de tranchées qui n'avaient pas été repérées à l'avance.

12 mars 1915

Les unités ont commencé les attaques dans la matinée.

Dès le milieu de l'après-midi, des messages enthousiastes ont circulé, annonçant la prise de certaines positions stratégiques et la capture de prisonniers allemands. À la tombée de la nuit, les nouvelles ont été confirmées : bien que les Allemands aient réussi une contre-attaque qui nous a d'abord empêchés d'effectuer la progression espérée, ils ont finalement été repoussés.

Sur notre front, la situation demeure inchangée et rien n'indique que les Boches vont évacuer leurs tranchées.

Nos troupes se trouvent dans un état de grande fatigue. La plupart des soldats sont ahuris, certains d'entre nous n'ayant pas dormi depuis trente-six heures.

On a reçu l'ordre de consolider la ligne qu'on avait atteinte et de maintenir nos positions, en défensive. Puis, nous avons repris notre train-train habituel.

10 avril 1915

Il fait toujours froid. On nous a distribué des tricots fabriqués par de braves Canadiennes. Ces gilets sont utiles aux soldats. Nous sommes heureux d'avoir enfin un vêtement pour nous réchauffer le corps... L'humidité permanente traverse nos os jusqu'à la moelle.

12 avril 1915

Notre escadron de Canadiens français a été envoyé pour soutenir des troupes françaises. Il est vrai que le fait de parler français nous donne un avantage par rapport aux Canadiens anglais. On sert plus ou moins de tampons entre les Anglais

et les Français. On nous place, quand les circonstances le permettent, à des postes clés du champ de bataille.

D'ailleurs, nous n'avons toujours pas de nouvelles concernant l'arrivée des troupes du nouveau bataillon de Canadiens français. Il faut croire qu'on n'a pas écourté leur période de formation.

En attendant, sur ma gauche, se trouvent les tirailleurs sénégalais. Cette compagnie est composée surtout de Noirs d'Afrique. Je les plains, les pauvres... Ça leur fait un sacré changement de température! J'ai fait la connaissance de Diouf, un gars très gentil et très serviable, malgré ce qu'on nous raconte sur eux, soi-disant tous des sauvages!

Diouf m'a raconté, dans son français teinté d'un accent particulièrement fort, qu'il vient de Côte-d'Ivoire. À eux aussi, on leur a promis monts et merveilles! Une bonne paie et un bel avenir pour leur famille... Surtout que lui, il en a de la famille: deux femmes et une grappe d'enfants! Le même discours est donc utilisé partout dans le monde, dès qu'il s'agit de recruter des jeunes pour les envoyer affronter les canons!

Chapitre 2
Avis médical

17 avril 1915

Des bruits courent sur l'éventuelle utilisation par les Allemands de gaz chimiques mortels. Pourtant, les états-majors français nient la rumeur...

Des prisonniers allemands, pris par la dixième armée française postée en face de la crête de Vimy, prétendent que du gaz asphyxiant a été déposé dans les tranchées du secteur de Zillebeke. Les soldats allemands des premières lignes, munis de masques à gaz, ont en effet reçu l'ordre de lâcher les gaz dans les tranchées adverses.

Nous ne savons plus qui croire...

22 avril 1915

Ce matin, jeudi, il a fait beau et frais. Le soleil levant dissipait un léger brouillard matinal.

D'habitude, les Boches commencent leur séance de matraquage vers 6 heures du matin. Pourtant, on n'entendait aucun bruit, mauvais présage.

Mais quelques heures plus tard, l'artillerie allemande a repris ses bombardements de plus belle et ça risque de durer toute la journée. Ils ne sont certainement pas à court de munitions.

Quelques avions allemands nous survolent de temps à autre… N'y a-t-il personne pour les abattre? Ces oiseaux de malheur indiquent nos emplacements exacts à l'ennemi, ce qui permet à l'artillerie allemande d'ajuster ses tirs à la perfection.

23 avril 1915

Notre capitaine s'est informé auprès des magasins militaires de la division sur la possibilité de nous fournir des « musique à bouche » et des cartes à jouer, pour améliorer l'ordinaire dans les tranchées et nous permettre de nous détendre dans cet enfer. J'ai été choisi pour aller chercher les « ruine-babines » dans les lignes arrière, avec Bernard Duquette. Notre excursion au magasin de la division augurait bien. Nous sommes partis tous les deux vers 15 h 30. Nous avons eu la chance de voir autre chose que la ligne de front, la proximité de l'ennemi et l'enfer des tranchées. Cela ne nous protégeait pas contre les obus qui auraient pu nous tomber sur la tête à tout moment, les bombardements n'arrêtant presque pas.

Sur le chemin du retour, nous avons croisé une foule disparate de réfugiés fuyant sur la route, entre Ypres et Poperinghe. Que signifie cet exode? Étant donné qu'ils n'avaient pas quitté leurs terres ni leurs maisons jusqu'à présent, qu'est-ce que ces gens fuyaient vraiment? Les bougres ont défilé en groupes éparpillés, les uns après les autres, tirant des charrettes surchargées. Il y avait de vieilles femmes fatiguées, hissées sur des chariots tirés par des bras chétifs, et des enfants ahuris, transportés dans des brouettes de fortune. Tout ce monde avançait, effrayé, dans un brouhaha indescriptible, afin de gagner la limite des lignes arrière le plus vite possible. Je me demande jusqu'où ils pourront continuer leur avancée, chargés de la sorte. On n'a malheureusement pas pu leur offrir notre aide.

24 avril 1915

Où suis-je? Allongé sur ce mauvais lit, entouré de soldats blessés ou agonisants, sous une tente de toile. Infirmerie? Hôpital de campagne? Aucune idée. Tout ce que je sais, c'est que je n'ai pas trépassé. Les bombardements adverses se sont intensifiés. Le soleil a pris des teintes bizarres de jaune verdâtre. Ça y est! On nous a attaqués au gaz! Ils ont formé un brouillard étouffant, rampant à ras du sol. Un grand nombre de soldats français, dont plusieurs éclopés, les yeux rougis et le nez coulant, sont arrivés jusque dans nos tranchées dans le plus grand désordre. Trébuchant, haletant dans une agonie terrifiante, ces soldats, dont les tirailleurs sénégalais, battaient en retraite pour échapper à leur calvaire. Leurs uniformes souillés puaient le soufre! Ils dévalaient le long des haies, comme ensorcelés par un démon inconnu qui les prenait à la gorge: ce gaz qu'on disait mortel. Toutefois, des détonations saccadées ont continué de résonner. Quelques braves ont décidé de se battre jusqu'au bout. Ils ont choisi de trépasser en beauté!

Puis, le vent a changé de direction et la fumée a envahi peu à peu nos tranchées. Les vapeurs se sont répandues, d'abord à ras du sol, à la hauteur de nos chevilles, pour remonter ensuite, sournoisement, vers nos visages. L'air est alors devenu irrespirable. J'ai suffoqué. Ma vision s'est brouillée. Mes bras ont mouliné, j'ai essayé d'ouvrir le col de mon veston à la recherche d'air frais. Erreur fatale! Des lames de rasoirs m'ont cinglé l'intérieur de la gorge, m'empêchant de déglutir. C'était la fin. J'ai senti que j'allais mourir dans d'inconcevables souffrances.

26 avril 1915

On a finalement eu la confirmation que les Allemands utilisent un gaz mortel. Mais il est déjà trop tard pour nous autres. Un docteur, affublé d'une blouse d'un blanc douteux, et une infirmière m'ont rendu visite dans l'après-midi. Le docteur Walter, un Canadien anglais, m'a donné ses instructions par l'intermédiaire de l'infirmière.

— Vous pouvez vous estimer chanceux, m'a-t-elle dit, vous avez été sauvé à temps. Votre lieutenant vous a mis une protection respiratoire qui vous a empêché d'étouffer.

Mes yeux étaient rivés à ses lèvres. Je l'écoutais avec attention, buvant ses paroles. Qu'est-ce qui m'arrivait ? Était-ce la proximité de la mort ? L'éloignement de la patrie ? Et Pauline, dans tout ça ? M'a-t-elle oublié, elle ? L'infirmière, imperturbable, a poursuivi :

— Votre conjonctivite sera guérie, à l'aide d'une solution au permanganate de potassium.

— Et ma peau ? me suis-je inquiété. Mes mains sont toutes cloquées.

— Ne vous inquiétez pas, un peu de pommade à base de biafine aidera à guérir les rougeurs. S'il le faut, on complétera avec du talc mélangé à de l'oxyde de zinc. Quelques diffusions d'huile de goménolée, en goutte à goutte, atténueront les purulences dans votre larynx, votre trachée et votre appareil respiratoire.

Pas de nourriture. Je ne suis autorisé qu'à boire des liquides, en attendant que mon état s'améliore.

27 avril 1915

La visite du médecin n'est pas quotidienne. Le corps médical consacre le plus gros de ses efforts aux blessés graves et aux cas compliqués. On considère les gazés comme des chanceux, en comparaison avec les camarades amputés de plusieurs membres. Il faut admettre que les blessés qui arrivent chaque jour sont plus lamentables les uns que les autres. Ils vont, clopin-clopant, appuyés sur des cannes, le bras, la jambe ou la tête couverts de bandages d'une propreté douteuse.

En discutant avec d'autres blessés, j'ai appris que des cylindres à gaz allemands ont été activés à Ypres, pendant quelques minutes, le 22 avril vers 17 heures. Un nuage de gaz s'est alors avancé, poussé par le vent. Les effets du gaz moutarde, puisque c'est comme cela que tout le monde l'appelle, peuvent aller de la simple conjonctivite à l'asphyxie, en passant par des écoulements continuels du nez ou de violents vomissements.

1ᵉʳ mai 1915

J'ai rencontré le médecin et, d'après lui, je me rétablis bien. J'ai eu sa visite ce matin. Il m'a autorisé à sortir de l'hôpital. Il est certain que si j'avais été au pays, on m'aurait plutôt renvoyé à la maison, au moins pour quelques jours. Mais, à quelques milliers de kilomètres de la patrie, où voulez-vous qu'on m'envoie ? Ce ne serait pourtant pas de refus de rentrer, si je le pouvais... Est-ce que cette exposition au gaz est handicapante ? J'espère bien que non.

Cela dit, j'ai tout de même obtenu quelques jours de repos et je réintégrerai les troupes d'ici dix jours. Une chose est désormais très importante : éviter de s'exposer aux gaz. La prochaine fois, ce sera mortel !

17 mai 1915

Voilà deux semaines que j'ai interrompu l'écriture de mon journal. Depuis, la situation a évolué, me poussant à reprendre. Il faut absolument laisser une trace de ce que j'ai vécu, vu et senti !

On a essayé de m'épargner les emplacements où je suis susceptible de respirer des gaz nocifs. Mais, comme l'a fait remarquer un camarade : « Comment veux-tu qu'on sache où ils vont lâcher leur saloperie de bombes à gaz moutarde ? Si on le savait d'avance, penses-tu qu'on aurait attendu qu'on nous les balance sur la gueule ? »

« On va peut-être leur envoyer un câble pour leur demander de nous avertir parce que MONSIEUR HOUDE ne doit pas respirer leur moutarde », répétait le caporal Cadieux, avec un rire sarcastique.

J'ai tout de même droit à un masque de modèle amélioré, m'a-t-on dit. Un prototype, alors que les autres portent simplement une protection composée de tampons improvisés, en tissu ou en ouate, imbibés de bicarbonate de soude ou même trempés dans de l'urine... On doit les mettre sur le nez pour prévenir les effets toxiques du gaz...

18 mai 1915

On manque sérieusement de provisions et les munitions commencent à se faire rares. En plus, il faut rationner notre consommation d'eau potable, déjà très restreinte.

Des hommes tombent malades. Notre résistance physique est affaiblie. Certains soldats souffrent de la maladie des « pieds de tranchées » parce qu'à force de rester dans les tranchées inondées d'eau croupie, sans pouvoir enlever leurs souliers ou changer leurs bas, leurs pieds s'infectent. On est alors obligé de les envoyer aux infirmeries pour les faire soigner. Mais c'est souvent trop tard… Les infections causent la gangrène et les médecins sont obligés d'amputer leurs orteils, voire même leurs pieds en entier.

20 mai 1915

Nous voici de nouveau sur la route. J'ai remarqué qu'on nous envoie dans des endroits qui nous rendent toujours plus vulnérables… Je me fais peut-être des idées. La fatigue et le manque de sommeil me font perdre mes repères, mais l'emplacement n'a parfois rien d'un positionnement stratégique de combat. On nous le justifie par : « Nous recevons des ordres et les exécutons ! D'ailleurs, vous n'avez pas à poser de questions ! Vous êtes là pour obéir, c'est tout ! » J'ai donc décidé de me taire et de faire ce que l'on m'ordonne, sans réfléchir. Sur le chemin, les paysages se succèdent… Que l'on soit en camion, en train ou à pied, ce sont toujours les mêmes scènes de désolation et de désastre : des forêts calcinées, des champs et des routes dévastés, disloqués par les crevasses et les trous des bombardements. Sans oublier les semblants de tranchées, creusées à la va-vite par les soldats qui veulent se protéger des éclats d'obus… Et ces cadavres qui, dans certains secteurs, encombrent les terrains sans que personne ne s'en occupe. Plus le temps avance, moins nous savons où nous allons. Heureusement, de temps à autre, d'anciens panneaux traînent par terre, ici et là, et nous indiquent le nom des bourgades traversées.

17 octobre 2007 – Toujours en Argonne

La ville avait disparu sous des trombes d'eau glacée. Le froid m'enveloppait le corps et me transperçait les os. Suivant l'itinéraire que m'avait indiqué l'assistante de Nicolas de Mont Chevrier, je quittai la ville. Les essuie-glaces émettaient un couinement inquiétant à chaque coup de balai sur le pare-brise. Ils peinaient à effacer les giboulées de pluie torrentielle. Je comprenais mieux pourquoi Michel m'avait parlé d'une voiture économique : il n'avait pas changé les essuie-glaces depuis au moins une dizaine d'années. Entre autres choses.

Après avoir parcouru, sans aucune visibilité, plusieurs kilomètres de petites routes départementales, je me demandai par quelle protection divine j'avais pu atteindre ma destination.

Un petit chemin pavé me conduisit à une propriété cossue. Des murs assez hauts encerclaient la grande maison. J'arrêtai l'auto non loin du portail. Une voix parasitée par le grésillement de l'interphone m'accueillit.

– Oui !

– C'est Alain Thibault, j'ai rendez-vous avec le docteur de Mont Chevrier.

– Entrez, vous pouvez garer votre voiture à l'intérieur de la cour.

J'espère, par ce temps horrible !

Le portail s'ouvrit. J'avançai lentement et m'arrêtai près de la porte du bâtiment. Avant de descendre, je pris le temps de jeter un coup d'œil sur la bâtisse. L'impressionnante demeure se découpait sur un fond de ciel, illuminé çà et là par des éclairs. Son allure imposante témoignait de ses origines bourgeoises. Je traversai en vitesse la cour pavée et gravis l'escalier du perron en marbre. Une porte de bois s'ouvrit alors, comme par enchantement. Une grande salle de dalles marbrées menait vers un autre escalier, couvert d'un épais tapis rouge cramoisi, en haut duquel m'attendait une femme de taille moyenne, vêtue d'un élégant tailleur orange. Elle me tendit une main délicate et se présenta :

– Corinne Delannoy, l'assistante du docteur.

– Enchanté, marmonnai-je, troublé.

– Laissez-moi vous débarrasser de votre veste. Elle joignit le geste à la parole en tendant ses mains vers moi pour récupérer ma veste trempée. Elle l'accrocha au portemanteau. Le docteur vous attend dans le salon, ajouta-t-elle. Suivez-moi.

Ce que je fis, tout en admirant sa gracieuse démarche. Elle m'introduisit dans un salon confortable, meublé à l'anglaise. Un feu crépitait dans une immense cheminée. Un vieil homme mince à la peau flétrie, portant un costume trois-pièces de couleur brune, rayé et parfaitement ajusté, comme on n'en fait plus, se leva pour me saluer. Il était difficile de déterminer son âge, mais j'étais certain qu'il avait dépassé la soixantaine. Il me tendit une main sèche aux doigts longs et squelettiques. Il avait le crâne dégarni, mis à part quelques courts cheveux blancs. Sa moustache grise était recourbée. Il ressemblait à Picasso portant les moustaches de Dali. *Un sacré mélange*, pensai-je en réprimant un sourire. De temps à autre, ses yeux ronds, d'une couleur grisâtre, roulaient comme des billes dans leurs orbites. Son regard transmettait une grande intelligence et beaucoup de malice. Je me présentai en citant le nom de mon oncle. Après un moment d'hésitation, son souvenir revint...

– Vous êtes donc de la parenté de monsieur Henri Houde ?

– L'avez-vous rencontré, docteur ? demandai-je vivement en me rendant immédiatement compte du ridicule de ma question.

– Pas du tout. Mais, mon père, le docteur Régis de Mont Chevrier, a fait état de sa situation dans des rapports médicaux. J'avoue que c'était un cas assez intéressant, ajouta-t-il, mais il se reprit aussitôt.

– Excusez mon langage vis-à-vis de votre oncle.

Il me fit signe de le suivre. Nous entrâmes dans une vaste pièce, des plus luxueuses, aux murs tapissés de velours bourgogne marqué de rayures verticales dorées. Un bureau en chêne massif se trouvait sur la gauche, en entrant. Deux gros fauteuils se faisaient face, sur la droite. Une odeur d'épice, agréable et capiteuse, embaumait l'endroit. J'essayai de l'identifier mais j'en fus incapable.

– C'était quoi, le cas de mon oncle, alors ? J'ai lu son carnet de bord, mais je vous avoue qu'il y relate trop d'événements inexplicables et qu'il exprime des réflexions étranges, voire mystérieuses.

– Il nous faudra plus que quelques minutes pour aborder ce sujet. Voudriez-vous boire quelque chose ? Un whisky peut-être ?

J'acceptai d'un signe de tête.

– Corinne, veuillez, s'il vous plaît, nous servir deux whiskies, la pria-t-il en se tournant vers son assistante qui, étrangement, semblait ne pas le lâcher d'une semelle. Il m'invita alors à m'asseoir dans un énorme fauteuil en cuir noir.

– Voyons voir, par où commencer ? se demanda-t-il à voix haute, tout en s'asseyant dans l'autre fauteuil.

— Si nous commencions par le début ? Pour quelles raisons mon oncle a-t-il été suivi par un psychiatre ?

Corinne entra alors, sans faire de bruit. Ses pieds ne semblaient pas toucher le sol tant elle était discrète. Elle nous servit la boisson ambrée. Après une gorgée, le docteur reprit.

— Souvent, les militaires font face à des situations traumatisantes qui, selon leur sensibilité, les marquent à vie ou pour un certain temps, jusqu'à ce qu'ils aient suivi une thérapie qui les libère de leur fardeau. Parfois, malgré tous les efforts déployés pour les guérir, ils ne s'en sortent jamais.

Enfin, je trouvais un interlocuteur qui semblait ne pas me prendre pour un fou.

— Mais pourquoi l'oncle Henri n'a-t-il pas été rapatrié au Québec ? Pourquoi a-t-il été traité ici, en France ?

— Pour plusieurs raisons. Je vous les cite dans le désordre. Comme vous le savez, on était en guerre. Étant donné qu'il y avait eu des accords entre nos deux gouvernements, on l'a gardé ici, sous la responsabilité d'un médecin militaire français, spécialiste des cas de démence de surcroît.

— Et ce spécialiste était votre père…

— En effet, confirma-t-il fièrement.

— Mais ne pourrais-je pas accéder à son dossier, maintenant que la guerre est finie depuis longtemps ?

— Malheureusement non. Plusieurs dossiers de l'époque ont été perdus. Toutefois, si cela peut vous aider, mon père avait écrit un livre relatant, entre autres, le cas de votre oncle.

– Bien sûr, je suis prêt à découvrir ce qui lui est *vraiment* arrivé.

– Il m'est difficile de vous expliquer les mécanismes déclenchés lors d'un choc post-traumatique. Chaque individu réagit différemment, selon sa culture, son vécu et, bien entendu, la situation à laquelle il a été exposé. Il y a parfois des facteurs aggravants, tels que la prise de médicaments, la violence physique ou psychique... Certains patients régressent, se réfugiant dans leur enfance, d'autres se cantonnent dans leur mutisme ou peuvent devenir schizophrènes et perdent alors contact avec la réalité. Nicolas de Mont Chevrier fit une pause, puis reprit :

– Plus particulièrement, votre oncle a souffert d'une exposition prolongée à des gaz nocifs. À l'époque de la Première Guerre, on n'était pas très conscient des effets secondaires que peuvent avoir ces gaz sur les êtres vivants, disons sur ceux qui échappent à la mort. Monsieur Houde a vraisemblablement respiré, pendant de longues périodes, du gaz moutarde qui, en passant, a fait des ravages parmi les militaires. À long terme, cette exposition peut provoquer des visions, des hallucinations, des troubles amnésiques, comme des perturbations de mémoire, entre autres effets.

D'après ce que j'ai compris, en étudiant le cas de votre oncle, il aurait commencé à avoir des visions à répétition après son exposition au gaz moutarde. Il en parlait autour de lui mais, chaque fois qu'on essayait de lui prouver que ce qu'il avait vu n'étaient que des illusions, il s'enfonçait davantage et voyait le mal partout. Je suis certain qu'il a dû entendre des commentaires ou des remarques de ses compagnons d'arme, des infirmiers et de ses supérieurs. Au fur et à mesure, il s'est senti persécuté. Dans ces cas-là, la situation ne s'arrange généralement pas facilement. Ces visions étaient tellement prégnantes qu'il était persuadé que des créatures fantasmagoriques traquaient ses compagnons durant la nuit. Il était tellement convaincu de leur véracité, qu'il affirmait, à qui voulait l'entendre, qu'il avait été attaqué, mais épargné, à l'inverse de ses camarades. C'est là que les choses se sont gâtées. Ses supérieurs ont dû le mettre à l'écart de ses compagnons pour éviter la mutinerie. Ils l'ont éloigné du front pour qu'il participe à une expérience classée « Secret défense ». On pensait que l'éloigner des tranchées changerait quelque chose, mais rien n'y a fait. Le commandement général a finalement été contraint de l'interner.

« *Pendant mon séjour à l'hôpital, médecins comme infirmiers répétaient la même rengaine. "Nous avons déjà traité tellement de cas semblables, au cours de notre vie professionnelle, que nous savons que vous êtes convaincu LES avoir vues." Mais pourquoi personne ne veut donc me croire? Elles étaient réelles, ces créatures!* »

Ces phrases de l'oncle Henri me martelaient la tête.

– Ce sont les effets possibles de la guerre. Et je vous épargne les cas de schizophrénie de type paranoïde, où les sujets ont des hallucinations auditives. De nos jours, nous dirions que votre oncle a été victime de « troubles de stress post-traumatique », conclut le docteur.

« *J'entends des voix qui hurlent dans ma tête. Pourquoi ? "À l'aide ! À l'aide !" répètent-elles. Je pense devenir fou. Je plaque mes mains sur mes oreilles, comme pour en boucher l'accès aux voix. Je suis incapable de contrôler mes mâchoires, qui se crispent à m'en briser les dents. C'est moi qui vais avoir besoin d'aide !* »

Tout en écoutant les explications du médecin, je fixais la peinture qui surplombait la cheminée. Il s'agissait d'un chevalier en armure. Dans le creux de son flanc gauche, il portait un casque orné de plumes. Une longue épée, dans un fourreau garni de pierres précieuses, et un bouclier couvert d'armoiries étaient posés contre une muraille en ruine. En arrière-plan, on devinait une ville, ou un village, en feu. Des flammes obscurcissaient le ciel.

Une expression particulière s'affichait sur le visage anguleux de l'individu... Fierté, triomphe, mépris, tristesse... Peut-être tous ces sentiments mélangés.

– C'est l'un de mes arrière-grands-pères ! m'expliqua le psychiatre, répondant ainsi à la question suspendue à mes lèvres.

– Il a l'air d'avoir été un chevalier fier et vaillant, glissai-je, sans quitter le tableau des yeux.

– En effet, il l'était... Il a réussi à unifier plusieurs régions de France dont la Champagne, la Bourgogne et même les Flandres ! Cette unification, vous vous en doutez bien, n'a pu se faire qu'avec un courage hors pair, une volonté de fer, la force du glaive, ainsi que... beaucoup de sacrifices ! répondit-il en faisant allusion à la scène d'incendie et de destruction de l'arrière-plan.

Avais-je bien fait de venir jusqu'ici pour entendre des explications qui confirmaient le diagnostic auquel mon oncle ne croyait pas ? Qui a tort et qui a raison ? Le *fou* ou son médecin ? Mon *oncle* ou l'étranger ?

J'avais observé la dégringolade de la santé physique et mentale de l'oncle Henri. Ça me fendait le cœur de réaliser que tout cela avait pour origine un gaz qu'il avait respiré et dont les effets avaient fait boule de neige, jusqu'à ce qu'il perde l'esprit et rate sa vie.

Absorbé par mes pensées, je contemplais distraitement la route trop peu éclairée. Une pluie fine tombait sur le pare-brise. La route coupait à travers une forêt. Par ce temps et à cette heure, je trouvais le paysage lugubre. Les arbres qui jalonnaient la route semblaient courber leurs troncs et leurs branches dénudées pour happer le peu de voitures qui se hasardaient sur ce chemin sinistre.

Tout à coup, une ombre surgit des ténèbres sur le côté de la route. Je dus freiner aussi vite que possible. Les pneus crissèrent et la voiture s'immobilisa après quelques mètres en zigzag. Je fus heureux de constater que les freins étaient en meilleur état que le reste de ce vieux tacot. La chimère avait disparu, comme par enchantement. Serait-ce un effet de ma fatigue, combiné aux histoires que je brassais depuis un moment maintenant ?

Je sortis afin de vérifier, à la lumière des phares, si j'avais rêvé.

Je fis le tour de la voiture. Toujours rien ! Tout avait l'air normal.

Une bourrasque fraîche, chargée de bruine, me caressa les joues, sifflant dans mes oreilles.

Soudain, quelque part sur ma droite, du côté des talus, un bruissement m'interpella. Un buisson feuillu s'agita. J'avançai d'un pas hésitant, prenant mon courage à deux mains. *Allez, juste un coup d'œil et je me tire en courant !*

Un coup, venu de derrière, me fut asséné au niveau de la mâchoire. Une rangée de phalanges s'était abattue sur moi ! Je m'affalai sur le bitume, la tête dans l'herbe. Une douleur cuisante à la joue m'empêchait de parler.

Je sus que je ne rêvais pas... et que j'avais été imprudent de sortir de l'auto. Je me redressai péniblement sur le coude. Ma mâchoire endolorie émit un craquement inquiétant. Je n'arrivais pas à croire qu'un poing puisse être aussi large et puissant.

— Brun, yeux verts, un mètre quatre-vingts, annonça la voix rocailleuse de mon agresseur. N'empêche qu'il n'est pas très malin !

Un feulement perça le silence de la nuit en guise de réponse. Une odeur de terreau me chatouilla les narines, des taches brunes dansaient devant mes yeux, obscurcissant ma vision. Une silhouette massive leva ses bras au-dessus de moi. Le poing gigantesque du géant retomba sur ma nuque et je sombrai dans l'inconscience.

* * *

Le croassement écorché d'un corbeau me sortit de ma torpeur. Les paupières collées, la vision floue, j'ouvris les yeux au prix d'un effort incroyable. Il faisait jour... du moins d'après la luminosité qui passait par la fenêtre.

Les contours et les ombres des meubles s'éclaircirent et se précisèrent. Où étais-je ?

La pièce était meublée sobrement. Les couleurs s'accordaient dans une douce harmonie. Quelques bibelots, çà et là. Deux tableaux de taille moyenne, du fauvisme, étaient accrochés sur les murs de couleur rose pâle. Un grand miroir ovale ornait le mur, face au lit.

Comment étais-je arrivé ici ?

Je me redressai sur les coudes avec difficulté, puis m'assis en glissant sur le côté gauche du lit. Mes muscles courbaturés, comme si j'avais fait un marathon, me faisaient souffrir. Je grimaçais dès que je touchais ma joue endolorie…Un éclair de lucidité me ramena au souvenir de la rencontre de la veille et de l'effroyable mésaventure sur le chemin du retour.

J'avais un goût de terre plein la bouche. Je passai la main sur mon visage. Ma joue était toujours endolorie. Je découvris de l'herbe dans mes cheveux. Je regardai par la fenêtre. De vastes champs ne me donnaient pas plus d'indices sur le lieu de ma présence. Je pouvais tout juste constater que j'étais à l'étage d'une bâtisse quelconque.

Un bruit, de l'autre côté de la porte, me fit comprendre que je n'étais pas seul dans cette demeure. Je m'en approchai sur la pointe des pieds, essayant d'en détecter la provenance. J'essayai d'ouvrir la porte. À ma surprise, elle n'était pas verrouillée. Je mis le bout de mon nez dans l'entrebâillement.

Une agréable odeur de café et de pain frais embaumait l'escalier. Une radio diffusait de la musique classique entrecoupée de spots publicitaires ou, peut-être, de causeries.

Une marche craqua sous mon pied.

Aïe!

Au fur et à mesure que je descendais au rez-de-chaussée, j'entendis des bruits d'ustensiles qui s'entrechoquaient.

Je poussai une porte entrebâillée.

La silhouette qui me tournait le dos s'affairait à ranger la vaisselle. Je fouillai dans ma mémoire à toute vitesse et reconnus cette personne.

— Ah, vous vous êtes enfin réveillé, me dit-elle de sa voix douce. Je n'osais pas faire de bruit, de peur de vous empêcher de vous reposer. Vous en aviez besoin.

Corinne, vêtue d'un beau chandail gris et d'un pantalon de cuir noir, arborait un sourire angélique.

— Que s'est-il passé ? demandai-je. Je me souviens avoir été sauvagement agressé par deux personnes au moins hier soir. Est-ce possible ?

— Vous voulez dire avant-hier…, rectifia-t-elle.

— Quoi ? Cela fait déjà deux jours que je dors ?

— Oui… et je suppose que vous avez faim. Voulez-vous un petit-déjeuner à la française ou quelque chose de plus consistant ?

— À vrai dire, je serais plutôt curieux de savoir ce qui m'est arrivé.

— Je vais vous le raconter, asseyez-vous. Voulez-vous au moins un café pour commencer ?

— Volontiers.

Elle me servit une grande tasse de café fumant et me fit signe de m'asseoir à la petite table ronde de la cuisine. Elle y posa le sucrier, un litre de lait et me remit une petite cuillère.

— Alors, que s'est-il passé ? Comment suis-je arrivé chez vous ?

— Comme vous l'avez si bien deviné, vous avez été agressé par des loubards. En rentrant du travail, j'ai aperçu une voiture arrêtée au milieu de la route. Du grabuge tout autour. En fait, vous étiez allongé par terre et deux molosses vous fouillaient les poches. Ce qu'ils avaient l'intention de faire après... je l'ignore, probablement vous jeter sur le bas-côté de la route. Peut-être auraient-ils aussi volé votre voiture...

— Y a-t-il beaucoup d'agressions de ce genre, dans la région ?

— Comme ailleurs dans le monde, des détraqués, il y en a partout. Des SDF cherchent aussi, parfois, de quoi payer leur drogue ou leur alcool.

— Et qu'avez vous fait pour qu'ils me lâchent ?

— Je leur ai fait peur avec mon fusil.

— Votre fusil ? Qu'est-ce qu'une jolie jeune femme comme vous fait avec un fusil dans le coffre de sa voiture ? Nous ne sommes pas au Far West, que je sache !

— Voyez-vous, dit-elle avec amusement, il m'arrive de partir à la chasse avec le docteur. Vous savez, il a d'immenses terres ici et il me considère comme sa fille. De temps à autre, je suis donc invitée à ses parties de chasse. Une chance que le fusil était toujours dans ma voiture.

— C'est facile d'avoir un fusil ici ?

– Mon père était ami avec le docteur. C'était son fusil. Papa m'avait appris, dès l'adolescence, comment viser et tirer. Après, c'est facile d'avoir un permis, tant qu'on est en règle.

– Ne le prenez pas mal, mais vu votre gabarit et le mien, il me semble difficile de croire que vous ayez pu me porter et me monter à l'étage !

– Il n'y a pas d'offense. Vous devez savoir que dans des situations de détresse, l'être humain a des capacités qui se décuplent instantanément pour faire face au danger. Avez-vous entendu parler d'une mère qui a soulevé une voiture parce que son enfant était coincé dessous ? Une fois vos agresseurs enfuis, j'ai réussi à vous tirer sur le sol et à vous soulever pour vous allonger dans ma voiture. Par contre, il m'était impossible de vous monter jusque dans la maison toute seule. J'ai donc demandé l'aide d'un voisin. Vous ne voulez toujours rien manger ?

– Puisque vous insistez si gentiment, je prendrais bien des œufs et de la baguette beurrée… s'il vous plaît.

Elle se leva et se dirigea vers le réfrigérateur, mais fit demi-tour en pointant sur moi son index, que je crus accusateur.

– Combien d'œufs et comment les aimez-vous ?

– Deux ou trois, ça ira… En omelette de préférence.

Je la contemplai. Elle avait des gestes majestueux, tout en souplesse. Elle semblait voler.

– C'est curieux. Il m'avait semblé avoir entendu les voyous décrire mes caractéristiques physiques et se féliciter de m'avoir attrapé. À croire qu'ils me cherchaient et m'avaient tendu un piège…

Corinne était assise à table, en face de moi, une tasse de café fumant dans la main. Tout en mangeant, je lui racontai les minutes précédant mon agression. Elle avala quelques gorgées en m'écoutant attentivement.

– Et qu'est-ce qui vous fait penser que vous avez été suivi et, de surcroît, piégé ? me demanda-t-elle.

– Il m'a semblé avoir entendu l'un d'eux parler de ma taille, de la couleur de mes yeux. Il a même ajouté que je n'étais pas rusé.

Elle s'esclaffa.

– Je peux savoir ce qui est si drôle ?

– Je suis désolée, c'est juste que, si ce que vous avez cru entendre est vrai... Je dirais que votre agresseur n'avait pas tout à fait tort.

– Ah bon, comment ça ? dis-je en déposant ma fourchette sur le bord de l'assiette.

– Je ne sais pas comment vous êtes au Québec, mais ici, on ne s'arrête pas comme ça pour vérifier si on a écrasé un lièvre. En pleine nuit, sur une route de campagne isolée, de surcroît. Les gens continuent de rouler.

– OK, je n'ai peut-être pas été des plus prudents... Pendant que j'y pense, qu'avez-vous fait de la voiture ?

– Je suis allée la chercher avec mon voisin, le lendemain, pendant que vous dormiez. À ce propos, voulez-vous porter plainte et contacter la police ?

– Je pense que cela n'apportera rien. De plus, je n'ai pas pu voir mes agresseurs.

– Eh bien moi, je les ai aperçus, mais il est certain que je ne pourrais en donner une description précise.

– Je préfère laisser couler, dis-je. C'est un aspect de notre personnalité au Québec. On est pacifistes ! ajoutai-je en avalant une bouchée.

– Comme vous voudrez! J'ai vérifié vos blessures. Vous n'avez apparemment que des contusions. Rien de visible, mis à part des bleus sur la joue…

– Dites-moi, le docteur est-il au courant de cet incident?

– Bien sûr. D'ailleurs, il m'a demandé de prendre soin de vous jusqu'à votre réveil.

Quelques minutes plus tard, le petit-déjeuner terminé, Corinne me fit faire le tour du propriétaire. La maison était de taille moyenne. Un rez-de-chaussée, composé d'une grande salle de séjour, d'une salle à manger, d'un bureau et de la cuisine; un étage, comptant trois chambres et une salle de bain. Une question me brûlait la langue, mais je la trouvais déplacée pour le moment: vivait-elle seule?

– Voilà, dit-elle en me guidant vers la salle de bain. Vous trouverez savon, gel douche et shampoing dans la cabine de douche.

Elle me tendit une serviette mauve.

– Désolée, je n'ai que des couleurs pastel… Et pas d'homme dans ma vie! dit-elle en rigolant, comme si elle lisait dans mes pensées.

Chapitre 3
Richardson

Mon travail d'artiste peintre me permettait une certaine flexibilité en ce qui concerne mes horaires et mes engagements. De ce fait, mon départ hâtif de Montréal n'avait pas eu beaucoup d'incidence sur mes travaux en cours... Seulement sur mon portefeuille. Après moult démarches, tracas et jongleries avec les règlements fiscaux de deux pays, j'ai transféré en France l'argent de mon régime épargne-retraite. Fort heureusement, j'avais pu compter, pendant tout ce temps, sur la générosité de Michel et de son ami hôtelier.

J'avais aussi reçu l'appui et la bénédiction de mon cousin Pierre, qui m'avait encouragé à entreprendre ce voyage ambitieux, plus long et plus dispendieux que prévu. En effet, passionné d'histoire, cartésien et débrouillard, il avait pu dépatouiller pour moi plusieurs points obscurs de « l'affaire Houde », comme j'aimais l'appeler. Surtout, il m'avait proposé de poursuivre les recherches depuis le Québec, tandis que je voyageais.

À proximité de la réception de l'hôtel, dans un recoin mal éclairé, un ordinateur vétuste ronronnait en permanence. Il avait néanmoins le mérite d'offrir un accès à Internet. Une affiche racornie, placardée au-dessus de l'écran, précisait que l'utilisation de l'ordinateur, et un maximum de trente minutes de connexion à Internet, étaient gracieusement offerts aux clients de l'hôtel. Je ne comprenais pas bien ce qu'on pouvait faire en un temps si court avec un accès aussi lent. Après deux tentatives, je réussis cependant à ouvrir ma messagerie électronique. Je découvris un nombre incalculable de pourriels, ainsi qu'un message de Pierre :

Salut, Alain,
J'espère que tu vas bien et que ton voyage se passe à ton goût.
De mon côté, je surveille un peu les nouvelles et j'ai appris qu'un écrivain et conférencier écossais s'intéresse aux êtres paranormaux et aux vortex d'énergie dont tu m'as parlé avant ton départ. Si ça t'intéresse et si tu le peux, il donne une conférence à Paris, le 21 octobre, au Lavoir Moderne Parisien, dans le XVIIIᵉ arrondissement. Ne me demande pas où cela se situe, je te laisse te débrouiller là-dessus. Notre homme s'appelle Dan Richardson. La conférence se tiendra à 18 heures.
Sur ce, donne de tes nouvelles et bonne chance !
Pierre.

J'avais donc moins de douze heures pour réagir, réserver une place pour la conférence, aller à Paris et trouver la fameuse salle.

J'essayai de contacter le théâtre par téléphone, en vain. Tant pis, je décidai de me rendre à Paris, coûte que coûte. J'empruntai l'autoroute de l'Est, ce qui s'avéra très dispendieux. En arrivant, je me heurtai au trafic du boulevard périphérique, dense même le dimanche.

Le Lavoir Moderne Parisien se trouvait rue Léon, dans le XVIIIe arrondissement, comme Pierre me l'avait précisé. Sur mon itinéraire, j'avais marqué la porte de la Chapelle comme point de repère pour entrer dans le quartier de « La goutte d'or ». Elle coupait la rue Marx Dormoy. Une bifurcation à droite, puis une autre à gauche et je me trouvai rue de Laghouat. J'arrivai rue Léon à temps, mais elle était barrée. La conférence devait avoir lieu une demi-heure plus tard.

Deux voitures de police étaient stationnées en travers de la rue pour en bloquer l'accès. J'ouvris la fenêtre de la vieille Peugeot, penchai ma tête à l'extérieur, et demandai à l'un des policiers en uniforme :

– Que se passe-t-il ?

– Circulez, monsieur, il n'y a rien à voir !

– C'est que je dois assister à une conférence, pouvez-vous au moins me dire où stationner ?

– S'il s'agit du Lavoir, vous n'avez pas de chance. Le théâtre a pris feu durant la nuit. Inutile de vous dire qu'il n'y aura pas de spectacle ce soir, ajouta-t-il.

Pourquoi le théâtre avait-il brûlé ? Que s'était-il vraiment passé ? Quoi qu'il en fût, je profitai de l'occasion pour faire un petit tour sur la butte Montmartre et y découvrir les ruelles caractéristiques du vieux Paris.

Après cette petite virée, mes pieds me guidèrent rue Lepic, devant le café Des Deux Moulins, rendu célèbre grâce au film de Jean-Pierre Jeunet, *Le fabuleux destin d'Amélie Poulain*. Quelques affiches du film étaient placardées dans les vitrines. Des photographies de la comédienne et de l'équipe de tournage, mêlées aux coupures de journaux agrandies puis encadrées, composaient un véritable fouillis sur les grands miroirs, au fond de la salle. L'ensemble témoignait de la fierté du propriétaire d'avoir été choisi pour entrer dans « l'Histoire du cinéma ».

Assis à la table ronde d'un bistrot, regardant les badauds aller et venir à travers la vitre et appréciant un café serré, j'avais les idées plus claires. Il me fallait retracer le conférencier.

Je m'approchai de la jeune femme derrière le comptoir et lui demandai où trouver un cybercafé.

Quelques centaines de mètres plus loin, j'en dénichai justement un. J'accédai à Google. Je tapai le nom de Dan Richardson. Bingo !

Comme la plupart des personnalités publiques, l'écrivain avait un site à son nom. Le calendrier des conférences s'afficha à l'écran. La prochaine devait avoir lieu à Bruxelles, le lendemain.

Bruxelles – 22 octobre 2007

Les portes de la salle du théâtre Royal de Toone étaient déjà fermées. La conférence avait commencé. Étant donné que je n'avais pas réservé de place, je dus amadouer le placier et lui expliquer que j'arrivais de France à l'instant. Ce qui était vrai. Après plusieurs minutes de négociations, soutenues par quelques généreux euros, il me fit entrer, en me rappelant à quel point j'étais chanceux, seulement quelques places étant encore libres.

La salle était assez petite et la lumière, tamisée. Seuls des spots étaient dirigés sur le conférencier charismatique.

Il parlait avec éloquence, agitant ses bras dans tous les sens et faisant les cent pas sur une scène qu'il occupait tout entière. Ses cheveux longs, poivre et sel, sa moustache et son épaisse barbe lui donnaient l'air d'un personnage mythique.

– Vous devez vous demander pourquoi j'ai choisi un théâtre de marionnettes pour cette présentation. En avez-vous une idée ?

Une voix s'éleva :

– Ça doit être parce que vous aimez vous amuser !

– Il y a de ça ! Quelqu'un a une autre idée ?

– C'est une affaire de finances, vous manquez de sous, avançai-je en me mordant presque la langue d'embarras. De petits rires fusèrent.

– En effet, il y a de ça aussi. Plus important cependant, tout ici est symbolique. Cette salle est un théâtre de marionnettes. Or nous, les êtres humains, sommes considérés comme des marionnettes par nos gouvernements ! Qui plus est, nous nous trouvons ici dans un quartier historique, à deux pas de la station de métro Bourse. Et c'est un autre élément important de ma présentation... Qui dirige vraiment ? Sont-ce les gouvernements, les présidents et les ministres en place ou les grands groupes industriels qui les subventionnent et les mettent au pouvoir ?

On me prend souvent pour un fou ou un illuminé, ajouta-t-il. Tout ce que je réponds alors, c'est de ne pas m'écouter ! Nous avons la chance de vivre dans des démocraties, du moins en apparence...

Un quart d'heure plus tard, j'avais l'impression que son monologue tournait en rond. Des choses dites à demi-mot, des symboles et des sous-entendus. Il fallait deviner ce qu'il voulait vraiment nous faire comprendre... Je commençais même à regretter mon voyage jusqu'ici et les billets de banque offerts au placier. Je songeais sérieusement à sortir de cette salle pour éviter d'assister à ce jeu ridicule, lorsqu'il changea de refrain en questionnant le public :

– Qui, parmi vous, connaît l'origine des gargouilles ? Vous savez, ces créatures qui ornent les églises, les cathédrales et autres bâtiments anciens.

Un moment de silence suivit.

Une voix masculine retentit dans l'obscurité de la salle : « J'ai déjà lu quelque chose là-dessus. Les gargouilles étaient, me semble-t-il, des symboles visant à éloigner les esprits maléfiques des lieux saints. Puis, la coutume a voulu qu'on les intègre aux bâtiments des nobles et des bourgeois. »

– C'est en effet la version populaire des faits, celle qu'on veut nous faire croire..., répondit Richardson. La légende la plus répandue à ce sujet serait celle d'un dragon ailé hantant les rives de la Seine, crachant le feu et semant la désolation autour de lui. La pauvre population décida de sacrifier une victime chaque année afin d'acheter la paix. En l'an 520, un prêtre, nommé Romain, entreprit de libérer la ville des tourments du monstre, à condition qu'une église soit érigée et que chacun s'y fasse baptiser. Le dragon fut vaincu par le signe de la croix et mis au bûcher. Seuls sa tête et son cou, habitués au feu, ne furent pas calcinés. Ils furent exposés sur les remparts de la ville. Ainsi, la première gargouille serait née...

Le conférencier arpentait la petite scène. Il s'arrêta et fit un quart de tour pour se retrouver face à nous.

– D'autres versions de cette légende évoquent l'intervention d'un chevalier à la rescousse de la fille unique du roi, sacrifiée pour apaiser la fureur du dragon. Le fameux chevalier est devenu « saint Georges » au Moyen-Orient et en Europe. MA réalité, que je ne vous force ni à croire ni à partager, est bien différente !

Brièvement, les gargouilles sont effectivement la représentation de dragons. Mais j'ai une mauvaise nouvelle à vous annoncer : les gargouilles sont des êtres vivants ! Ce sont des bipèdes munis également d'une paire d'ailes. Si les gargouilles ne volent pas, elles planent sur les courants ascendants du vent. Elles sont plus fortes que les humains, n'ont que quatre doigts terminés par des ongles ou des griffes dures. Elles ont une queue. *Grosso modo*, ce sont des dragons miniatures... Inactives le jour, elles vieillissent moins vite que les hommes, ce qui fait qu'elles vivent deux à trois fois plus longtemps que nous. Les gargouilles forment des clans qui doivent respecter un code et une hiérarchie internes.

Des rires étouffés ainsi que des expressions d'indignation et d'incrédulité fusèrent dans la salle. Imperturbable, Richardson leva une main à la hauteur de son visage. Il se dirigea vers une table au coin de la scène, prit la télécommande et la pointa vers le téléprojecteur.

23 mai 1915

Je me suis rapproché du bruit sur la pointe des pieds. Ce que j'ai vu m'a glacé le sang. Le corps d'un camarade gisait là, par terre. À côté du malheureux, une énorme créature, recouverte d'une longue cape noire à capuche, grattait le sol de ses pieds. La longue silhouette était penchée sur le soldat... Le monstre a fait un quart de tour mais cela a été suffisant pour que je puisse entrevoir ses yeux globuleux, d'une couleur indescriptible. Un mélange jaune-vert avec des reflets rouges. J'ai aperçu également une longue queue grisâtre qui dépassait de son manteau.

Je délire et pas à peu près ! J'étais complètement figé. Cela dépassait tout ce que je pouvais imaginer. La créature cauchemardesque m'a alors fixé de ses yeux haineux.

— Ne t'avise surtout pas d'avancer, m'a-t-elle sifflé de sa voix caverneuse.

De toute façon, je ne le pouvais pas. Mes jambes étaient en coton et mes pieds, freinés par de gros boulets invisibles. J'avais également perdu l'usage de la parole. Comment pouvais-je répondre ? J'aurais voulu crier, alarmer la section, la compagnie... Impossible.

— Tu as intérêt à oublier ce que tu as vu, jeune homme, a-t-elle poursuivi d'une voix gutturale. Ça vaudrait mieux pour toi, surtout si tu tiens à la vie...

De sa langue fine et foncée, la créature s'est pourléché les extrémités supérieures, munies de longues griffes racornies. Puis elle a fait demi-tour et est partie en courant à une vitesse effrénée. Je tremblais de tout mon corps. Je me suis effondré. Quand j'ai repris possession de mes moyens, je me suis rapproché du corps étalé par terre. Ce qui restait de ce compagnon n'était qu'une masse de chair sanguinolente et difforme dans ses habits kaki déchiquetés. Que pouvais-je faire ? Que devais-je faire ? Il était mort depuis belle lurette. J'aurais peut-être dû tirer. Mais on ne rencontre pas un monstre tous les jours ! J'ai rassemblé ce qui me restait de courage et me suis éloigné, espérant ne pas croiser la créature de nouveau. Je suis sorti de là dans un état second. Pourrais-je raconter cette scène infernale à mon sergent? J'ai passé le restant de la nuit accroupi, tremblant de peur. Ça m'a paru une éternité. Je m'étais blotti sous la grosse couverture de laine pour arrêter mes tremblements, mais je savais que même la chaleur d'un feu de camp n'aurait pu me calmer...

Au petit matin, ma décision était prise. Je ne pouvais me taire malgré les menaces du monstre. Je devais partager ce que j'avais vu avec quelqu'un, sinon j'allais devenir fou! Après tout, le sergent Gosselin était un homme bon et compréhensif. Vers 5 h 45, je me suis donc approché de sa couche. Il se rasait, tandis que son quart de café bouillait. L'odeur désagréable de ce café de mauvaise qualité emplissait l'endroit. Dès qu'il m'a vu, il s'est levé, tel un ressort. Il s'est approché de moi, l'air effrayé, et m'a fixé avec de grands yeux inquiets.

– Ça ne va pas, Henri? Qu'est-ce qui t'est arrivé?

Avais-je l'air si perturbé pour qu'il sursaute de la sorte?

– Le problème, ce n'est pas moi, sergent, c'est un de nos camarades qui s'est fait massacrer par un monstre.

– Tu veux dire qu'il s'est fait tuer par un Boche? Comment est-ce arrivé?

– Non, je parle d'un vrai monstre, avec des griffes, d'énormes dents et une longue queue... Le monstre l'a bouffé.

– Arrête donc tes niaiseries, a-t-il coupé en me regardant droit dans les yeux. Tu t'es vu ce matin?

– Non. J'ai fini ma ronde et j'ai dormi. J'ai soudain été réveillé par des bruits bizarres et je suis allé voir. Le monstre bouffait mon camarade. Je vous jure!

Le sergent m'a prêté son miroir et j'ai vu ce qui l'avait d'abord alarmé : mes cheveux étaient devenus blancs.

— Ça doit être l'effet de la terreur, sergent, lui ai-je dit. Vous me croyez maintenant ? Je ne me suis pas décoloré les cheveux. Je peux vous prouver ce que je dis. Je vous en prie, suivez-moi, que je vous montre où le drame s'est passé.

Le sergent Gosselin m'a suivi. J'avais peur de retomber sur le monstre, mais on était deux, cette fois ! Arrivés sur place, nous n'avons vu que la couverture du camarade par terre. Personne n'avait l'air d'avoir dormi dedans... Aucune trace de cadavre, ni de sang ! Que s'est-il passé ?

Une grande image, représentant la fresque d'un temple égyptien, apparut au-dessus de la tête de Richardson, sur un écran de quatre mètres de long sur trois mètres de hauteur. C'était impressionnant. Cette immense apparition rétablit le silence dans la salle et attira de nouveau l'attention du public.

— Je vous invite à regarder le bas-relief sur les murs du temple de Sakkarah, annonça Richardson en activant le zoom du projecteur. Voyez-vous cet être ailé dans le coin inférieur ? Voyez comme il est proche du pharaon, qui incarne, sur terre, le dieu Rê, créateur de l'univers ! Évidemment, ce n'est pas l'une des divinités égyptiennes les plus connues, à l'inverse d'Isis ou de Khépri, le Scarabée stercoraire ailé.

La créature se distinguait nettement, étant représentée de face, chose apparemment rare, voire impossible, d'après Richardson, dans l'art égyptien. Elle avait une tête presque humaine, de grands yeux ronds, un corps mince et de longs bras. À la hauteur de ses épaules, on apercevait des excroissances qui ressemblaient à des ailes miniatures.

Le conférencier poursuivit.

– Cet être est une créature maléfique, qui a souvent été appelée une « goule ». Il s'agit d'un oiseau vorace, muni d'une tête et d'un corps humains, aux traits fins, presque féminins. Seul son corps a une carrure masculine. Les plus puissantes de ces créatures sont les reines, car elles utilisent non seulement la force physique, mais aussi leur pouvoir psychique pour nous manipuler.

Tenez-vous-le pour dit, ces créatures tirent les ficelles dans le monde entier, et ce, depuis la naissance de l'humanité. Le plus inquiétant, mesdames et messieurs, étant qu'elles soient là, parmi nous, et qu'elles gèrent notre vie à notre insu. Nos souverains et dirigeants les appellent les « anges gardiens », puisqu'elles les placent, les guident et les protègent, au détriment du commun des mortels. Et n'allez surtout pas croire que les gargouilles agissent toutes pour le même clan. Elles jouent aux échecs et utilisent nos dirigeants comme de vulgaires pions.

J'étais en plein délire. Pourtant, la théorie du conférencier pouvait apporter des réponses à quelques-uns de mes questionnements.

Plusieurs personnes, écœurées, quittèrent la salle en faisant des commentaires désobligeants. Le calme revenu, Richardson jaugea l'audience d'un regard qui voulait dire : « D'autres veulent-ils en faire autant ?

Pouvons-nous continuer notre conférence ? » Ne voyant pas d'autres réactions, il poursuivit :

– Ces monstres se nourrissent du sang des Blancs dans le monde entier. Il leur apporterait vitalité, force et longévité. D'après mes recherches, le sang des bébés, des jeunes enfants et des vierges serait le plus pur.

Tout au long de son discours, diverses images défilaient sur l'écran. Des dragons, des gargouilles et d'autres êtres hybrides que je n'arrivais pas à nommer étaient représentés par des peintures, des fresques, des statuettes de toutes les époques et de tous les coins du globe.

Enfin, les spectateurs quittèrent la salle, d'autres restèrent afin de rencontrer le conférencier qui, comme toujours dans ces circonstances, dédicaçait et vendait ses livres. Je décidai d'attendre mon tour. Il est vrai que je n'avais jamais lu ses écrits, mais je trouvais ses déclarations assez intéressantes, du moins en ce qui concernait mon enquête. De plus, cette situation me semblait propice pour en apprendre davantage sur les visions de mon grand-oncle. Avait-il eu des hallucinations ou le monstre des tranchées était-il réel ?

On nous demanda de quitter la salle et d'attendre Richardson à l'entrée du théâtre. L'endroit était éclairé par quelques appliques aux murs. Une table couverte d'une nappe d'un rouge feutré ainsi qu'une chaise étaient placées dans l'angle.

– Savez-vous si l'attente va durer encore longtemps ? demandai-je à la préposée, après plusieurs minutes.

— Monsieur Richardson sera avec vous d'un moment à l'autre, lança la jeune femme en s'adressant à haute voix à la foule. Je vous demande un peu de patience. En effet, quelques minutes plus tard, l'intensité des minispots du plafond augmenta comme par magie. Richardson sortit par la porte centrale, suivi d'un colosse de couleur ébène. L'agent de sécurité, du moins c'est ce que je croyais qu'il était, portait une grosse boîte cartonnée dans ses bras. Étant donné sa carrure, cela ne devait pas lui demander de grands efforts. Il la posa à terre, non loin de la chaise. Il l'ouvrit et sortit quelques exemplaires du dernier livre de l'écrivain, qu'il posa sur la table.

Richardson s'était installé derrière la table, le dos au mur. Il sortit un stylo et amorça la séance de dédicace. Quand ce fut mon tour, j'attrapai une vingtaine d'euros et m'approchai de la table.

— Bonsoir, monsieur, pour qui voulez-vous faire dédicacer ce livre ? demanda-t-il avec un grand sourire, laissant apercevoir ses belles dents blanches rectilignes.

Il pencha la tête, posa la pointe du stylo sur la première page du livre et commença par écrire la date.

— Vous pouvez faire une dédicace à Monsieur Houde, le martyr des stryges.

Richardson s'arrêta net, releva la tête et me fixa d'un air incrédule.

— C'est une blague, je suppose ? me questionna-t-il en glissant son regard de moi au colosse à sa gauche.

— Pas du tout. Je pourrais vous en dire plus si vous le souhaitez.

28 mai 1915

Au rapport ce matin, quelques soldats manquaient à l'appel, comme chaque jour.

– Maudits déserteurs! Ils croient pouvoir nous échapper, mais on les retrouvera, tôt ou tard! Ah, les traîtres! Une balle dans la tête et nous en aurons vite fini avec ces incapables, s'énervait quotidiennement le caporal Cadieux.

C'est bien vrai qu'on trouve, çà et là, des fusils, des casques et des musettes abandonnés. Cela confirme le discours du caporal. Mais moi, je crois que ces disparitions ne sont pas aussi normales qu'il le prétend...

29 mai 1915

Cela fait déjà quelques mois que le pays est en guerre. À l'approche des côtes françaises, je m'étais dit qu'une nouvelle aventure, une nouvelle page de ma vie allait commencer. Il y avait là une part de vérité... Mais j'étais loin d'imaginer ce qui m'attendait.

Pendant mon tour de garde, la nuit dernière, j'ai entendu un grognement étouffé du côté des abris de soutien. Je me suis remémoré l'agression dont un camarade avait été victime. Sans parler des autres disparus que je soupçonne être passés entre les crocs du monstre.

Pourquoi est-ce que j'entends toujours cette bête? Personne d'autre n'a jamais dit avoir vu ou entendu des choses aussi bizarres dans la nuit. Est-ce une curiosité malsaine, un accès de courage soudain, ou les deux réunis, qui m'ont poussé à aller de l'avant? Malgré les consignes strictes interdisant l'utilisation de toute source de lumière, j'ai saisi ma lampe et me suis avancé, en tenant mon fusil fermement. Cette fois-ci, j'étais vraiment décidé à en finir avec ce maudit monstre. Quel qu'il soit... J'étais prêt à l'affronter. Je n'allais pas faiblir. J'avais déjà tiré sur des hommes... Je n'allais pas hésiter à abattre une bête. Et puis, je n'avais plus grand-chose à perdre.

Alors que je m'approchais des abris, j'ai entendu des grognements, accompagnés de bruits de mastication... Plus que quelques pas...

Une véritable puanteur a envahi mes narines... Une odeur qui me rappelait les porcheries. Je me suis demandé ce qu'était encore cette affaire !

J'ai retenu mon souffle.

Cette fois-ci, il ne pourrait pas se sauver !

Avant de pénétrer dans l'antre du diable, j'ai pris une grande inspiration... J'ai fait un pas sur le côté et je lui ai fait face, déterminé. La chose était bien là, à une quinzaine de pieds.

— Arrête-ça ! ai-je crié d'une voix mal assurée.

D'un mouvement lent, la créature a relevé sa tête et a dirigé son regard vers moi. Le diable en personne, un mélange d'homme et de serpent ! Il était courbé, en raison de sa taille imposante. Il devait bien dépasser les sept pieds. Il avait les mêmes habits que la dernière fois, sa cape et son couvre-chef. Ses extrémités griffues dépassaient de ses manches et de son pantalon. Sa langue fourchue, que j'ai réussi à voir avec précision cette fois, était longue et noire. Elle coulissait hors de sa gueule béante. Il avait le même regard maléfique, deux yeux sombres qui vous fixent et vous transpercent l'âme. Un autre cadavre gisait à ses pieds.

J'ai mis en joue et visé sans hésiter. Une pression sur la détente. La balle est partie ! Un bruit assourdissant dans le silence de la nuit.

Hélas, la balle n'a pas eu l'air de l'atteindre. Pourtant, j'étais à moins de quinze pieds de lui.

— Décidément, tu n'as rien compris, jeune homme, m'a-t-il lancé d'une voix comme venue d'outre-tombe.

Je me suis immédiatement précipité pour l'attaquer à la baïonnette. D'un geste brusque, mais souple, il a réussi à esquiver. En une seconde, il m'a arraché le fusil des mains et l'a jeté par terre.

D'une forte poigne, il m'a tiré par le col et m'a plaqué contre le mur.

— Tes cheveux blancs m'avaient donné l'impression que tu t'étais assagi, a-t-il sifflé, exhalant son haleine fétide sur mon visage crispé. Je te laisse à nouveau la vie sauve, pour ce soir. Prends garde à toi, ce sera ma dernière faveur !

Sa langue fourchue, d'une longueur prodigieuse, a fait le tour de ma joue.

— Ce n'est pas l'envie de te massacrer qui me manque, a-t-il murmuré en desserrant sa poigne.

Puis, il m'a lâché et je suis tombé par terre. Il est parti prestement, avec souplesse, tel un reptile. Qu'est-ce qui l'empêche de me croquer, moi aussi ? Ayant touché la mort de mes mains, j'avais perdu tous mes moyens. Cette épreuve était bien plus impressionnante que les obus qui nous pleuvaient sur la tête. Je me suis rendu compte que mon pantalon était souillé. J'ai eu l'impression de m'être liquéfié de l'intérieur.

J'ai eu un haut-le-cœur... J'ai vomi. Ma vue s'est troublée et j'ai perdu connaissance.

Quand je me suis réveillé, le côté droit de mon visage était enfoui dans la boue. J'ai relevé la tête, les restes de Réal étaient toujours là. Il me fallait faire quelque chose. Le corps gisait par terre, du sang, il y en avait partout. C'était clair. Je me suis pris par la main et suis allé à la rencontre du sergent Gosselin.

Pour toute réponse, la même rengaine : ce soldat a été ratatiné par un obus, point final. Moi, je connaissais la vérité mais le sergent n'a pas voulu croire ma version. Il m'a ordonné de garder le silence et de ne pas diffuser mes macabres idées. Ce que je fais. Je garde cette histoire pour moi. Mais... d'autres rumeurs se répandent comme une traînée de poudre. Les camarades commencent à chuchoter des choses. « Le jeune Houde est fou », disent-ils, pour ne pas y croire.

Je me demande toujours par quel mystère ce monstre m'a épargné à deux reprises. Peut-être ne mange-t-il pas lorsqu'il a la panse déjà bien remplie ?

Une certaine confusion s'installe. Les disparitions inexpliquées des camarades nous ont tous rendus nerveux et inquiets.

Personne n'ose en parler ouvertement. Chaque soir, un silence de mort pèse sur les tranchées. Pire encore, on a l'impression qu'il englobe la région entière... À croire que les éléments de la nature se préparent religieusement à l'apparition de... cette bête immonde.

Je voulais rencontrer Richardson en tête à tête et j'avais réussi à attirer son attention. Nous déambulions dans les rues et les ruelles de Bruxelles. Richardson, connaissant la ville, ouvrait la marche. Une brise glaciale nous accompagnait, chemin faisant.

Nous avons abouti sur une grande place que le jeu de lumières rendait féérique. Elle était encadrée de bâtiments historiques à l'architecture majestueuse.

L'endroit me parut magique. J'appris que le bâtiment le plus haut était l'hôtel de ville de Bruxelles et qu'il datait du XVIe siècle. Une grande flèche transperçait le ciel. Le tout était construit dans un style gothique.

Quelques minutes plus tard, nous étions attablés, au deuxième étage de la brasserie Le Roy d'Espagne, avec vue sur la Grand-Place. Nous nous faisions face. Le colosse, qui semblait suivre le conférencier à la trace, était assis non loin de là. En cette soirée d'hiver, chacun de nous avait une tasse d'un breuvage chaud devant lui.

– Assez tergiversé, qu'est-il arrivé à votre oncle ? commença Richardson.

– Ancien soldat, il aurait été traumatisé, lors de sa participation à la Première Guerre mondiale, par des créatures ressemblant aux gargouilles dont vous parlez, expliquai-je. À son retour au Québec, il s'est justement intéressé à des légendes évoquant ces êtres repoussants.

– Maintenant que vous êtes embarqué dans cette galère, je peux vous donner plus de détails. Vous souvenez-vous de la légende de saint Georges face au dragon, mentionnée pendant la conférence ?

– Oui, bien que j'avoue ne jamais l'avoir entendue avant. Mais j'aimerais en apprendre davantage.

– Cette légende est liée à une deuxième histoire, plus complexe, que je vais vous raconter. Ma vérité, comme j'ai l'habitude de dire… D'après mes recherches, une race extraterrestre, de la planète Alpha Draconis, aurait colonisé la terre il y a des dizaines de milliers d'années. Ce groupe aurait créé la civilisation lémurienne. Mais, comme un malheur n'arrive jamais seul, une deuxième race aurait suivi : les Atlantes !

– Ben voyons-donc, c'est du délire ! Pourquoi pas des hommes verts ? Ça va faire, là !

– Alain, vous n'êtes pas obligé…

– Je sais, de vous croire, complétai-je.

– Alain ! protesta-t-il, contrarié, je vous rappelle que c'est vous qui êtes venu taper à ma porte.

– C'est vrai.

– Vous voulez des explications sur ce qui est arrivé à votre cher oncle, alors laissez-moi poursuivre…

– Mes excuses.

– Au commencement, sur la planète Terre, il y avait de la place et de l'espace pour tous, humains, extraterrestres et animaux… Pourtant, les Lémuriens, possessifs et très avides, voulurent accaparer tous les bienfaits de la nature, ainsi que toutes ses richesses. Pour y arriver, il leur fallait des esclaves pour travailler dans les mines et les chantiers afin d'accélérer la production et l'exploitation des ressources. Ils auraient donc procédé à des manipulations génétiques sur les terriens, tellement arriérés à cette époque sombre, pour les rendre plus performants et plus intelligents.

Pour les décrire, les Lémuriens ont les yeux foncés, ils sont froids, cruels et incapables d'aimer. On les appelle aussi « reptiliens draconiens ». Ils ont une vision destructrice de l'univers. Ils ont envahi plusieurs planètes dont Rigel, dans la constellation d'Orion, où ils ont pris le contrôle des habitants et les ont utilisés – et les utiliseraient encore – comme mercenaires, en contrôlant leurs esprits. De la même manière, les Lémuriens ont réduit les humains en esclavage. D'après eux, l'écart entre extraterrestres et humains est énorme et difficile à combler. Comme, en bons profiteurs, ils ne voulaient pas se fatiguer à enseigner, il leur a été plus facile de donner des ordres et de contrôler les esclaves.

Ils exploitent toujours notre Terre, sachant bien que, le jour de sa destruction, ils iront voir ailleurs. L'autre faction d'extraterrestres était celle des Atlantes, des grands blonds, éblouissants de pâleur, qui ont une apparence humaine et que l'on associe à la race aryenne, à tort d'ailleurs. Les Atlantes croyaient plutôt à la droiture et à la bonté. Ils voulaient inculquer aux humains leurs connaissances extraterrestres en sciences, en géométrie et en technologie, comme la lévitation d'objets, et j'en passe.

Un débat a donc fait rage entre les deux espèces, pour savoir s'il fallait accorder leur chance aux terriens ou les utiliser comme esclaves. Elles se sont entretuées pour prendre possession de la planète bleue.

– Je ne vois pas le rapport avec l'histoire de saint Georges.

– J'y reviens. Ces deux races se sont affrontées et leurs combats furent féroces. Elles ont même eu recours, à plusieurs reprises, aux armes nucléaires. D'où la présence d'empreintes de radioactivité très élevée dans la vallée de l'Indus, ainsi qu'au niveau de la pointe sud de la mer Morte, dont on a tiré l'histoire de Sodome et Gomorrhe, citée dans la Bible. Toutefois, leur départ précoce de la planète Terre nous prive aujourd'hui de preuves tangibles de l'utilisation de telles armes, à des périodes si reculées. Quoi qu'il en soit, les Atlantes ont réussi à gagner la guerre en repoussant les Lémuriens reptiliens sous terre. Mais les Lémuriens, ou Draconiens, traîtres de nature, n'ont accepté ni leur sort ni leur situation d'ensevelis sous terre... Ils ont rompu le pacte qui les liait aux Atlantes et dominent aujourd'hui notre monde en contrôlant nos dirigeants, tandis qu'ils se nourrissent des moins fortunés.

D'où le lien avec saint Georges, le blond qui combattait le dragon. Saint Georges n'est qu'une icône, un emblème, un symbole représentant la lutte des Atlantes contre…

— Les reptiliens, conclus-je. Je serais curieux de savoir où vous avez trouvé ces informations. Malgré tout le respect que je vous dois, ça n'a pas de bon sens, cette affaire-là.

— Je vais donc continuer de vous surprendre en insistant sur le fait que ceci n'est qu'une des théories qui circulent dans le monde. Et, pour répondre à votre question : des experts, des physiciens, des astrologues, des ufologues et des historiens non conventionnels ont fait des études sur lesquelles j'ai pu fonder ma thèse. Parmi eux, Zecharia Sitchin, Erich Von Däniken, ainsi que Brad Steiger.

Une partie de moi voulait le croire, l'autre nous traitait tous les deux de fous ou d'illuminés.

— Je vais vous faire une confidence, mais je dois d'abord vous poser une question. Êtes-vous pratiquant ou, du moins, croyant ?

— Disons que j'ai été baptisé. Enfant, j'allais à l'église avec mes parents. Je dirais que je suis un croyant non pratiquant.

— OK, je me jette à l'eau alors, continua le conférencier. Vous ferez ce qui vous plaira de mes paroles. Si les messages religieux des livres sacrés incitaient à peupler la terre, c'était pour répondre au même objectif d'avoir toujours plus de main-d'œuvre à exploiter.

— Pantoute ! Vous n'êtes pas sérieux, là ?

Il leva ses yeux au plafond en signe d'exaspération.

– D'ailleurs, toutes les religions du monde ne sont qu'une invention des Reptiliens pour manipuler les hommes.

Cette thèse m'a valu deux, trois avertissements musclés. J'ai même été à deux doigts de trépasser. Vous pourrez le vérifier dans les archives des journaux ou sur mon site Internet. Si je suis devant vous ce soir, ajouta-t-il, c'est en partie parce que j'ai rendu publics ces incidents et je les ai condamnés. J'ai accusé les créatures draconiennes et leurs fantoches publiquement. S'il m'arrivait quelque chose aujourd'hui, cela donnerait raison à mes dires. Étant donné que les manipulateurs de l'humanité ne veulent pas que qui que ce soit découvre leur existence, je subis régulièrement des campagnes de « démenti » et de diffamation. On me présente comme un fou à lier, mais on me laisse aboyer en me surveillant de près. La providence a voulu que, lors de l'un de mes nombreux voyages, je m'arrête en Afrique. J'y ai rencontré Jibril, dit-il en m'indiquant le colosse d'un geste de sa main gauche. C'est ainsi qu'il est devenu mon ange gardien... Un vrai celui-là ! certifia-t-il d'un clin d'œil, en référence à son discours.

C'est là que je compris l'omniprésence et les réactions de Jibril, qui n'arrêtait pas de regarder autour de lui, à la recherche d'un quelconque mouvement ou d'une action qui représenterait un danger pour Richardson. Cet homme, entièrement dévoué à l'écrivain, ne sortait jamais de son mutisme volontaire.

– Je me souviens des messes où nous allions avec mes parents, les dimanches, ainsi qu'à Pâques et à Noël..., reprit-il, rêveur. On récitait nos prières mécaniquement, sans savoir le pourquoi du comment. Quand on posait des questions qui mettaient en doute les miracles de Jésus, ou des passages de la Bible, mon père nous ramenait toujours à l'ordre par une réprimande ou une punition.

J'avais écouté Richardson avec tant de concentration que mon chocolat chaud était devenu froid avant que je puisse le boire.

— C'est étonnant comme ce lieu semble magique, n'est-ce pas ? bredouilla-t-il avant de reprendre son histoire. Écoutez, cela fait plus de vingt ans que je parcours la planète à la recherche de la vérité. De l'Inde à l'Arizona, en passant par le Sri Lanka, la Chine, l'Italie ou l'Égypte. Le serpent et le dragon sont partout des symboles fondamentaux en relation avec divers dieux.

Par exemple, le serpent est présent dans la Bible, dans l'histoire du Jardin d'Éden. Souvenez-vous, il a incité Ève à désobéir à Dieu.

J'admirais sa capacité à débiter son histoire farfelue avec une pertinence impressionnante. Après sa représentation au théâtre, je ne m'attendais pas à ce qu'il ait encore autant d'énergie. C'est à croire que ses piles se rechargeaient au fur et à mesure qu'il parlait... Cela aurait pu durer toute la nuit.

— Les religions, poursuivit Richardson, ne sont que de gros mensonges créés pour mieux contrôler les populations. Regardez autour de vous : avez-vous vu les riches, les dignitaires ou toute personne influente pratiquer une religion régulièrement ? La réponse est toujours NON.

L'adoration d'un dieu, quel qu'il soit, est laissée au peuple, surtout aux pauvres, qui n'ont l'espoir d'une vie meilleure que dans l'au-delà, au paradis ou dans une vie future qui, en passant, n'existent pas… On le leur fait croire et ils embarquent. Ils n'ont pas le choix, pas d'autre espoir.

Câlice ! Son discours se teintait de diffamation.

— Comment pouvez-vous être en contradiction avec les trois ou quatre milliards d'humains croyants sur terre ? rétorquai-je, écœuré.

— Disons que cela ne me fait pas que des amis… Quand Galilée a affirmé que la Terre était ronde, il s'est lui-même fait traiter de tous les noms, car l'idée courante n'était pas celle-là du tout…

— Oui, mais là, on touche à la religion… les croyances. Ce n'est plus du même ordre !

— Souvenez-vous de toutes les guerres qui ont été créées à cause des religions ! Toutes ces populations décimées pour faire triompher une doctrine quelconque ! Si les religions nous encourageaient réellement à s'aimer les uns les autres, sous quel prétexte y aurait-il toutes ces tueries ? Quel Dieu, quel qu'il soit, demanderait à ses partisans d'exterminer d'autres êtres humains et de détruire la Terre et ses ressources, comme c'est le cas de nos jours ?

Je restai sans voix. Richardson avait un argument à opposer à toutes mes remarques. Ses réflexions m'avaient bouleversé. Je ne savais que croire. Il faut dire aussi qu'il ne me laissait pas de répit.

— Je pourrais également vous parler des Announakis, les habitants de la douzième planète ou planète X. La venue de ces extraterrestres sur Terre remonte à plus de six mille ans, les Sumériens en avaient sauvegardé la trace. Il pourrait tout à fait s'agir des Draconiens dont nous avons déjà parlé. Mais c'est une histoire assez longue. N'avez-vous pas faim ? Je mangerais bien un morceau…

– Oui, moi aussi, approuvai-je en réalisant que je n'avais mangé qu'un sandwich à midi, alors qu'il était 22 h passées.

Nous commandâmes le menu du jour et de la Duvel, en accompagnement.

– La NASA a découvert dernièrement une planète qu'on a appelée « X », en attendant de lui trouver un autre nom.

– Oui, j'en ai vaguement entendu parler…

– Il y a six mille ans, Sumériens et Babyloniens l'avaient nommée « Nibiru ». Il ne faut pourtant pas oublier que ces peuples ne disposaient pas des satellites qui sillonnent l'espace aujourd'hui. Les Announakis, descendus du ciel dans des « arches », leur ont apporté le savoir.

– C'est incroyable…, dis-je.

– Les Sumériens les avaient appelés « Announakis » puisque cela signifie « ceux qui sont descendus des cieux sur Terre ».

Le serveur arriva, portant les mets que nous avions commandés. Le bruit des couverts mit fin aux instants de silence.

– Les Announakis mesuraient une fois et demie la taille d'un humain, selon les textes et les bas-reliefs sumériens. Leur description me rappelle les Draconiens, mais c'est une hypothèse. Les Hébreux, de même, les ont côtoyés et les ont appelés « Nephilims », en référence à Goliath.

L'un des objectifs de leur débarquement sur Terre aurait été l'extraction de l'or et d'autres minéraux absents de leur planète.

Notez que Nibiru traverse le système solaire d'une façon cyclique tous les 3 657 ans. Elle a donc croisé le parcours de la Terre vers 1600, 1550 avant notre ère. Le rapprochement d'une telle masse, compte tenu de la vitesse orbitale des planètes, avait créé des cataclysmes, dont le fameux déluge, cité dans les récits mésopotamiens ainsi que dans la Bible et le Coran.

L'approche de cette planète représente toujours une occasion opportune pour assurer des arrivages de créatures nouvelles sur notre planète Terre... D'après les calculs des Sumériens, le prochain passage de la planète X, à proximité de la Terre, aura lieu en 2012.

– Serait-ce l'apocalypse prévue par les Mayas ?

– Sans aucun doute.

23 octobre 2007 – toujours en Belgique, région d'Ypres

– Tout ce qui est électrique ou motorisé arrête de fonctionner au-delà de cette ligne, annonça Richardson en pointant une ligne virtuelle débutant à l'orée de la forêt.

Nous avions quitté Bruxelles dans la matinée et roulé environ une heure et demie. Cela faisait trois ou quatre minutes que nous avions quitté l'auto et que nous marchions dans un petit dédale boisé. Cette forêt était essentiellement composée de chênes et de bouleaux éparpillés. Le sol humide était tapissé de feuilles mortes, en état de décomposition avancée.

– Ceci révèle la rareté du passage des humains, constata Richardson.

Nous fîmes quelques pas, puis il se retourna vers moi.

– Quelle heure est-il ? demanda-t-il soudain.

Je jetai un coup d'œil à ma montre: les chiffres numériques à cristaux liquides avaient disparu ! Je secouai ma main dans une tentative de les faire réapparaître, en vain.

– Ostie, je n'y comprends rien. Ma montre fonctionnait encore il y a moins de quinze minutes, dans l'auto.

– Je vous avais prévenu… Vous me croyez maintenant ? Ceci s'appelle « l'entropie », en thermodynamique. Il s'agit d'une mesure de la dégradation ou du désordre d'un système quelconque. Plus l'entropie du système est élevée, moins ses éléments sont ordonnés. Plus il y a d'entropie, plus ça merde, se déglingue !

Interloqué, j'en profitai pour le questionner sur ce lieu étrange.

– Vous ne constatez pas qu'il fait plus froid que tout à l'heure ?

– C'est un autre effet de la zone où nous sommes. Les écarts de température sont brusques. Il peut faire chaud d'un seul coup, en plein hiver, ou froid, en plein été… Il n'y a pas de règles. C'est comme si des courants d'air venaient d'ailleurs… d'outre-monde !

– Et c'est bien calme, je trouve. Ça me donne la chienne !

– Avez-vous remarqué l'absence de toute trace animale ? Vous n'entendez aucun bruit venant de la forêt, je me trompe ? Les animaux eux, contrairement aux humains, ont un instinct qui ne ment pas et qui leur conseille de ne pas trop s'approcher, annonça-t-il avec un sourire en coin, amusé de me voir paniquer.

Il avança à longues enjambées et poursuivit :

– S'il vous arrive d'entendre du bruit, ce ne sera pas d'origine humaine, ni animale… Je vous conseille alors de vous tirer vite fait ! Ne vous inquiétez pas de mon sort et ne regardez surtout pas derrière vous.

– C'est charmant ! commentai-je en essayant de lui emboîter le pas, jetant des coups d'œil par-dessus mon épaule dans toutes les directions.

L'absence de Jibril augmentait mon inquiétude. Richardson lui avait demandé de rester en ville pour une raison que j'ignorais.

– C'est un lieu très étrange, pourtant je peux vous garantir que, sur Terre, il y a pas mal d'endroits aux caractéristiques semblables.

Il s'arrêta un instant, humant l'air.

– Sentez-vous cette odeur ?

– Ça sent les feuilles d'arbres ainsi que la verdure en décomposition. On est en pleine forêt, non ?

– Ce n'est pas ce dont je parle. Des milliers de personnes ont agonisé dans ce coin. Elles ont vécu un supplice, avant de rendre l'âme… ça suinte leur souffrance.

– Désolé, je n'ai pas atteint ce niveau de clair-voyance, répliquai-je, sarcastique.

– De nombreuses vies ont été fauchées préma-turément dans ce secteur, continua-t-il. Connaissez-vous Stonehenge ?

– Oui, je vois de quoi il s'agit, ces mégalithes en pierre, érigés en cercle. Ils se trouvent à Salisbury, en Angleterre, il me semble. À dire vrai, je savais que ce site existait, mais j'ai trouvé plus d'informations en feuilletant les dossiers qu'étudiait l'oncle Henri. J'ai ainsi appris que Stonehenge concentre plusieurs vortex d'énergie.

– Ces mégalithes ont au moins 3 500 ans. Ces cromlechs seraient des observatoires astronomiques préhistoriques. D'autres chercheurs décrivent le site comme lieu d'atterrissage de vaisseaux spatiaux, mais disent aussi que son existence remonte au commencement des temps et que des sacrifices étaient régulièrement accomplis, ajouta-t-il. J'étais curieux de découvrir les sensations que pourrait générer en moi l'énergie émanant de ce lieu historique. Je me suis donc rendu là-bas. Dès que la silhouette des mégalithes s'est profilée à l'horizon, j'ai ressenti une impression désagréable, qui s'intensifiait à mesure que je m'approchais. Chose que je ressens également ici, dans cette zone. Mais là-bas, c'était plus impressionnant ! Une vibration bizarre et maléfique m'avait envahi ce jour-là, dès que j'étais descendu de la voiture. Je sentais quelque chose d'ancestral dans l'air, comme une odeur qui vous donne la nausée. C'était l'odeur des âmes, venue du fond des âges. Par moment, je me croyais au bord d'un abîme, d'un gouffre...

Il stoppa net.

– Regardez, ajouta-il en pointant son doigt vers l'avant, là-bas, c'est le saillant d'Ypres et, derrière, à une douzaine de kilomètres, le village de Passchendaele.

– Oui, j'ai fait des recherches là-dessus. Une importante bataille s'y est déroulée. J'ai découvert que près de 300 000 Britanniques, des Canadiens et des Écossais, avaient laissé leur vie sur ce champ de bataille. Sans oublier les Allemands, qui ont perdu un quart de million d'entre eux. Au moins 40 000 soldats ont disparu purement et simplement... On a dit qu'ils avaient été aspirés par la boue. Croyez-vous que c'est plausible ? Peut-être étaient-ce des sables mouvants ?

– Je vous renvoie la question, Alain. Qu'est-ce que vous en pensez ?

– L'oncle Henri, comme je vous l'ai raconté, a participé à pas mal de batailles, mais pas celle-là. Je pense qu'il a été interné avant cette période-là. Lui avait un autre point de vue sur les soldats disparus. Cela rejoindrait plutôt vos histoires sur les Reptiliens, ou quelque chose d'approchant. Quand il rapportait ses visions, on le traitait de fou.

Je fis demi-tour, en fixant le site à quelques centaines de mètres de nous.

– On a dit qu'il n'y avait aucun objectif tactique dans le coin, ajoutai-je. On se demande même pourquoi la possession de ce bout de terrain fit l'objet de tant d'acharnement. Certains documents précisent également que les Allemands avaient creusé là quatre lignes de tranchées, deux de trop... Et la raison est inconnue.

– Je vais vous expliquer le pourquoi des choses, affirma Richardson. Des rumeurs rapportent qu'une grande caverne existait sous les tranchées et que des démons y avaient construit une sorte de cathédrale noire. Peut-être existe-t-elle encore... Personne n'est capable de le vérifier. Ça, ce sont les rumeurs, mais quand j'entends le mot *démons*, qu'employait la population, je ne peux pas m'empêcher de relier cela à nos discussions.

Chapitre 4
Secret défense

1er juin 1915

La situation sur le front est revenue à la normale : pilonnage à des heures spécifiques de la journée et en soirée. Les deux camps se scrutent à travers leurs barbelés. Chacun attend que l'autre fasse une erreur ou sorte sa tête plus haut qu'il ne le faut.

Pas de nouvelles disparitions suspectes. Étrange ! Serait-ce moi qui fabule, après tout ?

3 juin 1915

Je viens de recevoir une lettre de mes parents. Et une autre de ma douce.

Les parents me parlent des champs, du bétail, de la belle Arlette qui s'est mariée. Du fils Lessard, qui est en pleine forme mais qui ne me rejoindra probablement jamais sur le champ de bataille… Le village a besoin de lui, prétend le maire, son maudit père…

Bref, que des menteries !

Pauline, elle, s'ennuie de moi, comme moi je m'ennuie d'elle. La séparation lui pèse trop. Elle me parle de la promesse qu'on s'était faite avant mon départ. Mais aussi du fils Lessard, qui n'arrête pas de tourner autour d'elle. Elle me parle de son père qui lui en veut d'avoir refusé Martin en mariage.

Il ne perd pas de temps, le salaud !

4 juin 1915
Dix mois déjà que nous vivons dans cet enfer. Dix mois que nous espérons tous que nos ennemis déposent leurs armes par terre. J'attends impatiemment la fin de cette guerre atroce, quels qu'en soient les aboutissements ! Je pense que je ne suis pas le seul dans cet état d'esprit. On nous a menti…
Je pense à Pauline. Je me cramponne à son souvenir pour ne pas douter, garder confiance et sang-froid.
On est pris comme des rats dans ces tranchées. En parlant de rats, les gars s'amusent à trouver des moyens pour les attraper. Des petits concours s'organisent. C'est à celui qui ramassera le plus grand nombre de rats vivants. La douzaine contre un paquet de cigarettes ! C'est cher payé pour des rats ! En tout cas, cette occupation nous aide à oublier la réalité.

10 juin 1915
Je dois être un miraculé ! J'ai déjà fait face et survécu deux fois au monstre. Deux obus ont explosé aujourd'hui dans la tranchée. Turner et Simard ont été fauchés. Heureusement, je m'étais absenté pour aller aux toilettes. La volonté divine veut que je reste en vie. Merci, mon Dieu ! Je constate la protection et le réconfort que m'apportent les bonnes prières des parents.

1ᵉʳ juillet 1915
J'ai reçu une lettre des parents. Les nouvelles ne sont pas bonnes. Pauline s'est mariée. Forcée par son père. Mes parents ne pouvaient rien faire. De toute façon, ils étaient supposés être heureux pour Martin. Après tout, n'avons-nous pas été

élevés tous les trois ensemble, comme frères et sœur? Chaque fois que je tire une balle, j'imagine qu'elle ira transpercer le cœur de Martin. Que vaut ma vie, maintenant? Parfois je maudis l'obus qui m'a raté en fauchant des camarades à ma place... Pauline était toute ma vie, l'espoir auquel je m'accrochais pour vivre... L'espoir d'un avenir meilleur avec elle... après cette satanée guerre! Si je peux en revenir! Maintenant qu'elle n'est plus à moi, que vais-je devenir?

2 juillet 1915
J'ai été convoqué chez mon lieutenant. Le sergent Gosselin m'y a accompagné. Le lieutenant Hébert m'a d'abord servi un thé et offert une cigarette, que j'ai refusée poliment. L'officier a affirmé avoir suivi mon parcours, depuis mon arrivée sur le front. Il se souvient donc que j'ai été victime de gazage. Aussitôt dit, il m'a regardé droit dans les yeux, m'annonçant d'un air moqueur : «Je pense, Henri, que les gaz toxiques que vous avez respirés ont eu un effet néfaste sur votre raisonnement. Comprenez-vous ce que je veux dire? »

— Pas vraiment, mon lieutenant.

— Je ne vais pas y aller par quatre chemins, Houde. Tout ce que vous avez CRU voir n'est qu'hallucinations liées à l'inhalation des gaz toxiques.

— Ah, oui?

— Oui et, pour cette raison, je vais vous rendre un grand service : je vais vous détacher auprès d'une unité spéciale, composée de plusieurs éléments des forces alliées. Vous allez donc travailler avec des Français, des Belges, des Anglais et des Russes.

— Qu'est-ce que je vais faire avec eux autres? Et comment allons-nous communiquer?

– Ce n'est pas votre problème. De toute façon, vous serez sous les commandes d'un officier et de sous-officiers canadiens-français. Ce sont eux qui vous transmettront les ordres! Je vous fais confiance, Houde! Ne me décevez pas. Sachez que c'est une mission secrète! Vos compagnons actuels ne doivent rien savoir de ce que je viens de vous dire, a-t-il ajouté en se levant comme un ressort.

Me donnant une enveloppe scellée, il a déclaré: « Voici votre ordre de mission, préparez-vous! Vous partez dans deux heures! » D'un signe de la main, il nous a fait comprendre que la rencontre était terminée. Je suis retourné à mon poste préparer ma besace. J'ai fait mes adieux à mes compagnons. Le sergent Gosselin ne m'a pas quitté d'une semelle. Le camion est arrivé. Je suis monté dedans. Destination inconnue! Que me réserve l'avenir?

4 juillet 1915 – Quelque part, en France
Je suis arrivé hier dans des baraquements. Je n'ai aucun indice sur la ville où je me trouve. Cela dit, je pense qu'on est loin du front, car on n'entend plus de bruits d'explosions, ni d'obus siffler au-dessus de nos têtes. Ça fait du bien...

Le campement est aménagé comme une ferme de taille imposante. Des vaches, des cochons, des chèvres et des poules circulent en liberté... Drôle de façon de faire la guerre. Serions-nous considérés comme des fermiers? La plus grande bâtisse du campement est le corps d'une fermette, qu'on appelle « l'entrepôt ». Pour quelle raison? Je l'ignore.

Depuis mon arrivée, d'autres militaires se sont joints à notre groupe. Le lieutenant n'avait pas menti. Il y en a de toutes les nationalités. Qu'est-ce qu'on nous demandera de faire? Quelle sera notre nouvelle mission? J'ai posé la question à des sous-officiers. On a à peine daigné me regarder ou on a fait comme si on ne me comprenait pas. Tout ce que je sais, c'est qu'il faut attendre les ordres et profiter de ces quelques jours de répit. Je ne me suis pas fait prier... On n'a pas de grandes corvées. Ou plutôt pas de corvée du tout. L'heure du réveil est à sept heures, ce qui me semble tard pour des soldats en guerre... À part les quelques coqs de la basse-cour, qui nous empêchent de profiter des moments de repos matinal, tout va bien. La nourriture de la cantine est chaude et savoureuse. Ça faisait trop longtemps que je mangeais des boîtes et des biscottes dures. Je ne peux qu'apprécier ma nouvelle situation. Il nous arrive même d'avoir des œufs frais... On est dans une ferme, non ?

5 juillet 1915

Des groupes se forment tranquillement. Les gens qui parlent la même langue se rapprochent naturellement. Les langues se délient petit à petit et les gens deviennent moins méfiants. Cela dit, personne ne sait pourquoi nous sommes regroupés dans ce coin.

Un sergent canadien, nommé Adams, m'a conduit au lieutenant responsable de la section. L'officier m'a souhaité la bienvenue dans l'unité d'élite. Il m'a broché le grade de caporal sur le bras. C'était formidable ! Je me demandais encore pourquoi j'avais été choisi quand j'ai constaté, par la suite, que le grade de caporal est le plus bas de cette unité.

6 juillet 1915

J'ai appris que nous devions être entraînés pour des opérations spéciales, sans plus de détails.

J'ai voulu envoyer une lettre à mes parents, mais l'adjudant m'a dit qu'il fallait que je patiente, car nous n'avons pas reçu l'autorisation de communiquer avec le monde extérieur, surtout des civils.

— Je ne sais pas où nous sommes et je ne raconterai rien sur ce que l'on fait, ai-je pourtant promis à l'adjudant.

— Nous devons nous en tenir aux ordres des supérieurs, a-t-il répondu. De toute façon, aucun service de vaguemestre n'a été attribué à notre unité. Tu n'as qu'à garder ton courrier jusqu'à nouvel ordre !

J'ai mis mon enveloppe dans ma musette et prié pour que ce nouveau calvaire finisse bientôt.

10 juillet 1915

Les deux derniers jours se sont passés dans un calme plat. Enfin, nous avons eu une réunion. Notre lieutenant nous a appris la principale raison de notre présence ici. Des expérimentations classées secrètes auront lieu dans le campement. Les soldats présents auront comme mission de garder le campement et d'empêcher que des incidents perturbent le bon déroulement des activités.

11 juillet 1915

Ce matin, nous avons été réveillés plus tôt qu'à l'accoutumée. On s'habitue vite au repos et au réveil tardif. Le sergent principal Adams nous a appelés à la hâte pour assister au déchargement d'une cargaison.

— Les soldats doivent avoir leurs armes ! a-t-il annoncé à haute voix.

Un camion gris est arrivé et s'est arrêté près de l'entrepôt, au milieu du campement. Il transportait une grosse boîte métallique sans fenêtre, dont la seule porte se trouvait à l'arrière... Chacun bardé de son fusil, nous nous sommes *alignés autour du véhicule... Le sergent a fait le tour des hommes pour vérifier les armements. Le conducteur, un caporal, est descendu du véhicule, suivi d'un sergent qui, en passant, avait une sale tête... Le sergent Adams s'est approché d'eux.*

La vilaine tête lui a tendu un porte-document. Le sergent Adams l'a ouvert pour feuilleter le dossier et l'a refermé, avant de le coincer sous son bras. Il s'est dirigé vers l'arrière du camion et s'est installé à dix pieds de la porte. Tout en posant sa main sur le pistolet accroché à sa ceinture, il a fait signe au caporal d'ouvrir la porte. Qu'est-ce qui doit être déchargé du camion ?

Le caporal a actionné une manivelle sur le côté arrière gauche du camion. La porte s'est ouverte lentement, dans un grincement strident, basculant de haut en bas, pouce par pouce. Nous autres, nous attendions à nos postes, les fusils chargés, prêts à intervenir.

Une odeur aigre assez particulière, mêlée à celle du crottin, se dégageait de l'ouverture.

Une sueur froide coulait dans mon dos, je redoutais le pire.

Après un court instant, qui m'a semblé interminable, l'extrémité supérieure de la porte est tombée sur le sol, restant attachée au camion par de lourdes charnières. Des marches de métal sont apparues, fixées sur la face intérieure de la porte. Des tiges métalliques, reliées par une corde, formaient un garde-fou des deux cotés des marches.

Le caporal a donné deux coups de manivelle sur la tôle du caisson. Des bruits de mouvements désordonnés ont retenti à l'intérieur du caisson. C'est à croire que quelque chose s'y réveillait, après un long sommeil.

Des bruits de raclement ont suivi...

Non, c'étaient des bruits de pas lourds.

Soudain une masse s'est montrée à l'embrasure de la porte.

Une personne de taille imposante a fait son apparition. Elle était vêtue d'un long manteau sale qui avait dû être bleu en des jours meilleurs. Des brodequins, crasseux et usés, dépassaient de l'extrémité du manteau. C'était un homme, du moins c'est ce que j'ai pensé en apercevant son gabarit. Le bonhomme avait la tête couverte d'un sac sans trou. Ça m'a rappelé les brigands qu'on emmenait à la guillotine.

Le caporal s'est rapproché de l'arrière du camion. Il a tiré sur une longue canne accrochée savamment sur la paroi principale et l'a pointée vers ce géant qui tâtait le vide de ses mains à la recherche de repères. La canne a touché le flanc droit du prisonnier. Le colosse portait des mitaines crasseuses. Attrapant l'extrémité de la canne, il a avancé son pied droit. J'ai remarqué que ses pieds étaient attachés par une grosse chaîne suffisamment longue pour lui permettre d'avancer.

Quand son pied s'est retrouvé au bord des marches, le caporal lui a donné l'ordre de descendre. Le colosse a tenu la corde du garde-fou et a amorcé sa descente hésitante.

Puis, le caporal a guidé de la même manière six autres individus, tous dans un piteux état. Je ne comprenais pas pourquoi on nous avait demandé d'être armés jusqu'aux dents. Ces pauvres malheureux, malgré leur taille exceptionnelle, n'avaient pas l'air si dangereux que ça.

Et pourtant, aussitôt le groupe d'hommes au sol, nous avons reçu l'ordre de les encadrer en formation serrée. Le lieutenant s'est approché du sergent-chef et lui a glissé deux mots en regardant la porte de l'entrepôt.

Puis, le sergent nous a ordonné d'y conduire les prisonniers. Nous nous sommes précipités sur eux, les brutalisant à l'aide de nos fusils. Des petits coups portés çà et là dans les côtes, les reins et le dos.

Je participais à contrecœur.

Les bougres étaient complètement déboussolés. Ils n'ont montré aucun signe de résistance. On entendait seulement de misérables grognements sortir de leurs gorges, en signe de désapprobation.

J'observais les soldats de la force d'élite se défouler, après des jours et des jours d'abstinence. Pourquoi devions-nous les traiter avec cette brutalité, alors qu'ils étaient désarmés? Ils semblaient tellement inoffensifs que ça faisait pitié. Pourquoi tant de mesures de sécurité?

Il m'est pénible de raconter ce qui est arrivé après avoir poussé les prisonniers dans l'entrepôt. On les a suivis jusqu'à ce qu'ils soient à l'intérieur.

Un capitaine et un individu maigre, vêtu d'une blouse d'un blanc sale, nous y attendaient déjà.

Un gros caisson en métal a été placé au centre de l'entrepôt. Le caisson était équipé de deux tuyaux contournant son unique porte d'accès. Ces tuyaux traînaient lamentablement par terre, comme deux gros serpents, et étaient fichés dans une boîte couverte de cadrans et d'ampoules vertes et rouges et munie d'une manette servant de robinet.

Je me suis demandé ce que c'était.

Nous avons reçu l'ordre de faire entrer les prisonniers dans ce caisson et de les attacher aux boucles métalliques fixées aux parois intérieures. Nous nous sommes exécutés à l'aide de gros cadenas et nous avons remis les clés au sergent principal.

À ce moment seulement, on nous a demandé de découvrir la tête des prisonniers. J'ai honte de les appeler « prisonniers » car, finalement, j'ai découvert que ces malheureux faisaient partie de l'armée française.

Oui! Grosse surprise pour nous tous. Ces hommes, que l'on croyait nos ennemis, étaient en fait des tirailleurs sénégalais. Pourquoi les avait-on emprisonnés ? Avaient-ils déserté ? Peut-être... Nous avions déjà entendu dire que des soldats français avaient été abattus par leurs supérieurs, sur leurs positions, pour donner l'exemple! Ils s'étaient en effet volontairement mutilé la main, en guise de refus d'obéissance ou pour abandonner leur poste.

Ici, plusieurs soldats cachent leurs sentiments. Ils sont muets... On exécute les ordres, sinon on se fait fusiller...

On nous a distribué des masques à gaz différents de ceux auxquels nous sommes habitués. Une cagoule complète, qui ne laisse aucun morceau de peau dépasser. On a dû enfiler ces masques aux prisonniers. Là, j'ai commencé à deviner ce qui aller leur arriver... J'ai fait un pas en arrière, discrètement, puis un deuxième vers la sortie. Une main de fer m'a saisi par l'épaule en la tenant fermement.

— Où vas-tu, Henri ? m'a demandé le sergent principal.

— Je ne veux pas participer à cette boucherie, ai-je répondu avec détermination en agrippant mon fusil.

— Ce n'est qu'une expérience, tu verras que les Sénégalais ne risquent rien. Ce sont des masques sophistiqués.

— C'est pour cela que nous les avons attachés avec des cadenas ? ai-je demandé.

— Ce n'est pas nous qui prenons les décisions, Henri. Ça vient de haut, de très haut. Souviens-toi que tu es là pour exécuter. La fraternisation, ce sera après la guerre.

– Qu'est-ce qu'ils ont fait de si grave, ces Sénégalais, pour qu'on les traite de la sorte ?

– Je ne peux pas te le dire. D'ailleurs, je ne le sais pas vraiment... Il se peut que ce soit un délit quelconque, peut-être n'ont-ils rien fait du tout... Qui sait ? Je ne me pose pas de questions, moi. J'ai une famille et des enfants qui m'attendent au Canada.

J'ai secoué la tête. À mes yeux, c'était trop incroyable comme réaction.

– Tu devrais penser à ta famille, toi aussi, Henri, a-t-il ajouté.

– Comment pouvez-vous parler de famille et d'enfants quand vous participez à de telles horreurs ?

– Je te le répète, il ne leur arrivera rien ! Tout est calculé d'avance. C'est pour cela qu'ils portent des vêtements longs, des brodequins hauts, des mitaines et des masques !

– J'aimerais tant que vous ayez raison, sergent..., lui ai-je dit, suspicieux.

Nous sommes sortis de l'entrepôt, laissant le capitaine et son compère seuls à l'intérieur...

Puis, nous avons dû attendre une heure à l'extérieur de l'entrepôt. Une longue heure à se demander ce qui se passait avec les malheureux, attachés comme des bêtes qu'on conduit à l'abattoir. Le sergent principal avait peut-être raison. Il ne leur arriverait rien. C'est ce qu'il a dit et c'était mieux comme ça... Pendant ce temps-là, on nous a distribué des masques à gaz, « nouvelle génération », comme ils les appellent. Ils ressemblaient à ceux qu'on avait mis sur les visages des Sénégalais. L'ordre était de les mettre sur la figure et de s'assurer qu'ils étaient bien ajustés. Nous avons également reçu des mitaines spéciales, fabriquées en cuir de phoque, qu'il fallait enfiler pour la prochaine intervention. Il paraît que ce cuir imperméable ne laisse pénétrer aucune substance.

Nous avons enfin reçu l'ordre d'entrer dans l'entrepôt. J'avais très peur de ce que j'allais y découvrir. J'étais le dernier de la file. Les soldats se sont repositionnés de la même manière que précédemment : formation serrée, encadrement de la porte du caisson.

Contrairement à celle du camion, cette porte s'ouvrait à l'aide d'un mécanisme sophistiqué. Le capitaine n'avait qu'à actionner une manette d'une dizaine de pouces de longueur, vers le bas. Un système de pistons et de vérins s'est mis en marche, produisant un bruit de frottement huilé. De la fumée s'est dégagée de la fente sur le côté de la porte du caisson.

Les deux battants se sont ouverts lentement. Des nuages jaunâtres en sont immédiatement sortis. Les a-t-on laissés exposés au gaz pendant tout ce temps-là ? Dès que les gaz se sont dissipés, on a envoyé deux hommes dans le caisson. Les éclaireurs sont ressortis en faisant un signe avec le pouce vers le haut. Bonne nouvelle ! *ai-je pensé. Les Sénégalais devaient avoir survécu. Le sergent avait raison. Alors, nous sommes entrés dans le caisson à notre tour, pour détacher les prisonniers. Il fallait quand même que quelques-uns d'entre nous restent en arrière pour assurer la sécurité, au cas où ça tournerait mal. Toujours les mêmes craintes...*

Ce qui m'a le plus choqué, c'est qu'il aurait fallu faire feu dès qu'on se serait sentis menacés ou qu'on en aurait reçu l'ordre. Tirer sur des soldats alliés, alors qu'ils sont attachés et désarmés ? Quelle honte !

Je m'étais bien dit que les gaz devaient avoir eu un effet désastreux sur ces hommes attachés. Ils étaient là, allongés par terre, inconscients. Il y avait quelque chose que je ne comprenais pas : pourquoi les éclaireurs avaient-ils levé le pouce pour nous faire croire que tout allait bien et que tout s'était bien passé ?

J'ai deviné que ces prisonniers, et j'ai honte de les traiter ainsi, avaient dû respirer le gaz et que leurs masques n'étaient pas aussi efficaces qu'on nous l'avait fait entendre... Ou est-ce que la durée de l'exposition avait été trop longue ? J'avais déjà connu l'effet du gaz sur le champ de bataille, en plein air. Je me doutais qu'ici, dans ce caisson fermé, l'effet avait dû être multiplié.

On a dû secouer les Sénégalais comme des sacs à légumes pour essayer de les réveiller. C'était inutile... Ils retombaient aussitôt, amorphes.

Le capitaine s'est approché, la main sur la poignée de son revolver, secondé par l'homme à la blouse blanche. Il s'est penché sur le premier homme allongé près de l'entrée et a donné l'ordre à l'un de ses hommes d'enlever le masque du Sénégalais.

J'avais de la difficulté à voir la scène clairement, les lunettes de mon propre masque réduisant mon champ de vision.

Mon camarade s'est agenouillé devant le prisonnier. Le capitaine avait la main soudée à son revolver. Le soldat a défait le masque de l'homme inconscient, avec beaucoup de précaution. Des lambeaux de chair se détachaient à chaque mouvement du masque. Mon camarade est tombé inconscient à son tour. Ce qu'il voyait était insoutenable... Un autre soldat s'est présenté pour le ramasser, tandis qu'un troisième complétait la pénible tâche. J'ai remercié le Seigneur qu'on ne m'ait pas choisi pour cette tâche répugnante. Le contour du masque a fini par se détacher complètement en arrachant avec lui des bouts de chair du misérable. C'était le comble de l'horreur.

Le capitaine s'est approché pour toucher avec précaution le visage du mort. L'homme allongé avait les yeux fermés. Sa chair semblait pourrie. Des croûtes de sang caillé couvraient sa figure. Ses lèvres et son nez étaient boursouflés, comme s'ils allaient exploser. L'homme à la blouse s'est approché à son tour. Il a constaté qu'un liquide épais sortait des oreilles du Sénégalais. Un liquide brun foncé. Du sang ?

Le docteur a touché le cou puis le poignet du Sénégalais, et a jeté un coup d'œil rapide et concluant au capitaine. Il a ensuite baissé les yeux en hochant la tête et a murmuré : « Celui-là au moins ne souffre plus. Il est mort. »

Ils étaient sept ! Sept gaillards qui avaient effrayé nos troupes, malgré leurs chaînes aux pieds. Les voilà réduits à l'état d'hommes de paille, sans vie, tels de grotesques épouvantails.

Quel gâchis !

Le résultat de l'expérience avait été aussi désastreux pour chacun des soldats sénégalais. Pourtant, un jour, ils avaient été des nôtres, eux aussi. Avant qu'on ne les ait trahis.

Le capitaine avait donné l'ordre aux soldats de sortir du caisson.

Les soldats d'élite se sont exécutés, moi aussi, sauf que je ne comprenais toujours pas la justification de ce massacre auquel j'avais été forcé d'assister.

Trouverais-je un jour la réponse ?

J'étais plongé dans mes pensées lorsque j'ai entendu un grognement derrière moi. Le râle d'une bête sur le point de rendre l'âme. Un grognement de souffrance et de détresse.

Je me suis retourné, me dirigeant vers le caisson. Les Sénégalais y avaient été laissés pour morts. Mais l'un d'entre eux avait survécu... Apparemment.

J'étais seul devant ma macabre découverte. Personne n'avait pris la peine de me suivre. Ou peut-être n'avaient-ils pas entendu l'appel au secours. Je me suis approché d'un pas alerte, tendant l'oreille vers la source du grognement. Mais ce n'était pas suffisant. J'ai dû me pencher au-dessus de chacun des corps alignés lamentablement. J'ai commencé par les secouer chacun leur tour, en retenant ma respiration. L'envie de vomir me pinaillait l'estomac. Ça sentait tellement mauvais.

Le spectacle n'était pas beau à voir. Des chairs tuméfiées, cloquées par endroits, du sang coagulé, là où la peau avait été arrachée. Des lambeaux de peau, des taches de sang et d'autres liquides, que j'étais incapable d'identifier, çà et là.

Après avoir inspecté trois corps, j'ai trouvé le seul survivant. Je me suis accroupi et ai pris sa tête dans mes bras pensant que, dans cette position, il pourrait mieux respirer. Il a poussé un gémissement lugubre. J'ai cru reconnaître Diouf, l'un des soldats rencontrés dans les tranchées. J'imagine que l'effort qu'il faisait pour respirer lui faisait mal à la poitrine. Peut-être même partout. L'état de sa chair en décomposition était si repoussant qu'il me faisait pitié. Le malheureux essayait de dire quelque chose mais, chaque fois qu'il ouvrait la bouche, un filet de sang en sortait. Puis, un mélange visqueux et épais est sorti tout droit de ses tripes.

Il a réussi quand même à placer quelques mots :

— Pourquoi ? Pourquoi ? a-t-il répété faiblement.

— Je ne sais pas mon ami, pourquoi... As-tu commis un acte criminel ? Voulais-tu te sauver et ne pas faire la guerre ?

— Non, mon frère... Dieu seul sait comment je me suis battu, m'a-t-il murmuré en reprenant péniblement son souffle.

— Reste tranquille, lui ai-je dit. Ne fais pas d'effort.

— Moi, j'aime la France !!! Moi, je n'aime pas les Boches ! a-t-il balbutié.

— Je n'en doute pas, mon ami, lui ai-je dit en lui tapotant le bras.

— Mal, mal, m'a-t-il fait comprendre en pointant sa gorge et ses mains déchiquetées sous les mitaines.

J'ai maintenu sa tête contre ma poitrine et gardé sa main dans la mienne. J'ai soudain eu de la difficulté à respirer moi-même. Je manquais d'air.

Je lui ai découvert la main petit à petit, le débarrassant de sa mitaine en douceur.

Ce que je craignais est quand même arrivé. La peau partait en lambeaux. Et c'était trop pour moi. J'ai vomi... Mais je me suis vite repris.

— Ne bouge pas ! Je vais chercher de l'aide.

Je me suis levé, manquant glisser dans mon vomi.

— Non. Moi, je vais mourir, c'est mieux. Jésus m'attend.

— Tu vas vivre, il y a encore de l'espoir !

Je suis sorti du caisson et j'ai couru retrouver le sergent. Je lui ai expliqué ma découverte. J'étais à bout de souffle, désespéré, mes paroles semblaient difficiles à comprendre. Le sergent principal m'a fait signe de ne pas bouger. Il est allé en informer le capitaine. Je les ai vus gesticuler en discutant.

Le sergent est revenu vers moi, une expression grave sur le visage.
— Suis-moi, m'a-t-il crié, aboyant comme un chien de garde.
— Oui, mon sergent.
Nous sommes retournés à l'entrepôt et avons avancé dans le caisson. Le survivant était là où je l'avais laissé. De toute manière, il ne pouvait pas aller bien loin dans cet état! Il avait les yeux fermés et respirait bruyamment. Le sergent s'est approché de lui et lui a lancé une talonnade dans les pieds. Le malheureux a soulevé la tête et a ouvert de grands yeux, ronds comme des billes, au milieu de sa face ensanglantée.

D'un geste rapide et bien maîtrisé, le sergent a dégainé son revolver, pour la première fois depuis notre arrivée au campement, et lui a planté une balle dans la tête!
— Non! ai-je hurlé.
— Personne d'autre que nous deux n'est au courant de ce qui vient de se passer... Tu n'as rien vu, rien entendu. Secret d'État! Et c'est un ordre! a-t-il déclaré en me menaçant de son regard impitoyable.
J'étais mortifié.
— Mais il n'avait rien fait de mal! Il avait simplement besoin d'aide.
— Et que penses-tu qu'il aurait fait après sa guérison? m'a demandé d'une voix sèche le sergent.
— Il avait besoin d'être soigné. Il disait qu'il aimait la France, lui aussi. Il se battait dans les mêmes rangs que nous autres.

– *C'est ce qu'il t'a dit, a-t-il ajouté sèchement, pour mettre fin à la discussion.*

– *Il m'a également dit qu'il se battait pour la France, je vous assure ! Il n'aimait pas les Allemands. Il n'avait pas l'intention de déserter.*

– *Tout ceci ne te regarde pas, a-t-il rétorqué sur un ton énervé.*

Je lisais de la méchanceté dans ses yeux.

– *Cela me regarde, monsieur. Qu'est-ce qu'il a fait pour mériter votre geste ? Vous l'avez traité comme un ennemi et pire encore.*

– *Je te dis que ça ne te regarde pas. Et c'est la dernière fois que je le répète.*

– *Sinon vous faites quoi, sergent ? Vous me plantez une balle dans la tête, comme à lui ?*

– *Je l'aurais déjà fait si tu n'étais pas dans cette unité d'élite.*

– *Je ne veux plus faire partie de cette unité. Je préférerais me battre sur le front et mourir avec honneur.*

– *Bon ! Ça suffit ! Je peux aussi bien te fourrer au trou pour insubordination. C'est aussi simple que ça.*

Je me suis tu. À quoi bon utiliser ma salive pour cet abruti. Je n'aurai jamais le dernier mot. Je me suis promis de filer de cet enfer le plus tôt possible. Mais pour aller où ? Et comment ?

Un goût désagréable m'est resté dans la bouche. J'en ai la nausée.

Le soir venu, quelques camarades ont reçu l'ordre de ramasser les corps dans le caisson et de les jeter à l'arrière de la fermette, dans une fosse commune. Les cochons ont dû s'en donner à cœur joie. À moins que le monstre des tranchées ne soit venu dans les parages. Et si c'était pour lui, pour qu'il mange, qu'on a organisé ce massacre ? Peut-être qu'en échange, il laisse tranquilles les hommes sur le front. Je suis en plein délire.

13 juillet 1915

Ça y est... Ma décision est prise. Je dois me sauver de cet enfer avant de perdre la raison ou de me retrouver avec une balle au milieu du front.

Il faudra être très prudent. Mes multiples confrontations avec le sergent et mes histoires de monstres dans les tranchées doivent me faire passer pour un gars malcommode. Pire encore, je dois éveiller des soupçons.

Il y a des moments où je sens le regard insistant des camarades fixé sur moi. Ils détournent la tête dès que je m'en aperçois. Et si on se débarrassait de moi pendant mon sommeil ?... On pourrait aussi ajouter de la mort-aux-rats dans ma gamelle. Par la suite, on dirait que j'ai été tué au combat ou que je suis mort de froid. Il y a mille et une façons de mourir ou de disparaître.

Après tout, je suis en mission secrète et personne ne sait où je me trouve présentement. Personne, à part mes supérieurs. Comment puis-je faire confiance à ces gens-là, après ce que j'ai vu de mes propres yeux ?

Mon carnet ne me quitte plus. Avant, je le gardais dans ma musette, tant que je n'avais pas envie d'écrire. Mais là... tout ce que j'écris devient une preuve contre les meurtriers, les assassins. Et si quelqu'un le trouvait, je serais dans de beaux draps. Maintenant, je le garde sous ma tenue, collé à ma peau.

14 juillet 1915

Avant, quand nous étions sur le front, on pouvait faire des sorties sur les lignes arrière. On nous envoyait au magasin du régiment.

Ici, on est pire que des prisonniers. Sous prétexte qu'on est en mission secrète, on a à peine le droit de dépasser les limites du terrain de quelques pieds, sans plus.

Il faut agir avec prudence. Il me faut créer une occasion appropriée, si je veux partir en plein jour, parce que durant la nuit, il est certain que je serai cueilli par les soldats du rang qui font la ronde. Les ordres sont stricts : personne n'entre et personne ne sort sans une autorisation écrite dûment signée.

Voici le plan :

Avec la pointe de la baïonnette, je serais capable de me faire de belles entailles, juste de quoi saigner, pour que ça ressemble à de vraies blessures. Cela ne sera pas trop difficile. Un peu de courage. Une bonne pression. Un bout de bois entre les dents. Il faut le faire vite et bien.

Donc, je dois choisir l'emplacement idéal pour me faire ça tranquillement… Pas trop loin, ni trop proche du monde.

Après, quelqu'un va forcément me découvrir.

Il n'y a pas de service d'infirmerie ici. Ils seront obligés de m'envoyer dans une unité médicale, où on me soignera…

Ce sera plus facile de m'évader depuis l'unité médicale. Là-bas, il n'y a pas de gardiens. Je me souviens, quand j'étais à l'hôpital de campagne, sous la tente, je n'en ai jamais vu. Mais me soigneront-ils vraiment ou me laisseront-ils me vider de tout mon sang, comme une bête ? Le risque est grand, mais il va falloir le prendre.

Chapitre 5
Une nouvelle alliée

Notre visite à Passchendaele ne m'avait rien apporté de particulier, si ce n'est que j'avais pu voir de mes propres yeux des lieux où s'était déroulée l'une des batailles les plus sanglantes à laquelle aient participé les soldats canadiens pendant la Première Guerre mondiale et m'imprégner de cette mystérieuse atmosphère. Inutile de dire que l'endroit était lugubre. Richardson et moi y avons visité des reconstitutions de tranchées, ainsi que le plus grand cimetière britannique de la Grande Guerre.

— De toute façon, personne n'a jamais su où était l'ouverture de cette caverne, m'informa Richardson, brisant le silence. Des spécialistes en détection d'énergie se sont attelés à la tâche, sans succès.

— N'est-il pas possible que la voie ait été obstruée pendant ou après la guerre ?

— C'est une probabilité. Mais je doute que les initiés aient laissé tomber leur doctrine purement et simplement. Je ne peux pas croire qu'ils aient arrêté de se servir de la cathédrale noire depuis tout ce temps-là.

— En tout cas, je vous remercie de m'avoir accompagné ici.

— Il n'y a pas de quoi… On rentre à Bruxelles ?

— Oui, on y va.

Je rejoignis Dan dans l'auto, non sans un sentiment d'amertume. J'avais l'impression d'avoir entrepris une croisade qui n'avait pas abouti. C'était comme si quelque chose à l'intérieur de moi s'attendait à vivre une confrontation avec je ne sais quelle créature diabolique... Ce suspense allait-il durer encore longtemps ? En attendant de rencontrer le grand méchant loup dont parlait l'oncle Houde, il me faudrait poursuivre mon enquête, malgré tout.

La voiture démarra et s'engouffra sur la N38. Les arbres bordant la route défilaient à toute vitesse. Six kilomètres plus loin, nous rejoignîmes l'autoroute 19, qui mène vers Bruxelles.

– Je vous trouve silencieux depuis qu'on est partis, bougonna Dan, me tirant de mes pensées. À quoi pensez-vous ?

– Je vous avoue que je suis déçu, répondis-je.

– Comment ça ?

– D'après ce que vous m'aviez annoncé en entrant dans cette zone, j'anticipais la confrontation avec un monstre venu d'outre-monde pour nous dévorer tout crus.

– Ce n'est pas si facile que vous l'imaginez, Alain.

– Oui, mais vous aviez insisté sur une éventuelle attaque ou une rencontre imprévue...

– On n'est jamais trop prudent, mieux vaut prévenir que guérir.

– Dans quelles conditions aurions-nous pu vivre une rencontre fortuite ?

– Souvent, les apparitions des entités draconiennes se produisent à la suite d'une cérémonie, puisque ces créatures habitent une dimension différente de la nôtre. En quelque sorte, elles sont syntonisées sur d'autres fréquences que celles que les humains utilisent. Par ailleurs, elles peuvent aussi se matérialiser à certains endroits, sans que la plupart d'entre nous ne puissent voir leur vraie nature.

— En quoi consistent ces cérémonies-là ? demandai-je, non sans craindre que Richardson évoque des pratiques sataniques.

— Ce sont des cérémonies rituelles où les fidèles se réunissent, psalmodient des incantations et effectuent des sacrifices, humains ou autres, le tout pouvant se terminer dans des copulations hors normes.

— Vous parlez de pratique satanique ?

— En quelque sorte. Il y a plusieurs doctrines qui puisent dans les mêmes sources. J'oubliais de vous préciser que les sacrifices doivent être exécutés dans l'un des cent et quelques vortex du champ magnétique de la planète. Les grands adeptes savent où se croisent les puissants courants telluriques. La matérialisation des maîtres Dracos se produit à la suite du déversement de sang.

Dan remua sa tête, comme s'il faisait circuler les paroles dans sa bouche avant de les laisser sortir :

— Il arrive parfois que les Dracos soient en état de fatigue extrême, somnolents ou en manque de fluides vitaux. C'est précisément dans l'une de ces situations qu'on peut les apercevoir quelques instants.

Pour certains humains sous l'effet de drogues ou de médicaments, il est aussi possible de les voir pendant leurs déplacements ou en période de repos.

Tenez, si vous avez vu le film *Conan le barbare*, qui a rendu Schwarzenegger célèbre, rappelez-vous cette scène : la transformation de Tulsa-Doum en serpent, pendant son repos. Ses disciples lui présentaient des vierges en sacrifice. Souvenez-vous. Deux serpents se faisant face avec un soleil noir au milieu, dit-il en lâchant le volant et en plaçant ses poings l'un face à l'autre.

— Mais c'est du fantastique, dis-je en lui prenant le volant de peur qu'on fasse une embardée. C'est l'auteur de la série qui avait forcé sur la boisson ou la drogue en écrivant les aventures de ce héros mythique. Il a dû se faire beaucoup de cash avec son texte !

— Tout d'abord, sachez que Robert E. Howard, l'auteur de cette série, est mort à trente ans, soit quatre ans après avoir créé son personnage, argua-t-il en reprenant le volant. Il n'a même pas vu ses écrits publiés. Et non, il était complètement conscient, mais il avait des moments de clairvoyance sur le monde parallèle des Reptiliens. Il avait même essayé, comme tant d'autres écrivains, de faire des références à ce monde-là et à ces créatures. Il a voulu mettre la population en garde, comme tant d'autres auteurs, scientifiques et artistes. Howard P. Lovecraft est l'un de ces écrivains dont l'œuvre traite de créatures d'outre-monde, bien que sa théorie soit davantage liée aux subaquatiques hybrides et à des dieux anciens qui ont existé avant l'homme et qui reviennent sur Terre à travers des ouvertures temporelles pour réclamer leur dû. C'est une autre dimension ! Si vous voulez que je vous en parle, on a tout notre temps. Vous savez, Spielberg, Carpenter et Emmerich font aussi partie de cette guilde d'auteurs et artistes novateurs.

— J'ai remarqué que vous faites souvent référence au cinéma.

– Tout le monde croit que le cinéma influence le monde, alors que c'est tout à fait le contraire. Les artistes ressentent les choses. Ils voient également ce qui est invisible au commun des mortels et le restituent sous forme de livres, de peintures et de films... surtout en ce qui concerne le paranormal et le monstrueux.

– Et pourquoi une créature ferait-elle ainsi son apparition dans notre monde ? J'avais cru comprendre qu'elles voyageaient dans des véhicules spatiaux, comme le font les hommes verts, fis-je, incrédule.

– La réponse est simple, poursuivit-il en fixant la route. Les maîtres Dracos se sont accouplés avec des humains, de préférence blancs, et ont placé leur progéniture à des positions stratégiques. Ce sont ces êtres hybrides, leurs enfants, qui sont en haut des pyramides décisionnelles de grandes entreprises et d'empires financiers et industriels. Ils exercent des pressions sur les politiques qui nous gouvernent. Parfois même, ils détiennent le pouvoir.

– Dan, je reste sceptique.

– Ce que j'aime en vous, c'est votre côté idyllique, répliqua-t-il avec un petit sourire narquois. Regardez autour de vous, des individus crient haut et fort : « Vive la République ! » « Vive la démocratie ! » Mais grattez la surface et vous vous rendrez compte que ces mêmes gens qui, de plus, nous gouvernent, sont d'origine royale ou noble. Par conséquent, ces individus ont les mêmes origines que les Reptiliens.

Je ne voudrais pas vous donner une leçon d'histoire, mais au cours de mes recherches, j'ai remarqué que, quelques milliers d'années avant notre ère, on parlait beaucoup d'un roi légendaire du nom de Ménès, chez les Égyptiens, *Menos*, chez les Grecs, *Mwi-nu*, en langue indo-iranienne et *Muni*, en sanskrit. Tout ce monde le considérait comme un Dieu, s'en octroyant l'appartenance. Pouvez-vous imaginer que ce même individu, humain ou dieu, ait pu exister et que son territoire se soit étendu depuis l'Inde, jusqu'en Grèce et en Égypte ?

– Ça me paraît toujours incroyable qu'on parle de la même personne, répondis-je, un peu étourdi par tant d'informations historiques qui ne m'avaient jamais intéressé.

– Si, bien sûr, qu'il pourrait s'agir du même individu, reprit le conférencier. Saviez-vous aussi que d'autres monarques ont été capables de régner sur des empires et des territoires énormes ?

Sur le même modèle mais avec un territoire moins étendu, je vous citerai Charlemagne, le roi des Francs, qui est devenu maître de Bavière, de Saxe, de Lombardie et de Frise. Son territoire avait atteint les limites de la Croatie et le sud de l'Italie. Il a été couronné empereur d'Occident en l'an 800.

– Attendez, répliquai-je, songeur. Cela expliquerait peut-être quelque chose que j'ai entendu dernièrement…

– Quoi donc ?

– Le psychiatre que j'ai visité en Argonne parlait d'un arrière-grand-parent, un noble chevalier qui avait contribué à faire des conquêtes et à annexer des régions, voire des pays entiers.

– Qu'a-t-il ajouté ? demanda Richardson, avec intérêt.

– Il a évoqué avec fierté l'unification des pays, orchestrée par son ancêtre. Il parlait de courage, de volonté et de… beaucoup de sacrifices. Je trouve la coïncidence assez bizarre. Vous me parlez maintenant du même genre de conquêtes, attribuées à des dieux.

– Il ne s'agit pas de dieux proprement dits.

– Que voulez-vous dire par là ?

– Comme je l'ai déjà expliqué, il s'agit de cette race qui s'est octroyé le pouvoir sur Terre en réduisant les humains à l'esclavage. Ils sont venus avec leur savoir et leur science et ont imposé leur supériorité aux humains qui vivaient dans l'ignorance des âges sombres. Ces derniers les ont considérés comme des dieux, étant donné qu'ils avaient des pouvoirs et des connaissances extraordinaires.

– Je vois.

– Pour en revenir aux dynasties, je vais peut-être vous surprendre en vous disant que trente-deux des présidents des États-Unis sont du même sang. Le saviez-vous ?

– Non, je l'ignorais. Vous me l'apprenez, comme vous m'avez déjà beaucoup appris depuis vingt-quatre heures.

– Oui, mais sur trois cents millions d'individus, avouez qu'il est surprenant que trente-deux des quarante-trois présidents viennent de la même lignée.

– Je vous l'accorde, concédai-je, à court d'arguments.

– Sinon, ils n'auraient pas pu atteindre leurs positions. Ils sont de la même descendance, mais eux-mêmes ne le savent peut-être pas, car ils ont été éloignés, séparés les uns des autres. Il y a aussi les conséquences entraînées par l'alliance avec d'autres familles. Cette poignée de dirigeants a la même origine. Vous voyez où je veux en venir ?

— Toujours votre théorie des hommes verts ? dis-je, sceptique.

— Pas juste ça…, soliloqua-t-il. Tout au long de l'Histoire, les familles royales se sont mariées entre elles, pour conserver une certaine structure génétique. Pour préserver un sang royal pur. Le sang bleu. La vérité est que cette démarche leur permettait surtout de maintenir leur connexion avec des entités d'autres dimensions. De temps à autre, ils pouvaient épouser une personne ne venant pas de leur lignée, et ce, pour ne pas perdre leur apparence humaine.

Nous restâmes un moment silencieux. Il me fallut du temps pour assimiler tout ce que je venais d'entendre. J'étais perplexe.

— Vous ne m'avez pas donné tellement de détails sur votre séjour en France, constata Richardson en entrant dans l'agglomération de Bruxelles.

— C'est parce que vous ne me l'avez pas demandé.

— Avez-vous rencontré quelqu'un de bizarre ou avez-vous vécu une expérience insolite ?

— Quelqu'un de bizarre… Je ne crois pas… Mis à part le psy, répondis-je en me remémorant la face du docteur de Mont Chevrier. Et pour ce qui est des expériences insolites, je me suis fait agresser sur la route, le soir où j'ai rendu visite au psychanalyste.

— Intéressant…, commenta Richardson, songeur.

— Qu'est-ce qui est intéressant ?

– Êtes-vous assez naïf pour penser que l'agression n'était qu'une coïncidence ?

– M'achalez pas, ça va faire, je ne soutiens pas la théorie du complot, étant donné que l'agression a eu lieu dans un village situé à des milliers de kilomètres de chez moi !

– Réfléchissez-y…, insista-t-il.

– Oui, bon, je vais voir.

– Des informations, vous en avez récolté ?

– Pas grand-chose, à part les écrits de l'oncle Henri.

– Êtes-vous sûr de ne pas oublier un détail, quel qu'il soit, poursuivit-il en mettant l'accent sur les trois derniers mots. Quelque chose qui pourrait vous paraître minime mais insolite ?

– Oui… j'ai cru comprendre que les gens du village sortent rarement le soir et, quand ils le font, ils prennent leur voiture.

– Encore mieux, approuva-t-il avec un sourire en coin.

Nous nous approchions de la banlieue de Bruxelles, lorsqu'un flash info interrompit notre discussion. Un animateur de radio annonçait la nouvelle d'un attentat à Bagdad qui avait fait une dizaine de morts et quelques dizaines de blessés. Toujours les mêmes revendicateurs : une branche locale d'Al-Qaïda.

– Tabarnak ! Quand est-ce que ça va arrêter ? m'exclamai-je en pensant aux centaines de milliers de victimes.

– Voulez-vous que je vous dise quelque chose là-dessus aussi, annonça Dan en tapotant le volant de sa main.

– Et puis ? Vous allez m'apprendre que vous connaissez les responsables, je suppose ? lançai-je d'un ton sarcastique.

Nous descendîmes de l'auto dans le stationnement de l'hôtel Ibis, qui se trouvait à deux pas de la Grand-Place. Je sentais que mon séjour auprès de Dan était loin d'être fini. Je réservai donc une chambre pour une nuit supplémentaire et téléphonai à l'Hôtel du Commerce, en Argonne, pour y suspendre mon séjour.

Dan m'apprit ensuite que Jibril était parti à Londres sans son patron, chose rare, pour finaliser un travail, et qu'il serait de retour le lendemain.

Nous marchâmes vers la Grand-Place, toujours aussi majestueuse que lorsque je l'avais découverte.

Autour d'un repas de moules-frites, nous avons repris la discussion, j'attendais ma réponse.

– Partout sur la planète, les impérialistes ont foutu la merde avant de quitter leurs colonies. Ainsi, avant de partir de l'Inde, les Britanniques ont créé artificiellement le Pakistan, un pays pour les musulmans de l'Inde. Personne n'a demandé l'avis des habitants de la région, qui ont vu leurs familles, leurs commerces et leurs vies éclater en mille morceaux, parce que les musulmans de l'Inde étaient obligés de s'installer au Pakistan, tandis que les hindous du nouveau Pakistan ont dû recommencer leur vie en Inde. Ce chassé-croisé cause encore des problèmes et des tensions entre les deux peuples… qui, à l'origine, n'en formaient pourtant qu'un seul.

Vous pouvez comparer cette situation à plusieurs autres anciennes colonies, installées dans différents pays du monde. Le Koweït a été créé pour les Cheiks des tribus locales, sur les terres de l'Irak. Le Liban est une patrie pour les chrétiens de la Syrie. Israël, une patrie pour les Juifs sur les terres des Palestiniens, quoique cet épisode soit issu de circonstances très particulières, mais je pourrais citer des tas de situations comparables jusqu'à demain… le but ultime étant de maintenir une instabilité et des conflits sans fin, qui ne rapporteront que désastre et fragilité politique au pays morcelé.

Là encore, j'assistais à un cours de géopolitique audacieux. Dan plongea furtivement quelques frites dans la mayonnaise et les mangea avec appétit. Je fis de même.

– Ailleurs, les colonisateurs ont installé des dictateurs et leurs proches au pouvoir, pour que les pays dominés ne se développent jamais et soient toujours à leur merci.

Le colonisateur se présente comme un sauveur voulant rembourser le mal qu'il a causé au pays victime, fraîchement indépendant. Puis, il passe des accords commerciaux avec le pays en question, soi-disant pour l'aider à émerger, mais ainsi, il le garde sous son joug.

De telles politiques sont mises en pratique, principalement dans les pays où l'on découvre du pétrole et d'autres ressources naturelles convoitées, ou dans les cas où ils occupent un positionnement stratégique sur l'échiquier mondial. Et, si le pays n'a rien à offrir, qu'il aille au diable ! Personne ne s'en occupe ! Regardez certains pays d'Afrique.

Il fit une pause et avala une gorgée de sa bière blonde. Il reprit son discours :

– Les grandes puissances appuient et soutiennent des régimes totalitaires pourris, sans se soucier des droits bafoués des citoyens. Les dictateurs sont même encouragés, aussi longtemps qu'ils réussissent à tenir leurs pays d'une main de fer. Et, dans la majorité des cas, seule une certaine catégorie de la population peut accéder aux postes clés du gouvernement. Les nouveaux dirigeants protègent, à leur tour, les acquis et les intérêts du pays occidental protecteur. C'est donnant-donnant.

Mais, derrière tout ça, on retrouve notre fameuse élite d'origine reptilienne…

Je commençais à trouver son discours agressif et répétitif. J'en attendais davantage.

– Vous ne m'avez toujours pas dit qui pourrait avoir commis ce dernier attentat en Irak, ce serait plus d'actualité.

– C'est pourtant clair. Tout ceci n'est qu'une mascarade pour mettre la main sur les ressources naturelles du Moyen-Orient ! N'oubliez pas qu'un pays comme l'Irak occupe une excellente position géographique et stratégique ! D'autant qu'il regorge de pétrole. On a donc inventé de toutes pièces la présence d'armes de destruction massive en Irak et semé le chaos dans ce pays déjà instable. Et nos Draconiens se sont enrichis, grâce à l'exploitation du pétrole.

– C'est donc le grand complot ! Si je comprends bien, les dirigeants du monde ont les mêmes origines et les mêmes objectifs et l'instabilité dans le monde assure leur prospérité.

– Parfaitement. Le sentiment de peur, véhiculé par les administrations et imposé aux citoyens, contribue à garder le contrôle. En attendant, les riches s'enrichissent toujours davantage ! Ce qui compte pour eux, c'est de trouver le moyen le plus rapide pour amasser fortune et pouvoir.

Ils ne se soucient pas de la dégradation qu'ils font subir à la planète, ni des dommages qu'ils causent à leurs prochains. Les victimes sont toujours les pauvres, dont le nombre augmente ; les ressources naturelles se raréfient et, finalement, des milliers de bougres meurent dans la solitude, la maladie, la misère et la famine.

Je visualisai tous ces pauvres, un peu partout sur la planète, qui se battent chaque jour pour trouver de quoi manger, boire ou se loger et qui n'y arrivent pas toujours. Les théories rapportées par Dan pourraient-elles comporter une bonne part de vérité ?

Mon nouvel ami avait d'autres engagements, dont une conférence en Suisse, le lendemain. Je ne pouvais pas le suivre éternellement. Nous nous séparâmes dès le retour de Jibril, après nous être promis de nous revoir à l'occasion de son prochain passage en France.

« Il est hors de question que je baisse les bras », m'a-t-il dit en faisant allusion à l'incident qui l'avait empêché de faire sa représentation à Paris.

Sur le chemin du retour, j'appelai le cabinet du psychiatre. Il fallait absolument que je le revoie et que j'aie une autre discussion avec lui, moins superficielle que la première. J'eus le plaisir de jaser avec Corinne, qui m'organisa un rendez-vous pour le lendemain, avec le docteur de Mont Chevrier.

Cela me laissa le temps de rentrer, sans me presser. Je m'arrêtai à l'hôtel pour reprendre possession de la chambre, puis je décidai de souper au Café de la Gare. J'y allai en fin de soirée, car je voulais dire deux mots à Michel, en privé. Le restaurateur m'accueillit avec son enthousiasme et sa bonne humeur habituels.

– Vous avez disparu quelques jours, monsieur Alain !

Michel était vraiment trop curieux.

– Je suis allé en Belgique visiter les champs de bataille d'Ypres.

– Vous savez que ceux de Verdun sont non seulement plus majestueux et plus célèbres, mais également plus proches...

Son ton était lourd de reproches.

– Sauf que les Canadiens ne s'y sont pas battus, répondis-je.

– Mais vous m'aviez dit que votre oncle était passé dans le coin pendant la Première Guerre mondiale, fit-il remarquer, étonné.

– C'est vrai, mais il est venu dans la région pour d'autres raisons. En passant, je meurs de faim, dis-je, voulant changer de sujet. Vous reste-t-il de quoi manger ?

– De la blanquette de veau et du riz. Je vous prépare une assiette tout de suite si vous voulez !

Les effluves de la blanquette remplirent mes narines. J'en pris quelques bouchées, sans plus attendre. Michel s'assit en face de moi, sans ménagement. Je sautai donc sur l'occasion.

– Vous m'avez dit que les habitants ne sortent pas la nuit et que, quand ils le font, c'est en auto. Y a-t-il une raison particulière à cela ? demandai-je entre deux gorgées d'eau.

Il n'attendait pas celle-là. Je le vis à son regard surpris.

– C'est que... Nous sommes dans un village sans moyens de transport et que les distances sont longues...

— Pourtant, les gens circulent à pied dans la journée ! rétorquai-je du tac au tac. Vous me cachez quelque chose, je me trompe-tu ?

— Je ne voulais pas vous inquiéter avec cela. En fait, il y a eu quelques agressions contre des gens qui circulaient seuls, à pied.

— Quel genre d'agressions ?

— Rien de bien grave… Des loubards qui attaquent les gens pour les détrousser. Ils peuvent vous attaquer pour un oui ou pour un non, au lieu d'aller se chercher un boulot honnête qui leur permettrait de vivre.

— Vous auriez dû m'en parler avant, Michel. Savez-vous que je me suis fait attaquer il y a quelques jours, durant la nuit ?

— Ah, bon ! Et pourquoi vous ne me l'avez pas dit le lendemain ?

— Parce que je ne me suis réveillé que deux jours plus tard et que j'ai été sauvé par une charmante jeune femme, l'assistante du docteur à qui je rendais visite. Et vous savez quoi ? J'étais en auto quand je me suis fait agresser !

— Ce n'est pas possible !

— En fait, je suis descendu de la voiture quand j'ai aperçu une ombre sur la route, devant l'auto.

— Avez-vous fait une déposition auprès de la police ?

— Non, de toute façon je n'ai pas vu mes agresseurs.

— La prochaine fois, restez dans la voiture quoi qu'il arrive, dit-il en insistant sur la fin de sa phrase.

Je pris congé, songeur. Je ne pouvais m'empêcher de penser que j'avais peut-être été attaqué par l'une de ces gargouilles dont m'avait tant parlé Richardson.

Le lendemain, ma journée démarra sans surprise. Je feuilletai le carnet de l'oncle Henri, tout en réfléchissant à mes dernières découvertes, mais sans pouvoir établir de lien évident.

Puis, j'allai au rendez-vous avec le docteur. Je suivis l'itinéraire que m'avait décrit Corinne la première fois. S'approcher de la propriété dans la journée fut plus facile que de l'aborder la nuit. La demeure imposante se découpait sur un ciel grisâtre et nuageux. Corinne m'ouvrit le portail comme la première fois, mais notre rencontre fut plus chaleureuse...

— Avez-vous trouvé votre chemin plus facilement ? demanda-t-elle, engageant ainsi la conversation.

— Oui, l'absence de pluie et la lumière du jour aidant beaucoup.

— Suivez-moi, le docteur vous attend dans son bureau.

Elle portait une robe moulante de couleur bleue, qui ne cachait rien de ses formes généreuses... Je la trouvai élégante et très sexy. Après avoir traversé le salon, nous atteignîmes le bureau du docteur. Contrairement à la visite précédente, Corinne n'entra pas.

Le docteur m'attendait, assis dans son fauteuil en cuir. Après une rapide poignée de main, il me fit signe de m'asseoir dans le fauteuil face à lui. À sa gauche, un feu crépitait dans la cheminée gigantesque.

— Voulez-vous boire quelque chose monsieur Thibault ?

— Non, merci.

— Comment puis-je vous être utile ?

— J'ai quelques questions à vous poser, docteur.

– À propos de votre grand-oncle ?

– Entre autres…Voyez-vous, docteur… je ne suis pas très preneur en ce qui concerne la théorie de démence de l'oncle Henri, déclarai-je, décidant de mettre cartes sur table.

– Ah bon ? Et qu'est-ce qui vous fait dire cela ?

– Je vous dirais qu'à mon arrivée en Europe je trouvais son carnet de notes incohérent, voire niaiseux…

Le docteur m'écoutait attentivement.

– Et, si je comprends bien, vous avez changé d'avis depuis ? demanda-t-il à la manière d'un enquêteur de police.

– Oui, répondis-je.

– Pour quelle raison ?

– J'ai fait des rencontres qui m'ont éclairé sur quelques points mystérieux.

– Comme ?

– Comme la présence de ces fameuses créatures que mon grand-oncle voyait et dont tout le monde nie l'existence.

– Ah oui ? dit-il en enlevant ses lunettes pour se frotter les yeux. Et qu'est-ce qui vous laisse croire que vous avez raison ? répliqua-t-il en les remettant sur son nez, étrangement long et noueux.

– Je vous l'ai dit, j'ai fait des rencontres. J'ai assisté à une conférence où l'on a évoqué des êtres différents ou, plutôt, des créatures fantasmagoriques qui vivent parmi nous depuis des siècles. En réalité, elles contrôlent les humains depuis le début des temps.

– Intéressant…, approuva-t-il, non sans sarcasme.

– Voyez-vous, moi aussi j'étais incrédule et sceptique avant d'assister à la conférence et de discuter avec celui qui la donnait.

– De mieux en mieux, monsieur Thibault, dit-il en se redressant, tel un ressort. Je pense que c'est une tare de famille dans votre cas, cela ressemblerait à de la schizophrénie héréditaire.

– Vous savez bien que la schizophrénie héréditaire n'existe pas, objectai-je. De plus, l'oncle Henri est un ami de la famille, ce n'est pas mon oncle, à proprement parler.

Ses yeux gris me fixèrent un instant. Il prit une longue inspiration, témoignant de son impatience, et continua son diagnostic immuable.

– J'ai accepté de vous rencontrer parce que je croyais pouvoir vous apporter des réponses, mais là… nous perdons notre temps tous les deux. Sur ces mots, il me tourna le dos pour ouvrir la porte de son bureau. Je me levai et le suivis d'un pas rapide.

– Parlez-moi de votre ancêtre, docteur, exigeai-je d'un ton ferme, en posant ma main sur son avant-bras.

Il fit volte-face. Ses yeux affichaient la surprise.

– De quoi parlez-vous ?

– Je parle de votre ancêtre, le prestigieux chevalier sur la peinture !

– Je ne vois pas le rapport.

– Il me semble qu'il y a un lien entre votre ancêtre et les monstres dont on parle.

– Mon ancêtre n'a jamais été un fantôme et encore moins un monstre carnivore !

Je soutins son regard, qui se voulait fuyant à ce moment précis, puis il s'arrêta et me fit signe de sortir en ouvrant la porte. Je m'interposai, la maintenant fermée. Il me fixait comme si son regard fouillait au plus profond de mon âme, à la recherche de mes intentions. On se toisa longuement. L'espace d'une seconde, le cliché de deux cow-boys dans un duel à mort traversa mon esprit.

— Je n'ai rien à vous confier à propos de mon ancêtre et rien de plus à ajouter au sujet de votre grand-oncle, alors sortez !

— Je suis désolé d'insister, docteur, mais vous êtes la seule personne avec qui je peux en parler, en France. La seule qui peut m'aider à résoudre l'énigme de mon grand-oncle, répliquai-je en changeant de stratégie.

— Savez-vous que, d'un seul coup de fil, je peux vous éjecter hors d'ici et, pire, vous pourriez finir dans un asile ou au commissariat !

— Mais je suis certain que vous ne le ferez pas, rétorquai-je en appuyant sur mes mots.

— Qu'est-ce qui vous rend aussi présomptueux ?

— J'ai des éléments en ma possession qui peuvent vous nuire, bluffai-je.

— J'aimerais bien les voir, lança-t-il.

— Je n'ai rien avec moi, je ne suis pas un débutant.

Il me fixa de nouveau, mais je soutins son regard sans ciller. Je fus même surpris de mon aplomb et de mon entêtement à ne pas céder.

— D'accord, vous avez gagné, conclut-il dans un renoncement inattendu. Suivez-moi.

Il se dirigea vers un second tableau de taille moyenne représentant des nymphes au bord d'un ruisseau. D'une pression sur le coin inférieur du cadre, le tableau bascula laissant apparaître un grand coffre fort, encastré dans le mur.

Le docteur composa un code secret sur un clavier numérique. La serrure émit un déclic. Il ouvrit la porte et plongea son bras à l'intérieur du coffre. De l'angle où je me trouvais, je ne pus en voir le contenu.

La peur me submergea quelques secondes.

Serait-il capable de sortir une arme pour me dissuader de l'importuner ou me supprimer ?

Il se retourna dans une lenteur calculée, à croire qu'il voulait faire durer le suspens, puis me fit face.

– C'est pour vous, dit-il en me tendant une mince mallette en cuir de crocodile verdâtre. Vous y trouverez un début de réponse à vos questions.

– J'en ai marre de tous vos mystères… lire, lire, lire ! Pourquoi ne me donnez-vous pas ces réponses vous-même ?

– Prenez-la, c'est primordial. Vous devez découvrir la solution par vous-même. Lisez les documents qu'elle contient. Ces textes parlent de votre grand-oncle. Ils relatent sa véritable histoire et ce à quoi il a été vraiment exposé.

Il réussit à piquer ma curiosité. Je pris la mallette de sa main, le remerciant humblement, malgré moi…

– OK, je la prends, mais… si c'est un piège, je saurai où vous retrouver. Vous ne m'échapperez pas !

Je pris le colis « empoisonné » et quittai son bureau promptement. Corinne, qui ignorait ce qui s'était passé, me raccompagna jusqu'à la sortie.

Au petit matin, j'étais pas mal « fru ». J'avais passé la nuit à lire les informations contenues dans la fameuse mallette. Tous ces renseignements me confirmaient la véracité des faits rapportés par l'oncle Henri, même si les éléments du casse-tête étaient encore loin de s'emboîter.

Je me jetai sous la douche pour me laver de mes soucis. Je m'habillai et allai prendre un café chez Michel. Un bon café s'imposait. En passant par la réception, une idée me traversa l'esprit. Je me dirigeai vers l'ordinateur et me branchai sur Internet pour vérifier mes courriels. Que des banalités, des publicités, des factures des compagnies de téléphone et d'électricité. J'avais oublié de suspendre mes services avant mon départ. Je décidai d'envoyer un message à Pierre, dont j'étais sans nouvelles depuis plusieurs jours.

Allô, Pierre,
Les derniers jours m'ont apporté beaucoup de réponses…
mais autant de nouvelles énigmes à résoudre. Le conférencier Richardson fut d'une aide formidable pour éclaircir certains points. D'après lui, nous vivons à l'intérieur d'un système régi par des forces obscures et des êtres maléfiques qui veulent le malheur de la race humaine. Ce qui m'apparaît être une vision plutôt catastrophique du monde, je l'avoue. Mais, considérant tous les malheurs dont souffrent de nombreux peuples sur la planète, je commence à croire que sa théorie peut être plausible… La Terre serait gouvernée par une race extraterrestre, en collaboration étroite avec nos dirigeants qui se passent les rênes du pouvoir de père en fils.

Pourrais-tu regarder pour moi ce qui se dit sur cette théorie-là ?

En ce qui concerne le journal de l'oncle Henri, certains faits s'avèrent… À tout le moins, c'est ce que j'ai constaté grâce au psychiatre, même s'il n'était pas des plus coopératifs au début.

J'aurais bien aimé que tu sois là pour partager mes découvertes.
Donne-moi de tes nouvelles,
À tantôt.
Alain.

Je sortis et me dirigeai vers le Café de la Gare. Il faisait froid ce matin-là. J'enfonçai mes mains dans les poches de mon blouson et avançai d'un pas rapide, pour me réchauffer.

La serveuse m'apporta un café, accompagné de deux croissants frais, me gratifiant d'un joyeux sourire, que je lui rendis difficilement tellement j'étais épuisé. Je bus le café et avalai les croissants d'une traite. J'avais faim ! Je sortais du restaurant, en lançant un signe de la main à Michel, lorsque mon cellulaire sonna. Un numéro local… de France.

– Allô ?

– Bonjour, je vous réveille ?

Je reconnus tout de suite la voix de Corinne.

– Non, dis-je, qu'est-ce qui vous fait appeler si tôt ?

– Hier, quand vous étiez chez le docteur, je n'ai pas pu m'empêcher d'écouter votre discussion à travers la porte.

Je ne répondis pas, intrigué par la raison principale de cet appel.

— J'aimerais qu'on se voie… pour approfondir cette conversation. Peut-être que je pourrais compléter certaines réponses…

— Et pourquoi vous feriez cela ? C'est comme si vous trahissiez la confiance de votre employeur…

— Je ne le pense pas… J'estime que vous avez le droit de connaître tous les renseignements.

On se fixa donc rendez-vous en fin d'après-midi, chez elle. Elle m'indiqua l'itinéraire jusqu'à sa maison. J'achetai le journal pour passer le temps et retournai au Café de la Gare, que je considérais comme mon second domicile en France. Mais mes yeux piquaient. Il fallait me rendre à l'évidence ; j'avais besoin de sommeil. Une petite sieste ferait l'affaire. Je rentrai à l'hôtel. Quatre heures à dormir profondément me firent un bien extraordinaire et me remirent d'aplomb, avant ma visite chez l'assistante du psychiatre.

Assise dans son canapé à gros motifs fleuris à la Laura Ashley, Corinne, les jambes croisées, contemplait en silence la tasse de thé qu'elle tenait entre ses mains, comme si elle réfléchissait à ce que je venais de lui dire. À ce moment précis, elle dégageait une impression d'immense solitude. Je commençais à m'attacher à elle.

— Vous m'avez dit que vous avez quarante ans, n'est-ce-pas ?

— Presque, répondis-je, surpris par sa question.

— Et que faites-vous dans la vie, si ce n'est pas indiscret ?

— Oh, je pratiquais un métier qui était également une passion…

– Mais encore ? Vous aussi, vous utilisez beaucoup de symboles, ajouta-t-elle d'un sourire moqueur.

– J'étais peintre. Artiste, quoi !

– Pourquoi utilisez-vous le passé, en parlant de votre profession ?

– Parce que, depuis que j'ai commencé ma quête, j'ai pas mal laissé tomber mon travail.

– Vous êtes un peu jeune pour la retraite, non ? fit-elle remarquer d'un ton badin.

– Ce n'est pas une vraie retraite…, balbutiai-je en plaisantant. Juste un ralentissement d'activité.

– Vous vivez comment, sinon ?

– J'ai peu de besoins.

– Un de ces romantiques vivant d'amour et d'eau fraîche ? demanda-t-elle, non sans ironie.

– Vous paraissez amère !

– J'ai mes raisons, coupa-t-elle.

– J'aurais pu avoir une carrière intéressante. J'avais commencé des études de journalisme, j'aimais écrire… j'admirais un journaliste célèbre. J'ai laissé tomber mes études quand j'ai appris qu'il était impliqué dans des affaires de gangs, de drogues, etc. J'ai été déçu, disons. Mon idole n'était plus un dieu, mais un mortel avec tous ses défauts. Ensuite, je me suis tourné vers l'art. Mon grand-oncle a pesé dans ma décision. Et puis, il a commencé à perdre la tête… J'ai décidé d'abandonner mes études dans ce domaine et de pratiquer l'art à ma manière. Des petits contrats dans des centres communautaires, des leçons particulières, des sessions de formation à droite et à gauche. On peut dire que ma vie est un éternel recommencement… Et vous ?

– Pas grand-chose à dire. Mon père était militaire de carrière, « dans la cavalerie et d'une noble famille », comme il le répétait souvent. Ma mère venait d'une famille bourgeoise. Leur mariage était arrangé, vous savez… Il existait des bals exclusifs dans les villes où se trouvaient les garnisons et, surtout, une concentration importante de familles riches et nobles. Souvent, les jeunes filles étaient amenées par leurs parents, comme on envoie le bétail à l'abattoir.

– C'est charmant comme point de vue, dis-je, sarcastique.

– Vous allez rire quand je vous aurai dit que deux frères se sont fiancés avec deux sœurs jumelles, dont ma mère. Un mariage classique. La vie rangée. Mon père partait en manœuvre, ma mère restait à la maison pour s'occuper des enfants, de leur éducation, etc.

– C'est noble, comme tâche, je trouve. Beaucoup de femmes ne peuvent plus ou ne veulent plus se permettre ce luxe. Les temps sont durs et il est devenu difficile de vivre avec un seul salaire.

– Oui, c'est noble comme tâche, excepté quand le père se permet d'avoir des aventures, sous prétexte qu'il est souvent hors de la maison, loin de son foyer, tandis que la mère l'attend, en priant pour qu'il revienne sain et sauf. Et quand il revient, il lui tourne le dos, soi-disant parce qu'il a besoin de repos et de décompresser pour oublier les horreurs qu'il a vues pendant les conflits auxquels il a participé ou en inventant toutes sortes d'excuses…

– Je vois…

– Après une quinzaine d'années de mariage, ma mère a demandé le divorce. Mon père l'a très mal pris et a décidé de nous garder, ma sœur et moi. Il a réussi, en se faisant muter à un commandement non loin d'ici.

— Et le docteur, vous le connaissez bien ?

— Oui, comme je vous l'ai déjà dit, c'était un ami de mon père. À la fin de mes études, je suis partie vivre en Angleterre, plus précisément à Londres. Mon côté rebelle m'incitait à vouloir prouver que je pouvais vivre seule, sans compter sur mes parents, ni sur l'argent de la famille. J'ai d'abord travaillé dans le domaine pharmaceutique. Puis, à la suite d'une déception amoureuse, je suis revenue en France. Mon père avait un cancer. Il est mort rapidement. J'ai rencontré le docteur aux funérailles. Il m'a approchée et m'a proposé de travailler pour lui. Voilà mon histoire. Pas très excitante, n'est-ce pas ?

— C'est *weird*, vous ne trouvez pas ? On se connaît depuis quelques jours à peine et on jase, je vous raconte ma vie et vous questionne sur la vôtre.

Elle sourit de me voir désemparé, reprenant :

— Je suis convaincue que fouiller dans l'histoire de votre famille vous a contrarié.

— Qu'est-ce qui vous fait dire ça ?

— C'est classique. L'enquête que vous menez peut vous faire découvrir des choses que vous ne pouviez même pas soupçonner, ajouta-t-elle, avant de tremper ses lèvres dans sa tasse de thé. Elle prit une gorgée.

— Ce que je trouve pénible, c'est le manque d'informations. Tous les gens que je rencontre parlent à demi-mots. Je me demande si c'est pour m'induire en erreur ou parce qu'ils me prennent pour un taré.

— En tout cas, ce que j'en déduis, c'est que le docteur n'est pas si innocent qu'il le prétend. Vous vous en êtes rendu compte, je suppose.

À présent, récapitulons. Vous me dites avoir fait une rencontre avec un écrivain, un conférencier, ou que sais-je, qui vous a exposé une théorie, d'après laquelle les humains seraient sous le contrôle d'une race extraterrestre.

Nous étions assis face à face, Corinne sur son canapé et moi, dans un fauteuil rayé aux couleurs pastel, joliment assorties.

— Oui, répondis-je, sortant subitement de mes réflexions.

— Avouez que c'est tiré par les cheveux, n'est-ce pas ?

— C'est ce que je me disais, mais… il y a tellement de coïncidences qui me poussent à croire à cette théorie-là.

— Ces coïncidences sont-elles liées à ce qu'a vécu monsieur Houde ?

— Absolument… J'ai cru comprendre que, après la Première Guerre mondiale, il a commencé à lire et à faire des recherches dans le domaine du paranormal, des faits étranges et des cérémonies d'incantation. Il a même appris une langue bizarroïde, composée d'éléments picturaux et cunéiformes. Pouvez-vous m'expliquer pourquoi un homme solitaire, vivant au Québec, s'intéresserait à des sujets aussi variés qu'éloignés de chez lui ?

— C'est vrai qu'il ne s'agit pas de sujets d'étude fréquents. J'aimerais pouvoir vous aider. Votre dévouement envers votre grand-oncle me touche beaucoup. Dites-moi ce que je peux faire pour vous.

— Dans son carnet de notes, l'oncle Henri a évoqué l'abbaye de Prémontré, où il a été interné pendant la guerre.

– Oui, elle se trouve dans le département de l'Aisne et fut convertie en hôpital psychiatrique au XIXe siècle.

– J'ai découvert des informations sur cet endroit lugubre dans la mallette que le docteur m'a remise hier, dis-je, avant de boire une gorgée de thé, devenu froid. J'aimerais rendre visite à ce lieu qui a marqué Henri.

– Je pourrais vous y accompagner, si vous voulez. C'est à quelque deux cents kilomètres d'ici.

– Ce serait parfait.

– Mais quel est votre plan ? Voulez-vous y rencontrer quelqu'un en particulier ?

– Vous vous doutez bien que je ne pourrais rencontrer personne qui ait connu mon oncle.

– En effet. Alors pourquoi voulez-vous y aller ?

– Pour faire le point et constater les choses par moi-même. D'après ce que j'ai pu lire dans les documents de la mallette, les souterrains de ce bâtiment devraient regorger de surprises.

– Quel genre de surprises ?

– Je vous l'expliquerai en chemin. Je commence à avoir faim, pas vous ? m'exclamai-je en me levant. Je vous invite !

– Euh… oui, je mangerai volontiers avec vous.

Un instant plus tard, nous embarquions dans la Peugeot. Nous cherchâmes un restaurant ouvert dans le petit village de Corinne, mais en vain. Nous n'avions pas le temps d'aller jusque chez Michel et décidâmes de nous arrêter dans une petite cantine que Corinne connaissait, à quelques kilomètres de là.

– C'est dommage qu'il n'y ait que ce boui-boui d'ouvert, regrettai-je, ennuyé que cette première occasion ensemble ne soit pas tout à fait ce que l'on espère d'un rendez-vous galant.

Nous nous assîmes au fond de la salle afin de pouvoir discuter tranquillement, à l'écart des quelques chauffeurs de camions qui nous lorgnaient d'un air curieux. Nous commandâmes une pizza et une bière chacun.

— D'après ce que j'ai compris, des souterrains ont été creusés après que l'abbaye ait été transformée en hôpital psychiatrique, en 1861.

— Et dans quel but ?

— Les responsables de l'époque y enfermaient ceux dont ils voulaient camoufler l'existence.

Elle me fixa d'un regard interrogateur, qui m'invitait à développer.

— Je m'explique : on y enfermait les patients ayant subi des expériences médicales qui auraient mal tourné, des enfants difformes, nés de viols entre patients ou de relations avec des infirmiers sans scrupule. On y retenait aussi des gens sains de corps et d'esprit mais dont le seul défaut était de ne pas modérer leurs paroles.

— Vous pensez à Henri Houde, là ?

— Oui, entre autres. En passant, à ce jour, peu de gens sont au courant de l'existence de ces souterrains.

— C'est intéressant, souffla-t-elle. Une question me brûle les lèvres.

— Oui, balbutiai-je, en fixant sa bouche écarlate, charnue et finement dessinée. D'autres idées me trottaient dans la tête.

— Aviez-vous prévu cette visite à l'avance ou est-ce de l'improvisation ?

– Écoutez, avant de venir en France, je ne savais pas par où commencer. La première étape a été le rendez-vous avec le docteur, mais je dois poursuivre mes recherches. J'avoue que cela peut paraître incroyable d'avoir traversé l'Atlantique et dépensé autant d'argent pour un séjour non planifié.

– Au moins, vous suivez l'appel de votre voix intérieure, chose que beaucoup de gens ne font pas.

– Est-ce l'intuition ou le hasard ? Allez savoir. Je n'ai aucune idée de la suite des événements.

– Vous verrez bien. De toute façon, vous n'obtiendrez aucune réponse en restant sur place. Si vous voulez, on ira à l'abbaye demain, je laisserai un message au docteur pour le prévenir de mon absence au cabinet.

– Cela ne vous posera pas de problème ?

– Aucun, dit-elle en sirotant sa boisson. De plus, j'ai remarqué l'importance que vous portez à votre grand-oncle et j'aimerais beaucoup vous aider, ajouta-elle en déposant son verre.

– Oui, j'étais attaché à ce vieil homme. Mon père n'était jamais là quand j'en avais besoin. Toujours occupé par le travail. Même quand j'ai grandi, je n'ai jamais eu d'échange réel avec lui. Il est décédé dans un accident, en se rendant à une réunion d'affaires. J'avais à peine dix-huit ans.

– Je vois que nos histoires se ressemblent un peu.

– Oui, en quelque sorte. C'est ma mère qui était et qui est encore tout pour moi. Par ailleurs, je n'ai jamais connu mes grands-parents maternels, ni paternels. C'est mon grand-oncle Henri qui les a remplacés. Quand il a perdu la raison, j'en fus très perturbé.

Les pizzas étaient succulentes. Je payai la note avant de reconduire Corinne chez elle. La chaufferette diffusait dans la Peugeot une chaleur agréable, j'étais enivré par le parfum de ma voisine... Radio Nostalgie jouait *Hearts*, de Marty Balin. Mes sens commençaient à s'éveiller après ce souper en excellente compagnie... Des idées délicieusement frivoles me venaient à l'esprit.

Chapitre 6
Les rumeurs de l'abbaye

Je me suis réveillé dans un hôpital... Du moins ça en a tout l'air. Aucune idée de la date ni de combien de jours j'ai passés, inconscient.

Mon plan a dû bien fonctionner. J'avais failli ne pas aller au bout de ma décision, mais je ne regrette pas d'avoir persévéré. Il faut beaucoup de cran pour se blesser soi-même ! La baïonnette avait été bien aiguisée. Quand je l'ai glissée sur ma peau, j'ai eu des frissons dans le dos et ma main s'est mise à trembler. J'ai eu un dernier doute... Puis, j'y suis allé carrément. Au début, la douleur était presque supportable. J'étais même étonné de ne pas la sentir davantage. C'est après coup, que j'ai ressenti de violentes brûlures, suivies d'un engourdissement. J'ai pensé aux bons moments que nous passions l'hiver, chez nous, à Portneuf. La morsure du froid, les jeux dans la neige, les combats de boules avec Martin et les autres gars du village... Et Pauline, qui nous guettait de loin. Ma Pauline, toujours trop loin...

Péniblement, je me suis avancé. Je me demande comment j'ai réussi à marcher une centaine de pieds sans m'évanouir. Je me suis approché d'un rassemblement de soldats, puis j'ai perdu connaissance. Au réveil, en touchant ma tête, j'ai senti qu'un bandage me chapeautait. J'avais dû me blesser en tombant...

Je ne suis pas seul dans cette grande pièce. L'endroit semble calme, mis à part les gémissements de quelques soldats, de temps en temps.

Le lendemain... 19 juillet 1915

Les infirmiers n'ont pas l'air commode. Ils ne disent que le strict minimum. Quelques mouvements de tête pour dire oui ou non... Quand ils daignent me répondre.

J'ai appris que nous sommes le 19 juillet. Ça fait donc cinq jours que je suis ici. Et deux que je suis réveillé.

Nous n'avons droit qu'à de maigres repas, comparé à ce qu'on nous servait au campement de la ferme. « Santé oblige », c'est ce qu'on m'a dit. Ou serait-ce une punition ?

J'ai eu la visite d'un médecin du nom de De Mont Chevrier. Drôle de nom... Il m'a souhaité la bienvenue à l'abbaye de Prémontré. Qu'est-ce que ça veut dire ? Je serais dans une abbaye ? Où sont les curés, alors ? Il m'a assuré qu'il prendrait soin de moi. Il m'a dit que je pourrai lui parler de tous mes problèmes.

Je lui ai posé la question : « Quel genre de problème, docteur ? »

Réponse : « D'après votre dossier, vous auriez eu des visites que vous n'avez pas appréciées, certaines nuits. »

J'ai confirmé : « Oui, il y a un petit moment, quand j'étais sur le front... »

Il m'a précisé que je risquais d'avoir d'autres visions, en raison du mélange de gaz que j'avais respiré et des médicaments qu'on m'a donnés depuis que je suis alité. De quels gaz parle-t-il ?

— Mais docteur, le bandage sur ma tête ?...

— Ce n'est pas grave, m'a-t-il répondu, nous l'enlèverons d'ici deux ou trois jours.

— C'est à cause de ma chute ?

— Non, on a dû intervenir pour d'autres raisons, vous étiez dans un sale état quand on vous a amené ici.

— Et ma blessure au bras ?

— Ce n'est rien… Vous allez vous rétablir très vite, vous verrez.

— Pouvez-vous être plus précis, docteur ?

— Nous avons dû vous opérer au cerveau pour inhiber les récepteurs de la douleur. Vous devriez moins souffrir à la longue. Vous perdrez peut-être aussi un peu de votre concentration, cela fait partie des effets secondaires. Mais c'est récupérable avec quelques exercices de lecture et de mathématiques.

Ces dernières informations ne m'ont pas rassuré du tout.

À 8 h précises, j'étais devant la maison de Corinne. J'avais fait le plein d'essence. Corinne sortit sans tarder. Elle portait un jean, un col roulé de couleur prune et un blouson de cuir noir. Elle tenait son petit sac à main sous le bras. Elle ouvrit la portière et s'installa près de moi en demandant :

— Avez-vous passé une bonne nuit, Alain ? Son sourire était radieux.

La veille, nous nous étions mis d'accord pour nous appeler par nos prénoms.

— Oui, mais trop courte à mon goût. J'ai eu du mal à m'endormir.

— Vous aviez l'esprit préoccupé, je présume.

— Il est certain que le fait de visiter cette abbaye me rend un peu nerveux.

— Il n'y a rien à craindre, ça va super bien se passer.

— C'est juste une sensation d'angoisse, précisai-je en démarrant l'auto. C'est quand même un endroit où l'oncle Houde a passé un bon bout de temps et dans des circonstances déplorables…

Je roulais en direction de l'autoroute de l'Est, comme on l'appelle ici.

— Avez-vous eu le temps de déjeuner ce matin? demanda Corinne, une quarantaine de kilomètres plus loin.

— J'ai pris un croissant et un café chez Michel.

— Chez Michel?

— Oui, au Café de la Gare, pas loin de l'hôtel où j'ai loué ma chambre. Le proprio s'appelle Michel. Il est très sympathique et serviable… D'ailleurs, c'est son auto que je conduis, il me l'a louée.

— Je vous avoue que, moi, j'ai juste ingurgité un jus d'orange en vitesse, et j'ai faim.

— Voulez-vous qu'on s'arrête quelque part pour prendre une bouchée? Il ne faut pas rester le ventre vide, dis-je en imaginant ma mère me sermonner. On ne vous l'a pas dit quand vous étiez petite?

— C'est une bonne idée. Alors, c'est moi qui vous invite ce matin! répondit-elle, joyeuse. Nous nous arrêtâmes dans l'un de ces fameux relais qui poussent comme des champignons aux abords des autoroutes. Nous prîmes des chocolatines et des croissants aux amandes, un chocolat chaud pour Corinne et un café au lait pour moi. Nous nous assîmes près de la fenêtre. Le ciel était gris, mais on apercevait le soleil à travers les nuages.

Nous commençâmes par savourer les gâteries, de fabrication industrielle mais délicieuses. J'observais Corinne à la dérobée. Je fixais ses yeux en forme d'amande, d'une couleur assez rare, ainsi que son nez droit et fin, signe de détermination. Je me demandais quel avantage elle avait à me donner un coup de main.

J'étais perdu dans mes pensées quand sa voix me ramena sur terre.

– Votre plan ?

– On va visiter l'abbaye ! Certaines zones, comme les jardins, la chapelle et d'autres, sont ouvertes au public. Puis, on essaiera de se faufiler dans les fondations.

– Vendu, déclara-t-elle d'une voix enjouée.

J'acquiesçai, tout en sachant que l'intuition seule ne suffirait pas.

Avant de reprendre la route, je décidai d'appeler Richardson pour savoir s'il n'avait pas quelques conseils. Je laissai un message sur sa boîte vocale. Pendant que je téléphonais, Corinne s'était installée dans l'auto. Je m'assis à côté d'elle. Aucune réaction de sa part. Perdue dans ses pensées, elle avait la tête contre la vitre et fixait l'horizon. Je démarrai la voiture et repris la route. Au bout d'un quart d'heure, je tournai la tête vers ma droite, réalisant que mon accompagnatrice dormait… Qu'elle était belle !

À mi-chemin, je contournai la ville de Reims sur l'autoroute périphérique et rattrapai l'A26. Des portions de l'autoroute étaient payantes. Au moins pouvait-on rouler sur des routes bien entretenues avec de l'asphalte aussi doux que la peau d'un bébé.

Les autos filaient à toute vitesse, me dépassant de part et d'autre. Les Français sont des fous du volant, pire que nous, puisqu'on leur permet d'aller jusqu'à 130 kilomètres heure. La circulation fut moins dense sur la dernière partie du parcours, heureusement. Je roulais sur une route départementale, au milieu des champs, parmi les ballots de paille, dispersés comme des pachydermes à travers le paysage, ce qui contribua à calmer mes nerfs avant l'arrivée. Finalement, nous avions roulé un peu plus de deux heures.

L'abbaye était située dans la forêt de Saint-Gobain. Sa toiture en ardoises grises luisait au soleil. Elle se présentait comme une grande demeure seigneuriale avec ses dizaines de fenêtres rectangulaires, réparties sur trois étages. Je les comptai et fus surpris d'en voir treize à chaque niveau. Voilà des gens qui n'étaient pas superstitieux ! La visite de l'abbaye et de son jardin nous permit d'apprécier la valeur artistique de l'ensemble des bâtiments. Les colonnes, le fronton de l'édifice central, l'énorme escalier de pierre en colimaçon, avec sa rampe de fer forgé finement travaillée, étaient si beaux que j'aurais préféré visiter ce lieu dans d'autres circonstances. Mais nous n'étions pas venus faire du tourisme. Mes yeux cherchaient, dans chaque recoin, la possibilité d'avoir accès aux souterrains. Corinne, de son côté, jouait le rôle de la fiancée à la perfection. Elle avait apporté son appareil photo numérique. Elle photographiait à bout de bras, tantôt une moulure, tantôt une colonne… Puis, je lui pris l'appareil des mains pour prendre des clichés des emplacements stratégiques : les portes réservées aux « employés seulement » ou d'autres « fermées au public ». Des escaliers, menant vers les souterrains de la bâtisse, étaient également barrés par une grosse corde pourpre.

Soudain, je sentis une énorme main agripper mon épaule.

20 juillet 1915
La nuit dernière, j'ai entendu des bruits bizarres au loin. Des cris étouffés ?

Est-ce normal ? Après tout, on manque certainement de calmants, les plus grosses quantités étant envoyées au front. Mais, de temps à autre, j'entends aussi des ricanements à me glacer le sang.

21 juillet 1915
J'ai enfin quitté le lit sans avoir de vertiges… J'ai fait deux, trois pas. J'ai regardé par la fenêtre. Le jardin est magnifique : des carrés bien arrangés, des fleurs de toutes les couleurs. J'aimerais tant y faire un tour. Ça me changerait de la boue des tranchées !

J'ai parcouru les couloirs de l'abbaye, qui est immense. On s'y perdrait presque.

— Qu'est-ce que tu fais là ? m'a aboyé une voix méchante, alors que j'approchais d'un escalier en colimaçon.

En me retournant, j'ai vu l'un des infirmiers malcommodes, grand et large comme un chêne.

— Je me balade, monsieur, lui ai-je répondu en toute honnêteté.

— Tu sais que tu n'en as pas le droit sans l'autorisation du médecin.

— Je voulais faire circuler le sang dans mes jambes. Je suis tanné de rester allongé toute la sainte journée.

— Quand le médecin t'en donnera la permission, tu pourras sortir de la bâtisse, accompagné. En attendant, retourne te coucher, mon bonhomme. Le médecin viendra te voir bientôt.

— Bien, monsieur.

Et j'ai rejoint mon dortoir. Je me suis assis sur le lit en réalisant que j'avais quitté une prison – la ferme – pour me retrouver dans une autre. La bonne affaire !

22 juillet 1915

Mon voisin est Français. Auguste est là depuis trois mois. Il est arrivé à la suite d'une crise de folie sur le champ de bataille. Il a vu son frère mourir, les tripes à l'air. Il n'a pas pu l'aider, m'a-t-il confié, les larmes aux yeux. Il l'a porté jusqu'à l'abri mais il était déjà trop tard. Il pense que son frère est mort sur le coup. Comment voulez-vous secourir quelqu'un dans de telles circonstances ?

— Ce qui me chagrine le plus, a-t-il ajouté, c'est qu'il n'a même pas pu avoir de tombe ni d'enterrement décent. J'ai essayé de m'en occuper, mais le sergent m'en a empêché. Il m'a tiré par la peau du cou en criant : « Il est mort, tu le vois bien ! Sauve ta peau, imbécile ! »

Depuis ce jour-là, Auguste a perdu contact avec la réalité. Il paraît qu'il se levait en pleine nuit en hurlant le nom de son frère, puis qu'il pleurait sans arrêt. Il sortait des tranchées et s'exposait aux tirs ennemis. Il délirait souvent et prétendait avoir vu des créatures sombres dépecer les cadavres sur le champ de bataille.

— Quel genre de monstres ? lui ai-je demandé.

— Je ne sais pas… Je n'en ai aucun souvenir.

Auguste a été amené ici sans le savoir. Il s'est retrouvé dans un lit, la tête bandée, quelques jours après son arrivée à l'abbaye. J'ai découvert qu'il s'était fait opérer à la tête, tout comme moi. Une petite cicatrice derrière l'oreille gauche me le confirme. Et sa perte de mémoire, serait-ce à cause de cette opération ? D'autres patients sont-ils dans la même situation que nous ?

Je me retournai pour me retrouver face à une espèce de gros bouledogue à la tête carrée, aux yeux vitreux et aux traits plutôt anguleux. Il était vêtu d'une veste bleu foncé et d'un pantalon gris.

– Veuillez me suivre s'il vous plaît, ordonna-t-il sèchement.

– Et pourquoi donc ? protestai-je.

Un second colosse s'avança et nous nous retrouvâmes encerclés, Corinne et moi. Elle me tira par la manche délicatement, pour me prier de ne pas résister plus longtemps.

Nous dûmes suivre le bouledogue, tandis que son acolyte fermait la marche. Après avoir traversé la salle où nous étions, le bouledogue ouvrit une lourde porte en bois massif sur laquelle était écrit « entrée strictement interdite ». D'un brusque mouvement du menton, il nous intima l'ordre de passer devant lui. Ce que nous fîmes sans rechigner. Nous traversâmes quelques couloirs silencieux et éclairés de lumières blafardes. Tout au long de notre progression, je cherchai des repères, au cas où la situation tournerait mal et qu'on dût s'échapper. Peine perdue. Mon cœur battait la chamade. De la sueur coulait le long de mon dos.

Du coin de l'œil, j'observai Corinne qui affichait un comportement stoïque. Ses mouvements ne trahissaient aucun signe de peur. Je lus de la détermination dans ses yeux. À croire qu'elle avait déjà vécu ce genre de situation auparavant. J'eus honte de mes réactions.

Notre petit groupe s'arrêta devant une porte capitonnée de cuir noir, démunie de poignée. Le bouledogue appuya sur un bouton encastré dans le panneau de rembourrage, à la hauteur de son épaule, et la porte pivota.

24 juillet 1915

Je déprime. Je n'ai plus envie d'écrire. D'ailleurs, que pourrais-je écrire? Je n'ai rien à faire. Je n'ai pas le droit de quitter mon lit. Je m'ennuie à mourir.

J'ai appris qu'on était dans un asile d'aliénés. Un des infirmiers m'a balancé que si j'avais eu toute ma tête, je n'aurais jamais été admis à l'abbaye de Prémontré! Je suis donc officiellement «fou». Mais je sais parfaitement que le monstre que j'ai vu n'était pas une illusion.

Je n'ai plus de contact avec l'extérieur, ce qui me désole encore plus. Que doivent penser mes parents? Ont-ils eu des nouvelles de mon hospitalisation? Vont-ils croire que je suis mort? Je n'en sais rien. Et Pauline? M'aurait-elle complètement oublié? J'aimerais mieux en finir.

25 juillet 1915

Les discussions avec mes compagnons de chambre me remplissent d'angoisse et de craintes. Ces malheureux sont ici depuis Dieu seul sait quand. Certains patients, des civils comme des militaires, fabulent en racontant des histoires sans queue ni tête. Que leur est-il vraiment arrivé?

Parmi eux, il y a monsieur Armand, un civil. Il dit se souvenir d'une exploitation commerciale, mais ne se souvient pas s'il y travaillait ou s'il en était le propriétaire.

Un jour, ses enfants ont disparu. Il ne sait comment ni pourquoi. Sa femme ne s'en est jamais remise.

– Chaque jour, elle arpentait les rues en hurlant, m'a-t-il narré. J'ai voulu porter l'affaire plus haut en contactant le préfet, mais je crois que je n'ai jamais réussi. Je ne sais plus. Un matin, je me suis réveillé dans cette abbaye de malheur... Maintenant, j'ai peur. Une nuit, j'ai surpris une cérémonie

macabre. Des hurlements, des pleurs, des rites étranges, peut-être même un sacrifice humain… Le curé et le maire du village, ainsi que d'autres dignitaires, assistaient à cette cérémonie lugubre…

Je n'ai jamais su ce qu'Armand voulait dire. Comme moi, il note ses souvenirs, de peur de perdre la mémoire, mais je crois qu'il est trop tard. Sait-on jamais peut-être quelqu'un retrouvera-t-il nos écrits ?

Nous fûmes introduits dans un bureau vaste et sombre. Je remarquai tout de suite les rideaux lourds dissimulant les grandes fenêtres au fond de la pièce. Décidément, ces gens n'appréciaient pas les belles choses de la vie. Une odeur entêtante de cuir, de bois ciré et de vieux livres flottait dans la salle. Derrière le bureau de ministre en bois précieux, tournant le dos aux fenêtres, un homme maigre, d'une cinquantaine d'années, nous fixait du regard depuis son fauteuil pivotant. Il était élégant, avait les traits fins et les cheveux courts, grisâtres, à la coupe nette. Il portait un costume gris sombre et une cravate classique à rayures noires et grises.

Une dizaine de moniteurs monochromes, reliés à un système de surveillance, se trouvaient à sa gauche. À sa droite, le mur était tapissé de livres et d'encyclopédies. Je remarquai une reproduction de la *Leçon d'anatomie du Dr Tulp*, de Rembrandt, accrochée près de la fenêtre.

Il se leva et, sans émettre un son, nous fit signe de la main afin qu'on s'assoie en face de lui, dans des fauteuils de cuir usés. Les mastodontes se placèrent de chaque coté de nous, pour nous encadrer. L'homme maigre se dirigea lentement vers le tableau, s'arrêta à mi-chemin et fit un quart de tour pour nous faire face. Puis, il mit la main gauche dans la poche de son pantalon. Ses gestes semblaient calculés, à la limite du théâtral. La lumière distillée à travers les rideaux de la fenêtre l'éclairait partiellement. Il usait d'une vieille technique qui marche à tous les coups. Faire languir l'accusé en se délectant de son impatience et de sa peur. L'ambiance s'alourdissait.

– Je vous remercie d'avoir accepté de suivre mes assistants sans résistance, fit-il d'une voix éraillée.

– Avions-nous le choix de refuser ? rétorqua Corinne, fâchée.

– Je suis le docteur Alphonse Dalayrac et je dirige cet établissement, poursuivit-il, comme s'il n'avait rien entendu.

– Enchanté, dis-je. Valait mieux jouer la carte de la politesse pour gagner du temps.

– Vous savez pourquoi je vous ai convoqués ici, je suppose ? s'enquit-il en s'avançant vers nous. Il s'arrêta, s'appuya sur le coin du bureau et se pencha vers moi si près que je sentis son haleine chargée de nicotine.

– Non. Nous sommes simplement venus visiter cette belle abbaye, ma blonde et moi, répondis-je en tournant la tête vers Corinne. Nous étions dans la région de l'Aisne pour découvrir les sites historiques et touristiques.

– Vous étiez en train de prendre des photos, monsieur, je vous le rappelle, déclara-t-il en relevant le buste.

À l'aide de son système de surveillance, il avait dû découvrir que je prenais des photos des accès aux souterrains et des portes stratégiques.

– Quel mal y a-t-il à prendre des photos ? demandai-je innocemment.

Du coin de l'œil, j'aperçus le bouledogue piétiner d'impatience et faire craquer ses phalanges, attendant un signe de son maître pour utiliser la manière forte.

— Voyez-vous, il est interdit de prendre des photos du style des vôtres, annonça-t-il. Il fit de nouveau quelques pas vers la fenêtre. Il avait l'art de faire durer le suspense. Vous preniez des clichés de la structure, des murs, des frises et j'en passe, ajouta-t-il en se retournant brusquement vers nous.

— Rien n'indique que c'est interdit, fit remarquer Corinne sur un ton agressif.

— Si, mademoiselle. Il y a des pancartes qui le signalent partout.

Corinne et moi échangeâmes un regard perplexe.

— Je peux demander à nos amis ici présents de vous les montrer, renchérit-il en appuyant sur ses mots.

— Alors, on s'en excuse. Nous n'avions pas remarqué ces affiches, dis-je pour nous déculpabiliser.

— Pour la peine, il va falloir que l'on efface les photos où figurent la structure et les autres aspects architecturaux. Passez-moi l'appareil, ordonna-t-il en tendant la main vers moi.

— Et si je refuse de vous remettre mon Kodak ? C'est une atteinte à la vie privée. Avez-vous pensé qu'il pouvait y avoir des photos personnelles que je n'ai aucune envie d'exhiber ? bluffai-je.

Il me toisa d'un air narquois. Puis son regard glissa vers Corinne, avant de revenir sur moi.

— Si ça peut vous satisfaire, je vais tout effacer devant vous, proposai-je en consultant Corinne du regard, priant pour qu'il y ait une carte mémoire vierge dans l'appareil.

Elle acquiesça, donnant son consentement complice immédiatement.

– Soit. Allez-y !

Je passai l'appareil à Corinne qui connaissait son fonctionnement mieux que moi.

Elle s'exécuta sans rechigner.

– Maintenant, pouvez-vous me prêter votre… Kodak ? demanda cyniquement l'homme, après la suppression des fichiers.

Corinne le regarda d'un air interrogatif.

– Il faut bien que je vérifie s'il ne reste rien dans la mémoire de l'appareil.

– Nous avons procédé à la suppression des fichiers à votre satisfaction. Voilà, si vous y tenez, l'assura Corinne en lui remettant l'appareil.

Le directeur de l'établissement tendit la caméra à l'un de ses sbires.

– Qu'en pensez-vous, Serge ? Je n'ai pas de patience avec ces bidules-là.

Dis plutôt que tu ne sais pas comment t'en servir, maudit twit.

– C'est bon, monsieur le directeur, confirma l'examinateur.

– Maintenant, veuillez accompagner nos invités jusqu'à la porte, messieurs, ordonna le directeur à ses employés. Mademoiselle, monsieur, ce fut un plaisir de converser avec vous. Je vous souhaite un bon séjour dans notre région.

Dès que nous nous levâmes, il nous tourna le dos et se dirigea vers la fenêtre, faisant semblant d'observer quelque chose dans la cour, à travers des rideaux pourtant épais.

Nous fûmes jetés comme des malpropres sur l'aire de stationnement de l'abbaye. Avant de nous abandonner, les deux agents de sécurité nous firent comprendre qu'il était préférable de ne pas revenir dans le coin.

— Vous avez été formidable, m'exclamai-je en regardant Corinne dans les yeux. Aucun signe de peur, de la détermination et du courage…

— Je suis issue d'une famille de militaires, vous l'avez oublié ? répondit-elle en riant.

— Non, sérieusement… Je vous admire, j'aurais aimé avoir autant de contrôle que vous dans cette situation.

— Notre énergie peut influencer les autres. Si on montre notre peur à l'adversaire, il pourrait prendre l'avantage sur nous. C'était le cas sur les champs de bataille, le saviez-vous ?

— Vous m'apprenez quelque chose. En tout cas, ces émotions m'ont creusé l'appétit, voulez-vous manger quelque part ? étais-je en train de proposer quand mon cellulaire sonna.

C'était Richardson. Je décrochai en faisant signe à Corinne de m'excuser et fis un petit pas en arrière pour m'adosser à l'auto.

— Heureux d'avoir de vos nouvelles. Où êtes-vous ? lançai-je.

— Je suis à Paris en ce moment. Je travaille sur une conférence qui se tiendra dans trois jours. On communique avec les clients qui n'ont pu assister à la conférence du Lavoir et on a mis d'autres billets en vente sur Internet. Les places se vendent comme des petits pains chauds.

— Je suis content que vous ayez pu trouver un créneau et un emplacement pour vous produire sur scène.

Félicitations ! Pourriez-vous me réserver deux places pour que j'assiste à votre prochaine conférence en compagnie d'une amie ? avançai-je, sans demander l'avis de Corinne qui suivait la discussion à distance, en faisant les cent pas.

– Bien sûr. La conférence sera au Colisée, non loin des Champs-Élysées. Je laisserai deux invitations à votre nom à l'entrée. *By the way*, où en êtes-vous, avec votre visite ?

Je résumai la rencontre avec le directeur de l'établissement.

– En tout cas, j'ai bien l'intention d'aller explorer les souterrains de cette abbaye, cette nuit probablement, conclus-je.

– Oui… Il faut taper le fer tant qu'il est chaud, répliqua-t-il ; il voulait dire « battre le fer », ce qui me fit sourire. À propos, il y aurait deux autres sites à visiter non loin de l'abbaye. Si vous en avez le temps, faites un tour au château de Coucy, ainsi qu'à la Caverne du Dragon. Ce sera très instructif pour vous. Allez, prenez soin de vous ! ajouta-t-il en raccrochant sans me donner la chance de lui poser des questions sur ce que j'étais censé y trouver d'intéressant.

Je rangeai mon cellulaire, songeur.

26 juillet 1915

Aujourd'hui, j'ai eu la visite du docteur. Je lui ai parlé de mes sorties. Il est très gentil. Il m'a donné la permission d'aller dans le parc. Il m'a répété qu'un des infirmiers devait m'y accompagner. Chose que je savais déjà… Robert, ou « le chêne », comme j'aime l'appeler en raison de sa carrure, m'a suivi dans le jardin de l'abbaye. L'air est frais sous les arbres. Les fleurs sont de toute beauté. Ça fait plaisir à voir et à sentir. C'est comme un baume à l'âme.

— Dites-moi, monsieur Robert, c'est quoi les cris qu'on entend, la nuit?

— Ce sont ceux des malades qui n'ont plus toute leur tête.

— Ah bon... Mais ont-ils mal, pour crier ainsi?

— Non, bonhomme... Ils ont juste peur dans le noir. Y en a qui entendent des voix, d'autres qui ont des visions. Il s'est retourné brusquement vers moi. Mais pourquoi poses-tu tant de questions?

— C'est rien, monsieur. C'est juste que leurs cris m'effraient, ai-je répondu, jouant un peu la comédie. Valait mieux ne pas me faire de nouveau remarquer.

— La prochaine fois, tu n'auras qu'à m'appeler! Mon local est au bout du couloir. Je m'occuperai d'eux et de toi en même temps.

— Vous êtes bien gentil, monsieur Robert, lui ai-je répondu.

Finalement, il l'était plus que je ne l'imaginais, ce Robert.

27 juillet 1915

J'ai discuté avec l'un de mes compagnons de chambre. Louis, qu'il s'appelle. C'est un soldat français. D'après ce qu'il m'a raconté, j'ai compris qu'il avait combattu au Chemin des Dames.

Les Français ont été chassés par les Allemands qui ont pris possession du souterrain qu'ils défendaient. Louis m'a dit que les Allemands avaient planté leurs mitrailleuses à toutes les entrées de la caverne. La nuit, quand les Boches tiraient sur eux, les Français, c'était comme un dragon à sept têtes qui crachait du feu. Les soldats ont pris l'habitude de l'appeler « la Caverne du Dragon ».

— Et puis ? l'ai-je pressé pour en savoir davantage sur cette caverne.

— Rien, je ne me souviens de rien d'autre.

— Comment ça ?

— Comme je vous le dis, mon ami… Attendez, ça me revient… avant, nous vivions carrément dedans.

— Dedans ?

— Oui, dans les souterrains… nous aussi, dans les souterrains.

Louis m'a tourné le dos et m'a fait signe de la main pour je le laisse tranquille. J'ai trouvé son histoire curieuse et singulière. Pourrait-il se souvenir d'autres détails ?

Je me tournai vers Corinne et lui demandai si elle voulait bien m'accompagner à la conférence de Richardson à Paris.

— Ah, si cela vous fait plaisir. Quoique je préfère donner mon avis plutôt que d'être mise devant le fait accompli.

— Je m'en excuse, je n'en ai pas eu le temps… C'était l'agréable idée de pouvoir partager avec vous les informations étonnantes de ce conférencier. Ça pourrait peut-être vous intéresser.

— Alors d'accord, j'accepte pour cette fois… Et pour répondre à la question précédente, j'ai faim moi aussi, mais, surtout, très soif.

Après un repas frugal et un café serré, nous nous rendîmes dans un magasin à grande surface. Je devais m'acheter des mitaines, une carte détaillée de la région et une lampe torche. On allait en avoir besoin pour notre virée nocturne à l'abbaye…

– Comment pensez-vous vous y prendre ? N'est-ce pas dangereux ?

– Pas si je suis mon plan. Au cours de notre visite, j'ai localisé les emplacements des postes de garde qu'il faudra éviter pour pénétrer dans la bâtisse, ainsi que les caméras de surveillance.

– Et par la suite ?

– Avec un peu de prudence, on devrait arriver à se faufiler dans l'enceinte. Je n'imagine pas les agents de sécurité en train de vadrouiller toute la nuit dans les couloirs. Ce n'est quand même pas le Pentagone qu'on essaye d'infiltrer là !

– Je souhaite que vous ayez raison.

– Par contre, en attendant, je vous propose une autre visite, non loin d'ici, dis-je en déployant la carte Michelin.

– Vous ne préférez pas vous reposer avant d'entreprendre cette escapade nocturne ?

– C'est l'affaire d'une demi-heure de route et ça pourrait nous être utile, pour nos recherches.

Il fallait que je vérifie par moi-même ce qui se cachait là-bas. Quel indice allais-je découvrir dans cette Caverne du Dragon ?

Nous prîmes place dans l'auto, direction sud-est sur la route départementale 13.

– Pouvez-vous au moins me dire où nous allons ?

– Vous verrez, c'est une surprise ! répondis-je…

Pour moi aussi d'ailleurs.

En chemin, des bribes du cahier de l'oncle Houde me sont revenues : sa rencontre avec le soldat Louis et la vague histoire d'un combat dans une caverne... Était-ce la Caverne du Dragon ?

La caverne se trouvait dans une ancienne carrière, dans les hauteurs du Chemin des Dames, une route de crête surplombant la vallée de l'Aisne. Les drapeaux de la France, de la communauté européenne et du département flottaient au vent.

Nous descendîmes de l'auto et fîmes quelques pas sur la passerelle d'accès au site. Sur le mur principal du musée en béton armé, il était inscrit « Caverne du Dragon/Drachenhöhle » et les silhouettes de trois soldats armés de fusils à baïonnette étaient gravées.

– Qu'est-ce que c'est, Alain ? demanda Corinne, surprise.

Ne sachant quoi répondre, je restai muet et lui fis signe d'avancer.

– Faisons le tour avant d'entrer, proposai-je. Je jetai un regard à l'horizon. La vue panoramique était superbe, quoique vertigineuse. Des longues-vues, placées çà et là en bordure du plateau, permettaient d'observer à distance. J'imaginais des soldats, armés jusqu'aux dents, faisant le guet avant d'ouvrir le feu sur l'ennemi.

La Caverne du Dragon, creusée dans une ancienne carrière de pierres, a été un endroit stratégique pendant la Grande Guerre. Elle permettait d'observer les avancées et les replis sur le Chemin des Dames. Les Allemands la prirent aux Français en 1915. Ils l'aménagèrent pour les combats (postes de tirs), de même que pour leurs besoins quotidiens (électricité, dortoirs, chapelle, cimetière, etc.). De juillet 1917 à octobre de la même année, les deux camps s'y affrontèrent, les Français ayant repoussé les Allemands au fond de la caverne. Des frontières intérieures furent même tracées. La tension était palpable.

Aujourd'hui, la caverne peut être visitée. J'achetai deux billets au guichet et en tendis un à Corinne, qui ne comprenait toujours pas le but de cette visite non programmée. Je lui fis un sourire que je voulais charmeur, confiant et reconnaissant. Et la visite commença.

Des effets personnels de soldats, tels des casques, des fusils et des brodequins, étaient mis en valeur dans la partie supérieure du musée. Des armes étaient exposées ici et là dans l'entrée, ainsi qu'un canon et une mitrailleuse. Ce n'était qu'une mise en bouche.

Nous nous enfonçâmes doucement dans des profondeurs inconnues. La lumière du jour disparut progressivement… L'obscurité nous enveloppa et la fraîcheur de l'endroit se fit sentir. Malgré la présence de nombreux visiteurs dans ce lieu qui imposait le respect, un silence de mort s'installa dès notre arrivée dans la Caverne du Dragon.

28 juillet 1915

La nuit dernière, j'ai encore entendu des rires bizarres et des cris étouffés.

Je ne sais plus quoi penser. Comment réagir…

L'état de mes compagnons n'a pas l'air de s'améliorer. Certains jours, les infirmiers viennent les chercher pour une ou deux heures de « traitement », dont ils reviennent toujours inconscients, allongés sur un brancard.

Où est-ce qu'on les emmène? Pourquoi reviennent-ils inconscients? Pourquoi les emmène-t-on eux et pas moi?

Et quand ce sera mon tour... comment m'en sortirai-je? En attendant, j'ai droit à une balade de trente minutes, dans le parc, un jour sur deux. J'en ai profité. J'ai pris mon courage à deux mains et j'ai posé à monsieur Robert la question qui me brûlait la langue à propos de mes compagnons.

– Tu poses trop de questions, Henri. Tu as l'âge d'être mon fils, alors je vais te donner un conseil... Oublie tout ce que tu vois. Ne pose pas de questions et tu sortiras d'ici plus vite que tu le crois, m'a-t-il répondu.

Notre marche terminée, je suis rentré dans la chambre et me suis allongé sur le lit.

Je suis las de rester ainsi toute la journée. Quand je reverrai le docteur, je lui demanderai si je peux obtenir du papier et des crayons de couleur... ça m'occuperait l'esprit.

29 juillet 1915

Le docteur est passé ce matin. Il a constaté que mon état est stable. J'ai tenté de savoir quand je sortirais d'ici. Il ne m'a pas répondu. Il a juste regardé l'infirmier.

Je lui ai demandé des crayons de couleur et du papier. Il a répondu qu'il verrait ce qu'il pourrait faire à ce sujet. La journée m'a paru si longue... trop longue.

Après le souper, Louis m'a reparlé de la caverne. Il répétait toujours la même histoire : que sa division vivait dans la caverne et que les Allemands l'en ont chassée. Gare au Dragon! La caverne était à lui, murmurait-il souvent. Mais il était incapable de me donner plus de précisions. Pourquoi accorde-t-il tant d'importance à ces souterrains? Je ne le saurai peut-être jamais.

30 juillet 1915

Durant la nuit, j'ai réentendu les fameux hurlements. Je me suis souvenu de ce que m'avait dit monsieur Robert. Son local était au bout du couloir... J'ai décidé d'y aller. Je ne pouvais quand même pas l'appeler à haute voix et réveiller mes autres compagnons. J'avais retenu ses directives pour m'orienter dans les allées de l'abbaye. Je me suis donc avancé à tâtons dans l'obscurité, vers la chambre des infirmiers.

J'entendais, çà et là, des ronflements ou des murmures. Comme si les malades parlaient dans leurs cauchemars. Certains pleuraient ou gémissaient.

Plus j'avançais, plus le bruit des ronflements augmentait. Par contre, arrivé à sa porte, plus un bruit. J'ai chuchoté: «Monsieur Robert! Êtes-vous réveillé?» Dans l'entrebâillement de la porte, j'ai pu l'apercevoir, couché sur son lit. Un bruit de ressorts m'est parvenu de l'intérieur en guise de réponse. J'ai poussé la porte et je suis entré.

Après un petit film documentaire d'une vingtaine de minutes, nous fûmes introduits par une guide dans l'enceinte de la caverne.

– Il était courant de voir des carrières d'extraction de pierres réquisitionnées par l'armée et transformées en refuges, en campements ou en casernes, comme ce fut le cas pour la Caverne du Dragon, nous expliqua notre guide. Vu la position stratégique idéale de ce lieu, les Français en furent chassés au début de l'année 1915. Cette action a permis aux Allemands de prendre l'avantage sur l'armée française, insista-t-elle, avant de continuer son discours.

– Malgré l'humidité de cette caverne, la vie s'y était organisée petit à petit, grâce aux transformations effectuées par les Allemands. Ainsi, ils avaient installé un réseau d'électricité complexe, très moderne pour l'époque. Dans leur organisation, ils avaient prévu toutes les commodités nécessaires à des séjours prolongés, lesquelles leur permettaient de ne pas avoir à sortir de leurs abris.

La guide se déplaçait dans la cave, tout en pointant des photos, des tableaux et des graphiques de l'époque qui représentaient les emplacements et les activités quotidiennes qu'elle énumérait en les détaillant :

– Ici, les soldats allemands ont aménagé des dortoirs et là, d'autres plus confortables, pour leurs supérieurs. Et voici un puits, pour l'approvisionnement en eau, et un poste de secours pour traiter les blessés et les malades ; une chapelle, pour ne pas oublier le volet spirituel, ainsi qu'un cimetière, pour honorer les morts.

Tout en écoutant religieusement les explications, je me posai la question sur le rapport entre tout ceci et les théories de Richardson. À part la similitude du nom avec les dragons et les Reptiliens, je ne voyais pas.

– Il ne faut pas oublier que ce lieu protégeait des conditions climatiques inhumaines infligées aux soldats dans les tranchées, poursuivit la guide. Les cavernes avaient encore une autre fonction, celle d'isoler les soldats des attaques au gaz. On peut considérer que ces installations sont les ancêtres des bunkers, qu'on connaît mieux depuis la Seconde Guerre mondiale.

Elle s'avançait dans les méandres des galeries éclairées avec brio, rendant l'ambiance tantôt féerique et tantôt lugubre. Notre petit groupe la suivait silencieusement. À certains endroits, des spots lumineux éclairaient des dessins exécutés sur les parois de la pierre, de toutes les tailles et de toutes les sortes. Ces œuvres d'art, souvent naïves, se juxtaposaient, témoignant de la présence d'hommes ayant vécu des nuits et des jours entiers coupés du monde extérieur. Il y avait là des croix, des textes de prières, mais aussi une tête de mort et sa faux, pour les plus pessimistes. Des visages de femmes ou d'enfants étaient également dessinés par des mains plus habiles. Le tout ayant été créé avec de la suie de bougies ou à l'aide d'outils pointus : baïonnettes, couteaux, clous... Certains de ces soldats étaient de vrais artistes et ont réalisé des sculptures taillées dans le calcaire, du bois ou même des douilles usagées. Toutes ces œuvres étaient exposées dans des vitrines éclairées. Une jolie tête de femme a même été sculptée en bas-relief dans la roche, à l'entrée de la caverne.

Le réseau de galeries représentait un labyrinthe avec ses kilomètres de couloirs et de salles. Avant la fin du tour, la guide nous indiqua les secteurs fermés au public en raison des risques d'éboulement ou de travaux de réfection. Puis, elle nous octroya une dizaine de minutes de visite libre. Corinne et moi atteignîmes une salle déserte, que les visiteurs avaient décidé de bouder.

30 juillet, suite...
Deux infirmiers étaient allongés sur deux des trois lits de la pièce. L'un d'eux a craqué une allumette et enflammé la lampe à pétrole. La lumière jaunâtre a éclairé la moitié de son visage bouffi.
— Que veux-tu ? ma-t-il demandé.
— Euh... Excusez monsieur, je cherche monsieur Robert.
— Regardez-moi ça ! Il cherche Robert, tard la nuit ! Et pourquoi, mon mignon ?

Je ne savais plus quoi dire.

— C'est que… monsieur Robert m'a dit que si j'entendais des cris dans la nuit, je pouvais l'appeler.

— Et tu les as entendus, là ?

— Oui, monsieur, lui ai-je dit sans mentir.

— Il n'est pas ici ce soir. Tu sais, je peux le remplacer, m'a-t-il dit en se levant brusquement.

— Excusez, monsieur, je pense qu'il y a erreur, lui ai-je répondu en me retournant aussitôt pour sortir de cette maudite chambre. C'est alors qu'il s'est précipité sur moi ! Avec ses gros bras de buffle, il m'a broyé. J'ai senti son haleine de bouc contre ma nuque. Il m'a attiré au milieu de la pièce. Ensuite, il m'a jeté face contre terre et s'est écrasé sur moi. Entre-temps, son camarade s'est réveillé. Il l'a aidé en me maintenant les bras et les épaules au sol, afin que je ne me débatte pas. Je les ai sentis fouiller dans mes pantalons.

J'ai commencé à gueuler ! Le deuxième monstre m'a immédiatement mis une guenille dans la bouche et a coincé ma tête entre ses genoux, par terre.

Tout s'est passé très vite et, pourtant, les minutes semblaient interminables. D'un geste brusque, l'infirmier m'a défoncé le fondement. J'ai senti de la douleur, puis des brûlures… comme pour les coupures que je m'étais faites avec le couteau et pire encore !

Ce sera une blessure à jamais profonde.

Au matin, on est venu me chercher pour la visite de « routine », à la suite de ma blessure. On m'a emmené à l'infirmerie, car j'avais saigné pendant la nuit. Ma gorge me brûle tellement j'ai gémi toute la nuit, sans résultat. Je suis tombé dans un état de mutisme complet. Même si j'avais voulu parler, seuls des cris de douleur et de colère seraient sortis de ma bouche. Je me sentais pris dans une bulle, déconnecté du monde...

Quand les infirmiers, venus pour me soigner, ont commencé à me déshabiller, je me suis débattu : non, je ne pouvais pas les laisser faire, pas une autre fois !

— Je veux parler au docteur !

— Il est déjà informé que vous êtes ici, m'a-t-on répondu.

Alors, j'ai hurlé comme un maudit ! On m'a bâillonné... Il ne fallait pas effrayer les autres pensionnaires. Je me suis débattu tandis qu'on me soignait. On m'a attaché les mains et les pieds aux quatre extrémités de la table de traitement avec de grosses ceintures de cuir. J'ai secoué le bassin, les genoux et les bras autant que je le pouvais... On m'a plaqué un mouchoir sur le nez et la bouche, imbibé d'une matière froide. J'ai respiré... Et je n'ai plus senti ce qui m'arrivait.

Un signe étrange, une sorte de trident de Poséidon, surmonté d'un bonhomme allumette, était dessiné sur le plafond, gigantesque. Le schéma entier était tracé à l'aide d'un bout de charbon ou de boucane de bougie. À côté du signe, un nom était autographié pour l'éternité. Le même symbole était reproduit un peu partout sur les murs de la sombre salle. Je m'approchai afin de l'examiner de près. Sur les deux côtés de la lance, des ramifications, en forme de candélabre à douze branches, étaient orientées vers le haut, donnant l'impression de voir, d'un côté, un arbre dégarni de ses feuilles en hiver et, à l'autre extrémité de la hampe, un râteau de jardinage.

Je cherchai dans ma mémoire où j'avais vu une figure semblable. Impossible de m'en souvenir !

Comme il était interdit de prendre des photos, je sortis un bout de papier et reproduisis le croquis, à l'aide d'un crayon à mine qui traînait dans ma poche.

– Cette figure me rappelle quelque chose, mais je ne sais pas exactement quoi, expliquai-je à Corinne, qui s'approchait de moi.

La visite touchait à sa fin. Il fallait sortir de la caverne. Nous remontâmes à la surface et l'air pur me fit du bien. Je réalisai, par contraste, combien on s'était sentis à l'étroit, étouffés, à l'intérieur de la caverne, malgré ses dimensions gigantesques.

Nous retournâmes vers l'auto. Corinne placotait mais je ne comprenais pas ce qu'elle disait. Mon cerveau était ailleurs. Je me concentrais pour me souvenir du sens du schéma que je venais de copier. J'EN ÉTAIS INCAPABLE ! Corinne se planta devant moi et me fit signe de la main, mais, distrait, je la bousculai presque.

– Ho ! Alain, vous m'écoutez ?

– Désolé, j'étais perdu dans mes pensées.

– Ça, je m'en suis aperçue. C'est la figure que vous avez copiée qui vous met dans cet état ?

– C'est surtout que je n'arrive pas à trouver où j'ai déjà vu ce signe.

– Dans un livre d'histoire de l'art peut-être ?

– Non, pantoute.

Je lui ouvris la portière. Avant de s'asseoir, alors que je faisais le tour pour entrer dans la voiture, elle se retourna brusquement.

– Où allons-nous maintenant ?

Je regardai ma montre. Il était 4 h passées.

Le ciel commençait à s'assombrir.

— Je pense qu'il serait plus sage de chercher un hôtel pour ce soir et de nous préparer pour notre escapade nocturne.

31 juillet 1915

Le docteur est passé me voir, accompagné d'un infirmier que je ne connaissais pas.

— Tout va bien, m'a-t-il dit.

De quoi parlait-il? N'a-t-il pas senti la souffrance de mon âme?

— Il me faut sortir d'ici, docteur, l'ai-je supplié.

— Vous ne pouvez pas. Il vous faut du repos.

— J'étais mieux avec mes compagnons sur le front, dans les tranchées, qu'enfermé ici.

— Ce n'est pas cela que vous disiez avant de quitter le front. J'ai étudié votre cas, caporal.

— Et puis?

— Vous avez dit à vos supérieurs avoir vu des monstres dépecer vos compagnons. Vous vous sentiez même en danger.

— Oui, j'ai dit ça, mais je ne l'ai pas seulement dit. Je l'ai vu.

— Et c'est vers cela que vous voulez repartir? C'est insensé.

— C'est toujours mieux que de jeter des innocents aux cochons!

— Ça, c'est une autre histoire incroyable, caporal Houde. Vous avez l'imagination très fertile, petit.

— Je les ai vus de mes propres yeux, docteur.

— Bien entendu.

– *Donc, vous voulez bien me faire sortir d'ici ?*

– *Non, vous n'avez rien compris, a-t-il déclaré, exaspéré.*

– *Je me suis fait agresser ici, docteur. Je dois sortir, ai-je ajouté pour justifier ma réaction, pour défendre ma cause.*

– *Les camarades qui vous ont brutalisé seront punis. Nous les connaissons, nous les observons depuis un moment et savons qu'ils s'en prennent toujours aux nouveaux.*

– *Docteur, ce n'étaient pas des camarades, lui ai-je dit en toisant l'infirmier à ses côtés.*

– *Ah bon ? C'était qui alors ? m'a-t-il demandé d'un air moqueur.*

– *Ce sont vos infirmiers.*

– *Là, vous fabulez complètement, caporal ! a-t-il crié en se levant.*

Il a fait deux pas vers la sortie et a ajouté avant de sortir, fâché : « Vous dépassez les bornes, caporal ! »

L'infirmier, à son tour, m'a lancé un regard menaçant, rempli de haine. Puis, il s'est dépêché de suivre son maître. Ayant dénoncé les infirmiers, je n'échapperai pas à leurs représailles. Je ne peux même pas m'enfuir. Les portes de l'extérieur sont toutes fermées à clé. Que vais-je devenir ?

Chapitre 7
Raids en sous-sol

La nuit était claire, sans le moindre nuage. La pleine lune diffusait une lumière assez forte pour nous permettre d'avancer dans le parc. Il était évident que nous ne pouvions pas utiliser de lampe avant d'être rendus à l'intérieur du bâtiment. Nous contournâmes le jardin, profitant du camouflage naturel que nous offraient les haies de cèdres.

J'avais décidé de m'introduire dans l'abbaye par une porte que j'avais aperçue sur le côté gauche du bâtiment principal. Je m'étais exercé à ouvrir les serrures à l'aide de mon canif. À ma grande surprise, la porte n'était pas verrouillée. Piège ou chance ? Il fallait se risquer à l'intérieur pour avoir la réponse. Mon cœur battait la chamade. Mes nerfs étaient attisés, mes sens, en éveil. C'était la première fois de ma vie que je faisais quelque chose d'aussi hasardeux.

De temps à autre, je faisais un signe de la tête à Corinne, qui me suivait de près, pour vérifier si tout allait bien. Elle me surprit encore une fois ; elle jouait le jeu jusqu'au bout. Elle nous avait appliqué un camouflage bariolé sur le visage, style commando, à l'aide d'un cirage à souliers noir, acheté en même temps qu'un bonnet de la même couleur pour maîtriser ses cheveux rebelles.

– On ne participe pas à une aventure comme celle-ci tous les jours ! avait-elle dit en rigolant dans le magasin à grande surface.

J'ouvris la porte avec beaucoup de précaution et tendis l'oreille, dans l'attente du déclenchement d'une sirène d'alarme. Rien ! C'était comme si ces situations de crise ne se passaient que dans les films d'action. Nous entrâmes et je refermai la porte, en m'assurant que le verrou demeurerait ouvert. Les caméras de surveillance installées sur les murs à certains endroits étaient facilement repérables dans le noir grâce au clignotement de leur diode d'enregistrement rouge. Il était donc facile de les contourner. Nous longeâmes les parois des grands couloirs, profitant des zones sombres pour avancer plus rapidement.

Dans un coin du couloir situé sur notre droite, je pus apercevoir l'escalier en colimaçon menant aux étages inférieurs. Une grosse corde en barrait l'accès. Du doigt, je désignai à Corinne notre prochaine étape :

– Il va falloir faire un petit détour, pour éviter le champ de la caméra, lui chuchotai-je à l'oreille.

En effet, une caméra se trouvait au-dessus de nos têtes et pointait vers l'embouchure de l'escalier. Corinne hocha la tête en signe de consentement. J'avançai vers le mur opposé et me cachai dans l'ombre. Je fis signe à Corinne de m'y rejoindre.

– Tout ceci me paraît trop simple, je suis prêt à gager que la corde est liée à un système d'alarme, grommelai-je à Corinne. J'ai aperçu un petit boîtier, à côté de l'anneau retenant la corde.

Corinne me dévisagea d'un regard interrogateur.

– Il faudra passer sous la corde sans la décrocher de son anneau, ajoutai-je. Ce n'est qu'une précaution supplémentaire.

Je levai la tête vers la caméra qui nous dominait d'une façon menaçante. Cela me permit de calculer son temps de rotation et la zone exacte de couverture.

– Lorsque la caméra se trouvera au maximum de son rayon du côté droit, il faudra traverser le couloir, passer en dessous de la corde et descendre les cinq ou six premières marches en dix secondes maximum, expliquai-je. J'y vais en premier et je vous ferai signe quand ce sera votre tour.

Le cœur battant, je filai en direction de l'escalier, tentant de rester dans le noir. Je jetai un coup d'œil par-dessus mon épaule, avant de me glisser sous la corde en velours épais. Je réussis le coup, descendis quelques marches et me collai contre les parois de l'escalier. J'étais trempé de sueur.

Je repris mon souffle et mon regard passa de ma montre à la caméra. Je fis signe à Corinne, qui s'avança. À son tour, elle atteignit la corde en se camouflant dans le noir. Elle se penchait pour se glisser dans les escaliers, lorsque son sac à dos accrocha la corde. L'anneau commença à se décrocher...

8 août 1915
Les journées passent et se ressemblent… Le matin, on nous réveille avec une dose de médicaments qui accompagne le petit-déjeuner. On nous donne de la bouillie dans des assiettes creuses. Le midi, c'est soupe aux poireaux à l'eau claire ou navets en cube dans un ragoût sans viande, avec

du pain noir. Guerre oblige ! Après ça, on nous laisse errer dans les couloirs de l'abbaye.

À tour de rôle, chacun a droit à une séance de traitement « particulier ». Pour moi, c'est une saloperie qu'on m'injecte dans les veines, en affirmant que ça va me calmer... Après, je perds contact avec la réalité. Je me vois dans une cellule lugubre, pieds et poings liés, puni à jamais. Je dois passer le restant de la journée au lit, à me remettre de ce maudit traitement.

Jusqu'à quand devrai-je rester dans cet asile ? Est-ce que mes parents savent que je suis encore en vie ?

Dans mes moments de lucidité, j'écris ou je dessine pour garder la mémoire, car je commence à avoir des absences.

Jusqu'à quand pourrai-je supporter ce calvaire ? Il faut que je trouve un moyen de fuir cet enfer. Je dois d'abord vérifier si certaines portes restent ouvertes la nuit, chose dont je doute fort.

17 août 1915

La nuit dernière a été pénible. Les échos de cris m'ont empêché de dormir. J'ai pu distinguer des rires de démons. J'avais envie de me lever pour voir ce qui se passait. Mais j'avais trop peur de rencontrer les mêmes infirmiers. Ça m'a arrêté net. Je suis resté dans mon lit à pleurer et à trembler. Je n'ai pu me rendormir qu'à l'aube.

Je remontai les marches deux à deux et atteignis le haut des escaliers en un clin d'œil. D'une main, je tins la corde pour la stabiliser dans son anneau et, de l'autre, je dégageai le sac à dos de Corinne, qui réussit à se libérer et glissa sur les marches jusqu'à atteindre l'ombre la plus totale. Je descendis les premières marches à mon tour et m'adossai au mur.

Nous reprîmes notre souffle avant de poursuivre. Cet incident aurait pu être fatal. Je tendis l'oreille, par précaution. Rien. Pas un seul bruit, pas un mouvement. Nulle part. Juste celui de nos respirations qui s'entremêlaient. Collé contre Corinne, je sentis la chaleur de son corps. C'était très agréable. Quelques secondes plus tard, je secouai la tête pour me sortir de ma torpeur. Ma respiration avait repris son rythme normal.

– Allons-y, chuchotai-je.

Nous continuâmes notre descente dans les entrailles du bâtiment. Une petite applique lumineuse éclairait chichement le parcours, à toutes les vingt marches. Nous descendîmes pendant deux minutes et débouchâmes alors sur un couloir assez étroit, comparé à ceux des étages supérieurs. Fallait-il aller vers la gauche ou vers la droite ? Nous décidâmes d'aller vers la lumière.

Le couloir, dont les parois étaient rongées par l'humidité et où flottait un fort relent de moisissure, était de plus en plus sinistre. Des bruits d'écoulement d'eau dans de vieilles canalisations nous accompagnaient, comme pour nous montrer le chemin. Des gouttes coulaient sur le sol, formant des flaques nauséabondes qui laissaient des traces de rouille sur les murs peints à la chaux.

J'avançai en retenant mon souffle. La présence de Corinne sur mes talons me réconfortait. Au bout du couloir, je fis face à une porte métallique, rouillée mais néanmoins d'aspect solide. Je me retournai vers Corinne, pour obtenir son approbation. Je manipulai les différents verrous de la porte, essayant de faire le moins de bruit possible. Certains étaient bien enclenchés, presque scellés par la rouille et le manque d'utilisation.

La porte s'ouvrit enfin et nous en franchîmes le seuil. Nos pas semblaient déranger le silence des lieux. Au fur et à mesure que nous progressions, les couloirs devenaient plus étroits. Aucune lumière n'éclairait notre chemin. Je tâtonnai, à la recherche de ma lampe de poche, et l'allumai enfin. Un faisceau étroit parcourut la galerie d'une lumière tremblotante, ce qui accentuait l'aspect surréaliste des lieux.

Des portes en bois massif se découpaient des deux côtés du couloir. Chacune était munie d'une lucarne à la hauteur du visage, s'ouvrant de l'extérieur. J'en ouvris une au hasard et découvris une cellule de taille moyenne abritant une table de bois, équipée d'attaches en cuir craquelé pour les pieds, le cou et le bassin.

Combien d'innocents étaient morts mystérieusement dans ces locaux ? Combien de suicides déguisés, de malades, amputés d'une partie de leur cerveau ou électrocutés, avaient laissé leurs empreintes en ces lieux diaboliques ? Parfois, la réalité est pire que la plus morbide imagination. Les théories de tortures et de manipulations diverses se confirmaient.

Le bruit de la lourde porte métallique claquant au bout du couloir résonna jusqu'à nos oreilles et me ramena à la réalité.

20 août 1915
La nuit dernière, j'ai décidé de prendre mon courage à deux mains et d'aller voir ce qui se passe dans les autres

ailes de l'abbaye... Là où l'on ne va que sur une civière. J'ai attendu que les cris remplissent les vastes couloirs pour qu'ils me guident au bon endroit.

Je suis parti pieds nus et me suis collé aux murs, j'ai suivi l'écho des hurlements, de plus en plus proches, et me suis dirigé ainsi vers le grand escalier en colimaçon qui mène aux souterrains.

C'est là qu'on « traite » les malades comme moi. Ou devrais-je dire les détenus ? Car je ne suis pas malade, moi... C'est ce qu'on veut me faire croire. Ce sont les médicaments qu'ils nous injectent qui me rendent malade.

Au fur et à mesure que j'avançais, les cris devenaient plus nets, plus horribles aussi. Un couloir s'est ouvert devant moi, avec des portes des deux côtés, comme des chambres individuelles ou des cellules de prison. Elles semblaient solides, faites d'un mélange de bois et d'acier.

On pouvait y entendre des plaintes et des rires... Mais ces derniers ne parvenaient pas tout à fait du même endroit. Ils semblaient venir d'un côté du corridor et les hurlements, de l'autre. J'ai parcouru le couloir, parsemé de torches, çà et là. De temps à autre, je mettais mon oreille contre une porte, pour m'assurer que j'allais dans la direction des rires, qu'il était curieux d'entendre à cette heure de la nuit. Les cris, quant à eux, m'effrayaient. Après quelques essais, j'ai découvert la cellule d'où provenaient les rires démentiels. Sans faire de bruit, j'ai réussi à entrouvrir une petite lucarne qui se trouvait à la hauteur de mes yeux, laissant filer un minuscule rayon de lumière dans la cellule.

Un homme était accroupi dans un coin. Il était difficile de voir ses traits tant la pièce était sombre. Mais le prisonnier a aperçu le faisceau lumineux et s'est levé comme un diable.

J'étais trop curieux pour fermer la lucarne. L'individu s'est jeté contre la porte. BOUM! Mon cœur a fait un bond. La surprise était trop grande... Le bruit causé par le choc aussi! J'ai fermé la lucarne d'un coup sec et rapide... trop tard! Le détenu hurlait, suppliant qu'on l'épargne. Il devait croire que j'étais l'un de ses tortionnaires.

Des bruits de pas résonnèrent à l'autre bout du couloir...

Des bruits de pas s'approchaient. Il était évident qu'on nous avait repérés. Je regardai autour de moi dans une ultime tentative pour trouver une issue. RIEN, PANTOUTE!

Par réflexe de dissimulation, j'éteignis tout de même ma lampe de poche, mais j'eus le temps d'apercevoir les yeux écarquillés de Corinne, terrorisée, complètement figée.

Deux échappatoires étaient envisageables. La première: sortir de la cellule et affronter nos geôliers, mais je n'avais aucune idée de leur nombre, ni de leur équipement. La deuxième: rester là, fermer la porte, en espérant qu'elle ne fasse aucun bruit, et prier pour qu'on ne soit pas découverts. J'optai pour la deuxième solution: se tasser et attendre que la vague passe. Je repoussai la porte avec le plus de précaution possible. J'eus de la chance, car elle n'émit qu'un chuintement imperceptible. Je n'osai la refermer complètement, de peur qu'elle claque au bout du parcours et qu'elle guide les gardiens vers nous.

Les pas résonnèrent sur les dalles de pierre. Je tins Corinne par le bras, le pressant gentiment. Je sentis son visage se retourner vers moi. Nous étions tapis dans un coin de la pièce. Nous n'osions plus bouger, à peine respirer… J'entendis les portes s'ouvrir, les unes après les autres. Je maudis l'option que j'avais choisie. On allait se faire cueillir comme des rats pris au piège. Le danger était là, plus proche que jamais !

20 août, suite…

J'ai cherché un coin pour me cacher. Les pas se rapprochaient rapidement. J'ai fait demi-tour et suis parti à la hâte vers le grand escalier. J'ai traversé un lourd portail et me suis caché sous les marches. Il était hors de question de remonter. Pas avant d'avoir vu de mes propres yeux ce qui se passait dans cette maudite cave.

D'après ce que j'avais entendu, une seule personne s'était déplacée. Les autres devaient être trop occupées. J'ai pu distinguer la voix de l'un des infirmiers, mais lequel ? Robert ? Non, impossible. Il n'est pas comme les autres… Quoique…

L'infirmier parlait au prisonnier qui n'arrêtait plus de crier et de se cogner la tête contre la porte.

— Tu vas te taire, oui ? Qu'est-ce qui te prend ? a-t-il braillé.

— Sortir ! Par pitié, s'il vous plaît !

— Tu peux gueuler comme un âne, personne ne t'entendra bonhomme, lui a répondu la voix de l'infirmier.

— Pitié ! Pitié ! scandait le prisonnier.

— Je te dis que personne ne t'entendra. Ils prennent tous des médicaments qui les font dormir toute la nuit. J'comprends pas pourquoi le docteur ne te prescrit pas ces médicaments, à toi aussi. Ça nous ferait des vacances !

— Pitié ! Pitié ! répétait-il.

De ma place, j'ai entendu le bruit de la porte qui s'ouvrait. Comme par miracle, le patient a arrêté de se plaindre. Pour couronner le tout, j'ai entendu des claquements siffler dans le silence.

— Noooooon! Pitiééé! Un grand cri a suivi les claquements. L'infirmier devait avoir un martinet.

Le patient a été puni par ma faute. Ces pauvres malades doivent supporter d'être maltraités, frappés et violés. Dans quel monde vivons-nous?

La porte s'est refermée et j'ai entendu les bruits de pas s'éloigner. J'ai attendu quelques minutes avant de sortir de ma cachette. Je suis parti dans l'autre sens. Il me restait l'autre couloir à visiter.

La porte de notre «cellule» s'ouvrit sans ménagement. C'était prévisible!

Les deux colosses, qui nous avaient déjà attrapés ce matin, pénétrèrent dans la pièce. L'un d'eux la balayait avec une grosse lampe torche. Je réalisai que leur grande taille nous bloquait le passage. Le faisceau lumineux m'éblouit une fraction de seconde. Dans un élan de survie, j'optai pour la carte de la surprise! Je fonçai sur eux en criant à m'en vider les poumons. Dure réalité de la vie, je ne faisais pas le poids. Je fus arrêté d'un coup de poing à la mâchoire.

Je revins à moi un moment plus tard, en sentant mon corps heurter le sol froid et humide. J'ouvris les yeux avec beaucoup de difficulté et vis les molosses malmener Corinne, qui n'arrêtait pas de se débattre et m'appelait à l'aide.

— Vous êtes des lâches, des moins que rien! explosa-t-elle avec rage.

Le meneur n'apprécia pas l'insulte et la gifla avec une telle violence que je crus que sa tête allait se dévisser. Ce fut suffisant pour qu'elle perde connaissance. Mon cerveau m'envoyait bien des messages pour me faire réagir, me lever et essayer de la défendre, mais mon corps ne bougeait pas.

Nos agresseurs empoignèrent Corinne et l'attachèrent aux barreaux d'une chaise métallique.

Le meneur de l'action passa sa main sur les rondeurs de Corinne, dans un geste furtif.

— Elle est bien roulée, la salope ! Il s'emmerde pas, l'étranger !

— C'est pas le moment, Serge, grogna son acolyte.

Hors de moi, je me levai précipitamment et me jetai sur le dénommé Serge, qui me tournait le dos. Je m'accrochai à son cou de toutes mes forces. Il tenta de m'agripper les cheveux. Je lui assenai un coup de tête rapide et lui mordis l'oreille. Il hurla comme un diable, implorant l'aide de son collègue, qui ne se fit pas prier. Il me tira par les vêtements et me lança violemment contre le mur. En une enjambée, il fut au-dessus de moi. J'essayai de me défendre tant bien que mal. Fou de rage, Serge se jeta sur moi à son tour et, pendant que son compagnon m'immobilisait les jambes, il me martela de coups de pied.

— Tu me le paieras, connard ! rugit-il en touchant son oreille qui pissait le sang.

Il l'épongea avec son mouchoir, sorti *in extremis* de la poche de son pantalon, avant de reculer pour me lancer un dernier coup dans le ventre.

— Je t'avais pourtant mis en garde de ne pas remettre les pieds ici, vociféra-t-il.

Je suffoquais.

– Fais gaffe! Il nous le faut vivant! rétorqua le molosse en essayant de retenir Serge.

Les deux gardiens m'attachèrent dos à dos avec Corinne, sur l'autre chaise. Cette fois-ci, ils utilisèrent la manière forte… Tout au long de la manœuvre, Serge colla son revolver sur ma tempe.

Puis, ils quittèrent la pièce sans se retourner. J'essayai de me raisonner. Dans notre malheur, nous avions eu de la chance… Ils ne voulaient pas se débarrasser de nous… Ou, à tout le moins, pas tout de suite.

20 août, suite…

J'ai joué avec le feu! J'ai quitté ma cachette sous les escaliers. Si quelqu'un était sorti de n'importe quelle salle, j'aurais été incapable de m'enfuir, ni même de me cacher. Tant pis. J'avais décidé de continuer jusqu'au bout. Il fallait que je découvre le secret de l'abbaye.

Le couloir était long et sentait mauvais. De temps à autre, je me retournais pour surveiller mes arrières. Je me disais que, par la même occasion, je pourrais peut-être trouver la sortie de cette prison. Dans ce genre de « château », il devait bien y avoir des passages secrets. Je me demande bien où je pourrais aller, une fois hors d'ici. Je ne sais même pas où l'abbaye se situe. Après quelques foulées, j'ai aperçu une porte à travers laquelle de la lumière filtrait.

La peur me clouait les pieds… Je ne savais plus si je devais ouvrir la porte ou non, mais je n'avais pas fait tout ce chemin-là pour m'arrêter sans savoir ce qui se tramait derrière. J'ai avalé ma salive et me suis presque arrêté de respirer. C'était trop dangereux de regarder par la lucarne…

J'avais déjà vu le résultat avec le malade. J'ai donc décidé de regarder par le trou de la serrure.

Je me suis approché, j'ai fermé un œil et posé l'autre devant le trou. La lumière à l'intérieur me permettait de voir un petit bout de la pièce. Il fallait m'approcher encore un peu. J'ai plaqué mon œil contre le trou, quand une sensation de dégoût et une grande frayeur m'ont envahi. Ce que j'ai vu était à la limite de l'horreur !

La mâchoire me faisait mal, des courbatures tenaillaient mon corps et j'avais l'estomac à l'envers. Je sentis Corinne bouger la tête et l'entendis pousser une plainte à peine perceptible. Je me dis alors que même si cette aventure-là devait mal se terminer, il me serait doux de finir ma vie attaché à elle.

— Alain ! sa voix me ramena à la réalité.

— Oui ?

— Avez-vous encore votre couteau suisse ? demanda-t-elle.

Dans le feu de l'action, j'avais complètement oublié mon canif, que j'aurais pourtant pu utiliser pour blesser l'un ou l'autre des agresseurs.

— Une chance qu'on ne m'a pas fouillé. Il est dans la poche droite de mon blouson. Le seul bémol, c'est que je n'ai aucune idée comment l'atteindre !

— Laissez-moi faire…

J'entendis des bruissements de vêtements, des ahanements, les raclements de sa chaise contre le sol… Mais si j'étais conscient des efforts de Corinne, j'avais de la difficulté à bouger la tête pour voir ce qu'elle faisait.

— J'y suis presque !

Cinq minutes plus tard, elle était debout à mes côtés, les mains toujours attachées, mais par devant et non dans le dos. La chaise, elle, était sur son dos courbé. J'étais sidéré. Je la regardai les yeux écarquillés.

— C... comment vous avez pu faire ça, ostie ?

— Je vous l'expliquerai plus tard, je suis très souple, répondit-elle en souriant.

Elle finit sa phrase tout en fouillant dans ma poche, dont elle réussit à extirper le précieux contenu.

— Il faut se dépêcher, on ne sait pas combien de temps on a.

Elle me mit le couteau dans les mains.

— Tenez-le très fort, je vais tenter de l'ouvrir !

Après deux ou trois clics, le couteau s'est ouvert.

— Lâchez prise maintenant, souffla-t-elle.

Elle me le prit les mains et commença à scier les liens qui me retenaient à la chaise.

— Ne bougez surtout pas, ce n'est pas facile d'utiliser un canif avec les mains liées de cette façon.

Elle n'avait pas fini sa phrase que le couteau tomba par terre. Elle lâcha un juron et se pencha pour le récupérer. Elle reprit sa besogne de plus belle. Je sentis la résistance des liens se relâcher et commençai, de mon côté, à écarter mes mains afin d'étirer la corde et d'aider Corinne à achever sa tâche. Mes mains se libérèrent et la corde tomba. Je me levai aussitôt et repris le couteau. Corinne se mit devant moi, me présentant ses mains encore attachées. La transpiration mouillait son chemisier, révélant un peu plus ses formes arrondies et parfaites. Corinne remarqua mon trouble et sourit. Mes yeux finirent par se concentrer sur le nœud et ce que j'en faisais, à l'aide de mon couteau.

20 août, suite…

La créature des tranchées avait massacré des compagnons. J'avais trouvé cela effroyable! Mais ce que je voyais par le trou de la serrure dépassait toutes les horreurs… car, cette nuit-là, les monstruosités étaient accomplies par des êtres humains.

Un patient était attaché à l'aide de sangles, sur une sorte de table de consultation. Je ne pouvais pas les distinguer toutes, ne voyant que celles des poignets et du cou. Le tablier du patient était maculé de taches sombres, qui m'ont semblé être du sang. Trois infirmiers ainsi que le médecin Chevrier entouraient le malheureux. Le docteur se trouvait à la hauteur de la tête du patient. Il tenait une sorte de rasoir qui brillait dans la lumière diffusée par la lampe suspendue au-dessus de la tête du cobaye. Une grosse boîte, munie de clignotants rouges, était posée non loin de la table de torture. De la boîte sortaient des fils électriques, reliés à un casque, posé sur le crâne du moribond.

De temps à autre, l'infirmier actionnait la manette. Les clignotants s'affolaient! Un grésillement remplissait la petite salle, provoquant de terribles hurlements du patient. Une odeur de grillé et de fumée a agressé mes narines.

Il était évident que ces chocs électriques étaient très puissants. Tout cela m'a semblé être davantage une séance de torture qu'un traitement médical. Hélas, l'horreur ne s'est pas arrêtée là! Le docteur a fait des incisions dans le front du malade, qui se tortillait en hurlant à mort.

— Vous avez intérêt à vous calmer. Vous allez vous faire mal! disait le bourreau, impassible.

Les infirmiers maintenaient leur victime fermement. C'en était trop!

J'avais une décision à prendre : ouvrir cette porte et essayer de libérer le malheureux ou regagner mon lit et mettre au point un plan pour fuir au plus vite cet enfer. Le bon sens voulait que je retienne le second choix. De toute façon, je n'avais aucune chance de m'en sortir si j'attaquais ces sauvages de front. Une envie de vomir me torturait l'estomac. J'ai fait un pas en arrière pour me sauver. À peine me suis-je retourné qu'une forte main a agrippé mon épaule et l'autre m'a écrasé la bouche.

Maintenant libérés, il nous restait à trouver un moyen de sortir de notre cellule, verrouillée de l'extérieur. Je fis le tour de la pièce, à la recherche de quelque chose qui pourrait nous aider à ouvrir la porte. Rien. À part les deux chaises métalliques et les cordes coupées, par conséquent inutiles, nous n'avions rien. Corinne remit son blouson et son col roulé.

— Nous ne pouvons qu'attendre et nous préparer à accueillir nos geôliers, murmurai-je, découragé.

Notre attente ne fut pas longue, vingt minutes tout au plus.

— Passons aux choses sérieuses maintenant, chuchota Corinne. Tenez la chaise, mettez-vous à côté de la porte, contre le mur et soyez prêt à cogner sur le gardien qui apparaîtra en premier. Je tâcherai de faire de même avec le second.

Je me mis en position d'attaque, la chaise au-dessus de ma tête, prêt à l'abattre sur les gardiens. J'entendis les verrous s'actionner de l'extérieur. La porte s'ouvrit enfin. Serge franchit le seuil, brandissant son arme devant lui. Dans la pénombre, il n'avait pas remarqué que nous n'étions plus attachés. Il ne fit pas deux pas que ma chaise s'abattit sur son crâne. Son corps s'affaissa. Dans sa chute, il lâcha son revolver. Corinne, que je ne reconnaissais plus, bondit pour le ramasser.

Le deuxième gardien dégaina son arme aussitôt.

– Lâchez ce flingue ! hurla-t-il, prêt à tirer sur ma coéquipière.

Pour toute réponse, elle lui logea une balle dans le bras droit. Les yeux du gardien incrédule oscillèrent entre Corinne et son membre blessé. Son pistolet tomba par terre. Alors qu'il se penchait pour le récupérer, elle visa son second bras, ce qui mit fin à son geste.

Réalisant qu'il perdait la partie, il se redressa pour s'enfuir en courant. D'un calme incroyable, Corinne s'avança dans l'embrasure de la porte. Elle fit deux pas de plus et se positionna au milieu du couloir. Avec une rapidité fulgurante et une précision hors pair, elle lui logea une balle dans chaque jambe ! Le colosse chuta comme un immeuble qui implose.

Elle s'approcha de lui, pointa le revolver vers sa tête. Une grande détermination se lisait sur son visage. Elle était dans un état second, prête à lui régler son compte, je le voyais bien. Je me précipitai vers elle, espérant arriver avant qu'elle ne l'abatte et qu'on se retrouve avec un cadavre sur les bras.

– Non… ne fais pas ça ! l'implorai-je en appuyant sur son bras.

Elle me regarda, surprise, comme si elle émergeait d'un profond sommeil. Malgré quelques tremblements, elle conserva la posture. Elle se dégagea et, d'une main, pointa son arme à nouveau en direction du gardien et lui ordonna :

– Tu diras à celui qui t'emploie qu'il nous oublie ! Et tu as intérêt à faire de même !

Puis, elle lui flanqua un coup de pied dans la figure et se dirigea vers la sortie sans plus attendre. À ce moment précis, j'eus extrêmement peur. Peur de tant de détermination. Peur de tant de sang-froid.

Nous étions en route vers l'hôtel. Un silence oppressant meublait l'habitacle de l'auto. Aucun de nous deux ne voulait commenter l'expérience que nous venions de vivre. Quelle volonté divine avait pu transformer une femme, d'apparence si douce, en une personne démunie de compassion, qui tire sur les gens, de sang-froid ?

Je tournai la tête vers elle. Elle remarqua mon mouvement et me regarda à son tour. Elle effleura mon épaule de la pointe de ses doigts. À son contact, je frissonnai, ne pouvant oublier son comportement dans les souterrains de l'abbaye, à peine quelques minutes plus tôt… Comment avait-elle pu tirer sur le gardien ? Comment avait-elle pu pointer son pistolet sur la tête d'un individu, étendu sur le sol, donc sans défense ?

– Qu'est-ce qui vous a pris ?

– J'essayais de poser ma main sur votre épaule, je vous sentais distant et tendu, murmura-t-elle.

– Ne jouez pas la comédie. Je parle des souterrains, hurlai-je.

– Fallait-il que j'attende qu'ils nous emmènent je ne sais où ? Vous n'avez pas vu qu'ils n'avaient aucun scrupule ?

– Mais vous lui avez tiré dessus, Corinne, tabarnak !

– Je suis certaine qu'il n'y aura aucune poursuite…

– Le problème n'est pas là… Vous avez fait preuve d'une violence incroyable !

– Vous avez raison… Je me suis emportée.

La voiture filait en direction de l'hôtel, sur une route départementale déserte à cette heure de la nuit. Au bout d'une trentaine de minutes, j'arrêtai le véhicule dans le stationnement. J'ouvris la portière et fus effrayé en voyant la tête de déterré que reflétait le rétroviseur.

– Il serait peut-être plus prudent que vous preniez d'abord les clés à la réception. Je ne veux pas qu'on me voie dans cet état, lui dis-je.

– OK, chef, dit Corinne pour alléger l'atmosphère.

J'attendis à côté de la voiture. L'envie de fumer me reprit, après plusieurs années d'abstinence. Corinne ressortit avec les clés et me tendit la mienne. Nous entrâmes dans l'hôtel en vitesse et nous dirigeâmes chacun vers notre chambre, en nous souhaitant bonne nuit.

Allongé sur le lit, après avoir pris une douche, je me remémorai les incidents de la soirée. Je ressentais un sentiment de malaise devant les agissements de Corinne. De quoi était-elle encore capable ?

Soudain, une sorte de raclement à la porte me fit sursauter. Je ne voulus pas allumer la lampe, préférant évoluer dans le noir. Je fouillai dans la poche de mon blouson et mis la main sur mon couteau suisse. Cette arme ridicule me donna l'assurance nécessaire. C'était mieux que d'accueillir le danger les mains vides. À tâtons, je m'approchai de la porte, ignorant ce qui m'attendait de l'autre côté. Je la déverrouillai doucement et l'ouvris d'un coup sec !

– Vous m'avez tellement fait peur ! m'exclamai-je en découvrant Corinne.

Elle se tenait là, souriante, devant moi, regardant ma main qui tenait le petit couteau pointé en l'air.

– Pensez-vous que ça vous aurait aidé ? fit-elle, avec un sourire moqueur.

Je me trouvai bête, ne sachant comment justifier mon geste.

– Comment puis-je vous être utile ? maugréai-je.

– Je n'arrivais pas à trouver le sommeil, j'ai essayé à tout hasard… Puis-je entrer ?

– Euh… entrez, dis-je en m'écartant de l'embrasure de la porte après une légère hésitation.

J'allumai la lampe, tournai le seul fauteuil de la pièce vers le lit et l'offris à Corinne. Je m'assis à mon tour, sur le coin du lit, face à elle.

Ses cheveux humides ondulaient sur ses épaules…

– Je voulais m'excuser pour tout à l'heure…, murmura-t-elle, après un court silence.

Je ne répondis pas.

– Et puis je voulais m'assurer que vous ne m'en garderiez pas rancune ; il faut que je vous explique…

– Je vous écoute.

J'étais confus devant son changement de comportement. Elle paraissait tellement douce, fragile, presque timide, alors qu'elle avait tiré sur un homme de sang-froid, à peine quelques heures plus tôt. Deux personnalités se côtoyaient à l'intérieur de cette jeune et si jolie femme !

– Je vous ai déjà parlé de mon père, militaire…

– Oui… et de vos permis de port d'arme et des parties de chasse sur le domaine du docteur, la coupai-je avec une pointe d'impatience.

– C'est ça… Je rajouterai à cela que j'ai pratiqué les arts martiaux et que je suis ceinture noire en karaté.

– Fait que… On vous a appris à tirer sur les gens au lieu d'utiliser les *Mawashi Geri* ?

– Bien sûr que non, ne soyez pas stupide, objecta-t-elle, agacée. Avouez que, dans certaines situations, il est plus facile et plus rapide d'utiliser une arme !

– Mais… je rêve ! Mademoiselle, dis-je avec sarcasme, vous êtes un peu trop rapide sur la gâchette !

– C'est bon, j'ai compris.

Elle fit une pause, regarda ses mains et reprit, en triturant ses doigts :

– Souvenez-vous, je vous ai déjà confié que j'avais mes raisons de vous aider…

– Oui.

– Eh bien, je vais vous avouer quelque chose…

Ses yeux fixaient ses genoux, comme une enfant qui a commis une terrible faute et a peur de la punition.

– Il y a des moments où je me trouve submergée de haine, contre la gent masculine… Ce qui nous est arrivé dans les souterrains m'a mise en position de vengeance indirecte.

– Vous venger ? Mais de quoi ?

– Voilà, le docteur avait un comportement… déplacé avec moi, finit-elle par avouer. Il a trop profité de l'amitié de mon père.

– Vous voulez dire ?…

– Oui, murmura-t-elle en fermant les yeux.

– Et qu'est-ce qui vous oblige à rester avec un monstre pareil ? Pourquoi travaillez-vous encore pour lui ?

– C'est simple à dire, mais difficile à faire…, rétorqua-t-elle en me fixant de ses beaux yeux, ses sourcils formant deux grandes parenthèses au-dessus. L'être humain est complexe… En fait, nos comportements sont parfois difficiles à expliquer… Les choses ne se passent pas toujours comme on le voudrait… Et puis, il me rappelle mon père…

Je vis une larme perler sur sa joue. Je me levai pour prendre un mouchoir de papier sur la table de chevet et le lui tendis. Elle ne le prit pas… Peut-être ne l'avait-elle pas vu ? Je m'approchai d'elle et essuyai ses larmes. Elle retint ma main et l'effleura de ses lèvres entre deux sanglots. Ce geste suffit à m'embraser les sens…

Je m'accroupis à ses côtés, la pris dans mes bras et l'embrassai. Elle répondit à mon baiser, qui devint plus pressant. Nos langues s'entremêlèrent. Je m'enhardis et l'embrassai dans le cou et de plus en plus bas… Le parfum discret de sa peau me remplissait d'envie. Ses yeux clos m'invitaient à poursuivre mon exploration. Elle se laissait caresser le cou, la taille, le ventre… Je fis glisser le haut de son chemisier et embrassai d'abord le haut de sa poitrine, puis ses seins. Elle se pâmait, les yeux toujours fermés. Soudain, elle fit un bond comme si elle avait été piquée par un scorpion ! Elle me repoussa, ferma son chemisier et se précipita vers la porte, quittant la chambre en courant.

J'étais frustré. À quoi jouait-elle ?

Je mis sa réaction sur le compte des mauvais souvenirs de son enfance ou de son adolescence. Elle devait forcément être partagée entre l'envie de se laisser aller à une relation normale avec un homme de son âge et celle de se rebiffer contre tout homme, quel qu'il soit. Encore une fois, je constatai que deux personnalités se côtoyaient sous une seule carapace.

Chapitre 8
La vraie nature
de monsieur Robert

20 août 1915 – Toujours dans les sombres couloirs de l'abbaye

J'ai été soulevé. J'ai essayé de me débattre : impossible. Une forte poigne m'écrasait la poitrine et l'autre main m'empêchait de crier. Mes pieds battaient dans le vide. J'étais incapable de distinguer la source de cette force surhumaine. Une odeur de sueur âcre me remplissait les narines. J'en ai déduit que c'était un homme, malgré tout. La brute qui me transportait faisait de longues enjambées et, malgré mon poids, évitait de faire du bruit. Quelques mètres plus loin, j'ai reconnu les escaliers.

Un souffle chaud s'est approché de ma nuque et une haleine malodorante m'est parvenue.

– Ne bouge surtout pas ! a murmuré une voix rauque et sifflante... Je vais te déposer par terre. Pas de geste brusque, a poursuivi la voix basse.

Une fois par terre, je me suis retourné doucement, prêt à affronter le pire.

Robert me regardait sévèrement.

Il m'a fait signe de le suivre. On se dirigeait vers le dortoir. Arrivés sur place, il m'a ordonné de m'allonger sur ma couchette et s'est assis à mes côtés.

— Peux-tu me dire ce qui t'est passé par la tête, Henri ? m'a-t-il demandé de la même voix sifflante.

Je n'arrivais pas à lui donner de réponse.

— Sais-tu que tu risques gros, petit ? a-t-il continué sur le ton bienveillant du paternel qui sermonne le fils désobéissant.

— Monsieur Robert, je ne peux plus supporter ce que j'entends et ce que je vis, là !

— Je te comprends, Henri… Mais là, tu cours au casse-pipe.

Je l'ai regardé, hébété.

— Tu risques gros, Henri. Ton indiscipline te causera des problèmes. Veux-tu mourir ou finir ta vie avec une tare ?

— Non, mais de toute façon, j'ai perdu l'espoir de sortir d'ici sain d'esprit. La mort est peut-être la meilleure solution, lui ai-je répondu.

— Faut pas dire ça, Henri, a-t-il continué d'une voix faible.

— Pouvez-vous me dire ce qui m'attend avec ces traitements, ces piqûres et ces pilules ?

— Je ne sais pas, petit. Les patients n'ont pas tous les mêmes réactions.

— Est-ce que j'en ai vraiment besoin, de ces traitements ?

— Les médecins disent que oui.

Un ronflement brusque à ma gauche m'a fait sursauter. Je me suis ressaisi, baissant la voix de peur de réveiller mes camarades.

— Et vous, vous pensez quoi ?

— Je ne pense rien… Je ne suis qu'un simple infirmier.

— Mais vous avez de l'expérience !

— J'ai vu tellement de cas dans ma vie, tu sais, petit. C'est vrai qu'il y en a des désespérés et d'autres qui peuvent guérir, a-t-il soupiré.

— Et pourquoi ces traitements sévères ?

— Je n'ai pas le droit d'en parler, Henri.

— Dans ces conditions, je préfère mourir.

— Je ne vois qu'une solution, petit, a-t-il fini par souffler.

Un moment de silence a suivi.

— Je t'aime bien, Henri, a-t-il chuchoté, brisant le silence.

Je l'ai regardé droit dans les yeux. Je crois qu'il était sincère.

— Laisse-moi un jour ou deux et je te reviendrai avec une proposition.

— Mais de quoi vous parlez ?

— Je ne peux rien te dire, c'est pour te protéger.

Il s'est levé et a posé sa main sur mon épaule d'un geste amical.

— Il faut que tu dormes maintenant, Henri.

— Je n'y arriverai pas.

Il a mis sa main dans la poche de son tablier et m'a tendu deux cachets.

— Prends ça…

J'ai levé mes yeux vers lui. Il paraissait énorme, vu d'en bas.

— Qu'est-ce qui me prouve que vous ne voulez pas m'empoisonner ? lui ai-je chuchoté.

Il s'est penché vers moi.

— C'est toi qui voulais mourir, n'est-ce pas ?

Il est parti, me livrant à mes pensées. Fallait-il lui faire confiance ? J'ai fini par avaler les deux cachets.

22 août 1915

Robert est venu me chercher pour ma balade matinale. On est allés dans le parc, comme toujours. Une fois loin des camarades, il s'est arrêté, tournant le dos au bâtiment principal.

— Écoute-moi, Henri, j'ai quelque chose d'important à te dire.

Je l'ai regardé, curieux.

— Je t'ai déjà dit que je t'aimais bien.

J'ai acquiescé en hochant la tête. Il a jeté un coup d'œil derrière lui.

— Un jour, j'ai sauvé la jambe d'un enfant du village. Le gamin s'était blessé au genou. On l'avait ramené chez lui, il avait beaucoup saigné et puis, au bout de quelques heures, on croyait que la blessure avait commencé à se cicatriser. Deux jours plus tard, le gamin ne pouvait plus marcher. Son genou avait doublé de volume et la blessure s'était infectée. Bref, pour t'éviter les détails, j'ai vu le petiot quatre jours après. On voulait lui couper la jambe pour éviter la gangrène. Je l'ai examiné et découvert qu'un bout de verre s'était logé dans son genou. Je le lui ai donc enlevé et l'ai soigné.

— Mais pourquoi donc me racontez-vous cette histoire ?

Nous avons fait quelques pas vers un bosquet... et il a repris son histoire :

— Le père du gamin m'a dit que je pouvais lui demander ce que je voulais. Il me doit la vie de son petiot.

— Quel rapport a cette affaire avec notre discussion ?

— J'ai profité de mon jour de repos pour lui toucher un mot.

— Toucher un mot ?

— Oui, il va pouvoir t'aider à quitter la France ! Il travaille au Havre.

— Vous feriez ça pour moi ?

– *Oui… Tout ce que tu auras à faire, ce sera de prendre les cachets que je te donnerai ce soir…*

– *Encore des médicaments? ai-je protesté. Et si je disais non?*

– *C'est toi qui décides, petit. Moi, je te propose de t'aider…*

– *C'est quoi, ces cachets?*

– *Ce sont des cachets qui t'aideront à te détendre.*

– *Mais je suis détendu.*

– *Il faudra aussi oublier tes balades de nuit dans les couloirs…*

– *C'est facile… Je ne bougerai plus de ma couchette, mais comment je sortirai d'ici?*

– *Ça, je ne te le dis pas… Il faut que tu me fasses confiance… Autre chose: il va falloir que je me protège aussi, Henri, a-t-il ajouté en posant sa main sur mon épaule.*

– *Je ne comprends pas.*

– *D'ici à ce que tu partes, je ne veux pas que tu dévoiles quoi que ce soit au médecin, même involontairement.*

– *Et comment voulez-vous que je contrôle ça?*

– *Justement, les cachets que je vais te donner auront également un effet sur ta mémoire.*

2 septembre 1915
Robert m'a donné les cachets que je prends maintenant tous les jours. Je me sens plus calme. Je dors bien. Je mange bien. Je me tais. Je deviens un patient modèle.

18 septembre 1915
Robert est passé cet après-midi. Il m'a présenté un mouchoir entortillé contenant une nouvelle pilule, rouge et grosse comme un noyau de cerise…

– Tu prendras ça après le souper, m'a-t-il dit discrètement. Aujourd'hui, c'est une journée spéciale, Henri!

– Est-ce la fête de quelqu'un, monsieur?

– Ça va être ta fête, petit! a-t-il répliqué.

– Comment vous allez faire ça?

– Je ne te le dis pas, a-t-il chuchoté, mais prépare-toi pour ce soir. Mets ce que tu veux emporter sous l'oreiller.

Au moment venu, j'ai donc mis mon carnet de notes et les quelques lettres que j'avais reçues de mes parents et de Pauline sous l'oreiller. Puis, je me suis endormi, serein.

Dans mon sommeil, j'ai senti qu'on m'arrachait à mon lit et qu'on me sortait de l'abbaye.

Des bruits de vagues m'ont empli les oreilles et de l'eau clapotait de tous les côtés. J'ai été ballotté dans tous les sens. Une forte odeur de mazout et de poisson a envahi mes narines. Je me suis réveillé dans une petite cabine, sur une couchette humide et malodorante. Une autre surplombait la mienne. Encore un dortoir!

Où suis-je? Sur un bateau?

Je me suis levé, mais les murs de la cabine tournaient à m'en donner le vertige. J'ai essayé de retrouver l'équilibre en me tenant au poteau de la couchette. Je me suis appuyé aux meubles bancals de la cabine et suis sorti. Après avoir marché en zigzaguant dans les couloirs étroits et mal éclairés du navire, j'ai pris un escalier pour monter. Sur le pont, le plancher était trempé. Je me retenais à la rambarde pour ne pas tomber, la mer étant très agitée.

À quelques pieds de moi, j'ai aperçu deux matelots vêtus de cirés jaunes et de grosses bottes de la même couleur. Ils s'accrochaient autant qu'ils pouvaient aux cordages pour tenir debout. Le ciel était bas et les vagues, assez hautes. Où étions-nous ?

Je ne me sentais pas bien, j'étais prêt à vomir. Je ne me souvenais pas de la dernière fois que j'avais mangé quelque chose. L'un des deux matelots, m'apercevant, s'est dirigé vers moi, tout en tenant les rampes. Je lui ai fait un signe amical. Quand il est arrivé à ma hauteur, il m'a serré la main. Sa poigne était solide. Il portait une moustache épaisse qui cachait ses lèvres.

— Bienvenue à bord de la Princesse des mers *! a-t-il hurlé pour se faire entendre. Il m'a conduit à l'abri.*

On s'est assis sur un banc dans la cabine principale.

— Je m'appelle Bernard. Tu t'es bien reposé j'espère, après deux jours au plumard ? m'a-t-il dit en me donnant une gentille tape sur l'épaule.

— Deux jours de sommeil ? lui ai-je demandé, étonné.

— Oui. On a quitté le Havre il y a deux jours. On m'a dit que tu étais sous médication, c'est pour ça qu'on t'a laissé dormir. J'ai appris que tu avais eu des problèmes de sommeil et qu'à force tu étais devenu extrêmement fatigué !

Il était vrai que j'étais dans un état de grande fatigue, mais je ne me souvenais pas de la raison de cet épuisement.

— Où allons-nous ? ai-je demandé.

— Ton camarade ne t'a pas prévenu, à ce que je vois !

— Mon camarade ? lui ai-je demandé.

— Oui… ton ami du Havre.

Je ne connais personne au Havre mais il me fallait jouer le jeu.

— Oh, mon ami du Havre !… Non, il ne m'a rien précisé à ce sujet. Il m'a juste dit que je quittais la France.

— Il t'a expliqué aussi que la seule façon de payer ta traversée c'était de travailler à bord ?

– Bien sûr que oui, mentis-je, de peur d'être jeté par-dessus bord en pleine mer.

Et c'est ainsi que j'ai commencé à travailler comme matelot sur ce navire, qui n'avait rien d'une « Princesse des mers ».

25 septembre 1915

Le voyage s'avère long en maudit. On m'a expliqué que le navire devait longer les côtes, ne pouvant effectuer la traversée d'un seul coup. Il faut être très prudent, en raison des patrouilleurs des mers allemands à la recherche des bateaux de guerre.

Je regrette le confort de mon voyage sur le navire de guerre canadien qui m'a emmené en France.

15 octobre 1915

Le soleil commençait à se coucher lorsque je suis entré dans notre jardin. Personne ne s'attendait à mon retour. Les feuilles d'érables, jaunes, rouges et orange, tapissaient l'allée menant à la maison.

Qu'est-ce qu'on est bien chez soi !

J'ai cogné à la porte. Mon père n'est venu ouvrir qu'après avoir demandé par trois fois qui c'était.

– C'est moi, Henri ! ai-je insisté.

Il n'a pas reconnu ma voix et ne m'a pas cru non plus quand je me suis annoncé. Je comprenais sa réaction, j'étais supposé être sur le front, avec mes camarades. Il a ouvert la porte avec méfiance et, dès qu'il m'a vu, a fait une drôle de tête. Il est certain que j'avais changé pendant mon séjour en France. Après un moment d'hésitation, il m'a pris dans ses bras, m'a serré et embrassé, des larmes plein les yeux. Il ne voulait pas me lâcher. Moi non plus...

– On a cru que tu étais mort, Henri, tu n'envoyais plus de lettres, plus de nouvelles ! m'a-t-il dit, fâché mais heureux.

Ma mère, qui était aux fourneaux, est arrivée en courant quand elle a entendu nos cris de joie et nos sanglots.

– Henri, mon petit ! Qu'est-ce qui t'est arrivé ? m'a-t-elle demandé en découvrant mon visage terne et mes cheveux blancs. Elle m'a serré dans ses bras aussi fort qu'elle le pouvait.

– Ce n'est rien, môman ! La fatigue et le manque de sommeil, ai-je menti.

Quelques instants plus tard, nous nous sommes retrouvés devant un bon bol de soupe et du pain frais. Mes sœurs étaient heureuses de me revoir sain et sauf. La soirée s'est passée autour du feu, je leur ai raconté ce dont je me souvenais de mes exploits sur le front. Comme ma mémoire me faisait parfois faux bond, mon carnet m'a aidé à trouver des repères.

– Avez-vous des nouvelles de Pauline ? ai-je demandé à ma mère.

Elle a tourné son visage pour me répondre tristement :

– Pauline s'est mariée avec Martin.

– Tu me l'avais déjà dit, môman, dans une lettre.

J'ai appris qu'ils vivent dans la demeure du père Lessard et qu'ils ont une petite fille, Astrid. Ça m'a fendu le cœur.

– Es-tu revenu en permission, Henri ? m'a lancé mon père pour changer de sujet.

– Non, pôpa. Je suis réformé, lui ai-je répondu, honteux de mentir.

Sur ces paroles, on est tous allés se coucher.

Il m'est impossible de fermer l'œil.

Que vaut ma vie, maintenant ?

16 octobre 1915

Je suis allé faire un tour du côté de la demeure des Lessard, avec un maigre espoir de voir Pauline dans le potager ou en train d'étendre du linge...

Le trajet a été pénible, je ne me souvenais plus tout à fait comment aller jusque-là. De plus, je ne voulais rencontrer personne en chemin.

Arrivé devant la demeure, j'ai aperçu Pauline sur le perron. Elle était si belle, avec son châle rouge sur les épaules ! La peau de son visage était laiteuse comme dans mes souvenirs, ses joues rosies par la froideur d'automne. Une domestique était assise sur les marches, à ses pieds, en train d'éplucher des légumes. Il était imprudent de faire signe à ma belle Pauline... Que dirait la bonne ? Le répéterait-elle à Martin ?

Je suis resté quelques minutes à remplir mes yeux de la beauté de Pauline. Je parvenais presque à me souvenir de la douceur et de l'odeur de sa peau...

Au bout de quelques instants, alors que j'étais sur le point de partir, Pauline s'est levée pour entrer dans la maison, a tourné la tête et m'a vu. J'ai pu deviner le trouble sur son visage, qui a changé de couleur. Elle a adressé la parole à la bonne, qui s'est levée et a apporté les légumes à l'intérieur.

Pauline a attendu une minute, tourné sa tête à droite, puis à gauche, avant de courir dans ma direction. En s'approchant, elle a tendu les mains et a serré les miennes fermement.

J'étais partagé entre l'envie de la prendre dans mes bras et de bafouer, de la sorte, les coutumes et les normes, et celle de lâcher ses mains et de faire demi-tour afin de respecter son lien sacré avec Martin.

— Henri..., a-t-elle chuchoté, où étais-tu passé pendant tout ce temps ?

— J'étais sur le front, Pauline, voyons, tu le sais bien !

— Pourquoi tu ne répondais pas à mes lettres ?

— Quelles lettres ? Je n'en ai reçu qu'une ou deux au début de mon affectation et c'était il y a longtemps !

— Je t'en envoyais une toutes les semaines. Il fallait que je te sente près de moi. J'avais besoin de toi, Henri.

— C'est pour ça que tu as épousé le fils Lessard ? ai-je rétorqué d'un ton accusateur.

— Je t'ai cru mort puisque tu ne me répondais pas. Et puis, arrête tes sermons, Henri. Tu ne sais rien de rien ! m'a-t-elle reproché.

— Tiens, tiens, tiens… regardez qui est là ! Notre grand HÉROS ! s'exclama une voix nasillarde que je connaissais trop bien. C'était le fils Lessard qui s'était approché, derrière mon dos.

Ma surprise a été grande. Je ne m'attendais pas à ce que Martin soit déjà rentré chez lui à cette heure-là, quoiqu'en bon fils de son père il n'ait pas besoin de travailler. Il est rentier et sait très bien que la mairie fera partie de son héritage.

— Et quand es-tu revenu, Henri ? Je ne savais pas que nos soldats pouvaient revenir du front aussi facilement…

— J'ai été réformé, Martin, lui ai-je répondu.

— Pour quelle raison ? Je te vois encore vaillant, cher ami, railla-t-il d'un air cynique.

— Les raisons sont nombreuses, Martin, tu ne sais rien de ce qui se passe au front.

— C'est ce que nous allons voir, Henri. Puis, il s'est tourné vers Pauline, le ton lourd de reproches : « Tu oublies que tu es une femme mariée maintenant et que tu as des obligations. »

Pauline est partie la tête basse, n'osant pas se retourner pour me saluer.

Je suis rentré chez nous, brisé. Ma visite chez les Lessard a été trop douloureuse. Voir Pauline a remué un couteau dans une plaie que je croyais guérie par la distance, la guerre et ses horreurs.

Ma mère avait préparé un bon dîner auquel je n'ai pas touché.

— Ton père est parti dans la forêt couper du bois, a indiqué ma mère. Il a décidé de te laisser te reposer.

De mon côté, j'ai préféré m'isoler dans la grange. C'est la meilleure place pour réfléchir. Mais cette grange me rappelle toutes mes rencontres avec la belle Pauline. Ça m'a mis dans une de ces colères! Comment fait-elle pour supporter ce crétin?

2 novembre 1915

Le froid commence à s'installer, c'est normal, l'hiver approche. Il n'y a plus de feuilles dans les arbres depuis des jours, maintenant, et l'été des Indiens est derrière nous. Mon père a de plus en plus de mal à travailler. Son âge et ses douleurs aux articulations n'améliorent pas la situation. Je suis obligé de prendre la relève et de travailler à la ferme. Les jours se ressemblent, au pays. Je commence même, de temps à autre, à regretter l'action sur le front.

3 novembre 1915

La conscription est devenue obligatoire pour tous les jeunes ayant l'âge et la capacité de porter une arme et de servir la patrie. Sauf que les jeunes préfèrent rester au pays.

Dans chaque canton, des groupes, composés d'un représentant de la sûreté interne, d'un représentant du maire et d'un homme d'église, ont été formés pour arrêter les déserteurs et les jeunes réfractaires.

Comme par hasard, le représentant du maire de notre village chargé de ces affaires n'est autre que le fils Lessard, Martin, l'heureux époux de ma Pauline. Il s'est donc présenté à notre porte avec ses compagnons. Ils voulaient lire le certificat de réforme que je suis supposé avoir obtenu du corps médical de l'armée. Je suis dans de beaux draps maintenant!

— Présentement, je n'ai pas mon certificat, Martin, lui ai-je dit sans trop réfléchir. Je l'attends du ministère de la Guerre.

— Figure-toi que c'est justement le ministère qui nous envoie pour mettre la main sur tous ceux qui ont faussé compagnie à la patrie. Les traîtres et les lâches dans ton genre.

Où est-ce qu'il est allé chercher ces informations?

Je l'ai regardé droit dans les yeux.

— C'est moi, le lâche, Martin? J'ai appuyé sur mes mots. Je viens de passer des mois en enfer et tu me parles ainsi! Tu peux me traiter de lâche si tu le veux, mais en attendant, c'est moi qui y étais, au front.

Le visage de Martin a rougi. Il était mal à l'aise.

— Bon! Allons-y, a-t-il ordonné à ses compagnons en faisant un geste de la main pour leur indiquer de le suivre, non sans m'avoir menacé.

— Je te donne deux jours, Henri. La prochaine fois que nous reviendrons, t'as intérêt à l'avoir, ton certificat, sinon...

Il a laissé ses dernières paroles en suspens. Martin est mauvais. Il aurait mis sa menace à exécution. J'ai donc décidé de fuir. Je pars pour l'île d'Orléans, où nous avons de la parenté. J'ai préparé mon baluchon. Heureusement que j'avais mis un peu de sous de côté. J'ai pris la décision de partir de nuit. Je ne ferai même pas mes adieux aux parents. Ils ne doivent pas savoir où je vais... Martin serait capable de les presser pour avoir des renseignements.

En fin d'après-midi, alors que je chargeais le foin dans la mangeoire, j'ai entendu des crissements de pas sur le gravier. Je suis sorti de la grange et j'ai vu Pauline.

— Qu'est-ce que tu fais ici, Pauline ? Il ne faut pas qu'on te voie dans les parages.

— Je suis venue te voir, Henri. Martin te prépare un sale coup.

— Je le sais. J'ai eu sa visite ce matin.

— Je l'ai entendu raconter que ton histoire de réforme était une menterie, que tu n'as jamais été réformé, mais que tu t'es sauvé. Est-ce vrai ?

— En quelque sorte… De toute manière, je n'étais plus apte au combat. J'étais enfermé dans un asile.

— Dans un asile ? Comment ça ?

— C'est une longue histoire, Pauline, dont j'ai oublié beaucoup de détails. On m'a charcuté et drogué. Maintenant, j'ai de nombreux trous de mémoire.

— Il faut que tu partes, Henri. Ne prends pas de risque. Pars et reviens quand la guerre sera finie.

— C'est ce que j'avais prévu.

— Il y a autre chose aussi…

— Quoi ?

— J'ai rendu visite à ma tante et je lui ai demandé, pour les lettres.

— Et puis ?

— Elle a avoué qu'elle ne les avait jamais envoyées, comme elle me l'avait pourtant promis.

— Ah bon ! Et pour quelle raison ?

— La raison importe peu, mon amour. Mes parents n'étaient pas tout à fait d'accord avec notre future union. Monsieur le maire, qui me voulait pour son fils, faisait continuellement pression sur eux. Alors, ils ont fini par céder. Et ma bonne tante

s'est rangée de leur côté. J'ai écouté ses paroles comme dans un cauchemar.

— C'est donc pour ça que je ne recevais plus de tes nouvelles ? Toujours les riches qui écrasent les pauvres ! Et encore, le père Lessard est mon oncle ! Imagine ce qu'il aurait fait, s'il n'était pas de la famille.

— Il y a bien d'autres choses que tu ne sais pas, Henri !

— Que veux-tu dire, Pauline ?

— Je n'ai pas le temps de te raconter tout ça. Il faut que tu partes ! Et vite ! a-t-elle dit en me poussant dans le dos.

— On va être séparés encore !

— Tu sais, je suis mariée maintenant... On ne peut pas changer notre destinée. Dieu a voulu qu'on soit séparés.

— Ce n'est pas juste ! Viens avec moi...

— Arrête de me torturer, Henri. Je dois partir ! a-t-elle répondu tristement. Je t'ai écrit une longue lettre dans laquelle je t'explique tout.

— Elle est où ?

— Je te la donne, à condition que tu me promettes une seule chose.

— Quoi encore ?

— Tu ne dois pas l'ouvrir avant d'être arrivé à destination.

— Est-ce si important ?

— Oui, ça l'est pour moi.

— Je te le promets, Pauline.

Elle a mis la main dans son sac et en a sorti une épaisse enveloppe.

J'ai pris la lettre en en profitant pour retenir sa douce main et la couvrir de mes baisers désespérés. Elle l'a retirée, essuyant ses larmes de son mouchoir brodé. Puis, elle s'est retournée et s'est sauvée à toutes jambes.

– *Je partirai après le coucher du soleil, si tu changes d'avis, Pauline ! lui ai-je crié.*

Mes mots se sont perdus dans le vent. Je me suis retrouvé seul avec l'enveloppe dans les mains. Je l'ai retournée dans tous les sens, comme pour lire à travers. Ma main a caressé le sceau qu'elle portait. J'étais à deux doigts de la décacheter, mais je me suis ressaisi à temps. J'avais promis de ne pas l'ouvrir tout de suite. J'attendrai…

Chapitre 9
Le secret de l'architecte

Après cette courte nuit, nous nous retrouvâmes à la réception. Corinne évitait mon regard. Était-elle fâchée à la suite de l'épisode de la veille ? Trouvait-elle la situation trop embarrassante ou trop ridicule ? Une fois dans l'auto, elle ouvrit la discussion comme si de rien n'était.

– T'as pu dormir ?

Je lui décochai un regard inexpressif en guise de réponse.

– Et vous ? rétorquai-je.

– Après les mésaventures d'hier, je pense qu'on peut se tutoyer, non ?

Je sentais qu'elle voulait briser la glace dans notre relation naissante… Peut-être me faisais-je des illusions…

– À quoi joues-tu, là, Corinne ?

– Je te l'ai expliqué… C'est plus fort que moi… mon adolescence… ce que j'ai subi de la part du docteur…

– C'est précisément ce que je n'arrive pas à comprendre, vois-tu ?

– C'est compliqué, il y a toujours un lien invisible entre la victime et son agresseur.

Je l'écoutais, sceptique. Elle me rappelait certaines femmes battues qui jurent, par tous les dieux, que leurs conjoints sont les plus gentils des hommes, au fond, qu'elles les aiment malgré tout, et que ce sont elles les fautives, parce qu'elles ne les comprennent pas. Je n'arrivais vraiment pas à m'expliquer le lien vicieux qui existe entre les deux parties, dans ce genre de situation. Mais comme Corinne le disait, c'était sûrement compliqué.

— Que faisons-nous aujourd'hui ? me questionna-t-elle, pour changer de sujet.

— Nous pourrions aller au château de Coucy, c'est ce que m'a conseillé Richardson.

— Sais-tu ce qu'on va chercher là-bas ?

— Aucune idée. Nous le découvrirons sur place, je présume, dis-je en démarrant le moteur. Sur la route, je remarquai un restaurant de village, où nous fîmes une halte pour casser la croûte. Je commandai un café double pour moi, accompagné du petit-déjeuner traditionnel : un quart de baguette, du beurre et de la confiture de fraises maison. Corinne choisit un grand bol de chocolat chaud ainsi qu'un croissant.

Le ventre plein, nous reprîmes la direction du château. Nous arrivâmes après une petite heure de route. Le lieu était saisissant ! L'édifice, qui dominait des falaises abruptes, était construit sur un plateau. Il couvrait une surface impressionnante. J'achetai un petit livret où j'appris qu'il s'étendait sur dix mille mètres carrés environ, tandis qu'en contrebas une cour s'étendait sur plus de trois mille mètres carrés. Un pont-levis, enjambant un fossé d'une vingtaine de mètres, séparait le château de la basse-cour.

— Je lus à Corinne, qui m'écoutait attentivement : « Ce château du Moyen Âge a été restauré par le brillant architecte Eugène Viollet-le-Duc, sur les ordres de

Napoléon III. Ses fondations sont traversées par de nombreux souterrains, qui garantissaient les possibilités de communication avec le monde extérieur en cas de siège ou de danger. Des rumeurs prétendent même qu'un des souterrains traverse coteaux et vallées jusqu'à »... devine où ? Je m'arrêtai deux secondes, pour maintenir le suspense : « l'abbaye de Prémontré ».

— Tiens donc, s'étonna Corinne.

— Je comprends maintenant pourquoi Richardson m'a conseillé de jeter un coup d'œil par ici...

— Qu'est-ce qui pouvait bien se passer entre le château et l'abbaye ?

— On dit que des choses ambiguës se tramaient dans l'abbaye, entre autres des expériences sur les handicapés physiques et mentaux. Richardson a déjà évoqué une thèse selon laquelle les nobles et tous les souverains du monde auraient des « maîtres », d'origine extraterrestre, qu'ils servent nuit et jour. L'abbaye contribuait peut-être à offrir des malheureux, que personne ne réclamait, à des fins de sacrifices humains.

Dans le livret, je découvris que l'architecte Viollet-le-Duc avait étudié la période médiévale et celle de la Renaissance. Il a travaillé sur de nombreux chantiers de restauration un peu partout en France, comme ceux de la fameuse cathédrale Notre-Dame de Paris, du Mont Saint-Michel et du Château de Pierrefonds. Il est également intervenu à la Grand-Place de Bruxelles.

— C'est vraiment bizarre, fis-je remarquer à Corinne. Pourquoi a-t-il travaillé sur les mêmes lieux que ceux que je visite depuis le début de ma quête ? Pourquoi

Richardson m'a-t-il poussé dans les pas de cet architecte ? Et si on allait aussi faire un petit tour au château de Pierrefonds, dans le département de l'Oise ? proposai-je d'un ton léger.

— Et que pourrions-nous voir dans cet autre château, mis à part d'autres murs, d'autres colonnes et d'autres corniches ?

— Je ne sais pas, mais jusqu'à présent, tous les lieux qu'on a visités étaient liés d'une façon ou d'une autre.

— J'ai l'impression d'être une touriste qui a pris un abonnement pour visiter tous les monuments de la région du nord-est.

— Je te promets que c'est la dernière visite. Après, nous rentrerons à la *casa*, la rassurai-je avec un clin d'œil.

Nous reprîmes l'auto. À travers la route départementale D335, le trajet comptait une quarantaine de kilomètres. La dernière portion traversait un enchevêtrement d'arbres, comme si on avait greffé le bitume dans le végétal, à l'aide d'un bistouri.

Une fois sur place, on fit d'abord le tour du château, en repérage. Le ciel couvert de nuages laissait filtrer une luminosité pâlotte sur les bâtiments.

Pour l'histoire, le château était tombé en ruine et, une fois de plus, Napoléon III avait demandé à Viollet-le-Duc de le restaurer en réinventant l'architecture néomédiévale. D'après les explications, l'architecte avait pris de grandes libertés et décidé d'intégrer des statues de créatures imaginaires de son cru. Ainsi, on découvrit une chimère combinant la tête d'un pélican femelle et de grosses mamelles pendantes sur un corps de dragon, un aigle à quatre pattes avec un corps de lion, de même qu'un taureau ailé aux extrémités griffues. Nous vîmes aussi une gargouille, en forme d'énorme lézard, rampant sur le mur en direction du sol, la gueule grande ouverte pour faire couler l'eau de pluie vers le bas. Ces représentations avaient les proportions du corps humain. Pourquoi cet architecte avait-il intégré des chimères dans son œuvre ? Y avait-il là un message caché ? Une obsession ?

J'errais dans mes pensées, près du mur orné de la reproduction du lézard, lorsque retentit la voix de Corinne, terrifiée :

— Attention ! Joignant la parole au geste, elle se jeta sur moi pour m'entraîner à terre.

Un gros bloc de pierre tomba à quelques centimètres de l'endroit où je me trouvais l'instant d'avant. Abasourdi, je la regardai, à la recherche d'une explication.

— J'ai entendu un bruit de craquement ! J'ai levé la tête, une personne se tenait là-haut, dans la tour, dit-elle essoufflée. J'ai à peine eu le temps de réagir.

À mon tour, je regardai l'emplacement qu'elle m'avait désigné. Impossible d'y voir quoi que ce soit dans cette position, la tour étant tellement haute.

Je me relevai, le bras gauche endolori, et partis en courant à la recherche du coupable. Sous l'effet de l'adrénaline, je grimpai les marches de la tour quatre à quatre. J'entendais les pas de Corinne qui me suivait. Quelques dizaines de marches plus haut, un gardien m'arrêta.

— Où pensez-vous aller comme ça, monsieur ?

— Quelqu'un a lancé un bloc de pierre du sommet !

— Impossible, monsieur.

– Comment ça, impossible ?

– L'accès à la tour est interdit au public en ce moment, pour cause d'entretien.

– Entretien ? Incroyable.

– Comme je vous le dis.

– S'il y a des travaux, pourquoi ne pas condamner la zone en bas de la tour également ?

– Parce que les travaux de réfection se font à l'intérieur de la tour.

– Je ne vous crois pas, répliquai-je en poussant son bras qui m'empêchait d'avancer.

Le préposé raffermit sa prise et s'approcha de moi, de façon à coller son visage à mon oreille :

– Pour votre sécurité, *monsieur*, siffla-t-il, je vous conseille de prendre le chemin de la sortie.

Nous nous y résignâmes, à contrecœur. Sur le chemin du retour vers l'Argonne, nous fîmes un arrêt pour faire le plein d'essence. Le téléphone sonna, c'était Pierre :

– Ah ! Seigneur ! Où étais-tu ? J'essaye de te joindre à l'hôtel depuis deux jours.

– J'étais en balade, si on veut…, dis-je en faisant un clin d'œil à Corinne, laquelle se dégourdissait les jambes à mes côtés. Je t'avais pourtant laissé le numéro du cellulaire !

– Je l'ai égaré. J'ai harcelé la réceptionniste pour obtenir tes coordonnées, elle m'a donné le numéro d'un certain Michel qui, d'après elle, avait ton numéro… Bref, là n'est pas le sujet de mon appel… C'est très important et surtout…

– Accouche, Pierre !

– Souviens-toi, tu m'avais demandé des renseignements sur ton affaire de gargouilles…

– Oui, as-tu trouvé quelque chose ?

– Je ne sais pas par où commencer… À l'heure qu'il est, tout est contrôlé, tout est surveillé.

– De quoi tu parles ?

– Justement, c'est difficile de le dire au téléphone… C'est un sujet très dangereux… Apparemment, il y aurait de grandes personnalités impliquées dans cette affaire…, dit-il d'une voix haletante. Tu devrais oublier tout ça, Alain ! Ne fais pas la même erreur que ton oncle ! Inutile de te dire que toute cette affaire n'apporte que du malheur. C'est une malédiction ! Tu sais bien où et comment il a fini.

Les propos de Pierre m'embrouillaient de plus en plus. Il semblait terrifié. Comme s'il avait une arme pointée sur la tempe. J'étais tellement surpris de son jugement que je ne savais plus quoi dire. Mais, à la suite des événements des derniers jours, je partageai son inquiétude malgré moi…

– Calme-toi, Pierre, glissai-je pour le rassurer. Tout se passe bien ici.

– Fais attention à toi !

– Je te le promets… Et merci pour tout ! dis-je avant de raccrocher.

Corinne avait eu la délicatesse de s'éloigner et était partie acheter une collation dans le magasin de la station. Elle revint en levant la tête d'un air interrogateur. Tout en reprenant le volant, je lui résumai l'aide que mon cousin m'avait donnée depuis mon départ et ma conversation avec lui.

– Au dire de ton cousin et vu ce qu'on a vécu ces dernières heures, tu ne penses pas qu'il y a trop de coïncidences et que nous pourrions effectivement être exposés à des situations toujours plus dangereuses ? s'enquit-elle.

— Avant mon séjour ici, je croyais que ce n'étaient que des coïncidences, mais depuis notre rencontre avec les deux molosses dans les souterrains de l'abbaye, ça n'arrête pas de se corser. Il y a vraiment quelque chose qui se trame là-bas et dans les différents lieux visités. Les avertissements sont clairs.

Elle se pencha vers la banquette arrière, où elle avait déposé son sac. J'entendis un zip et, quelques secondes plus tard, elle se retourna en pointant un revolver vers moi.

Je braquai le volant vers la droite avant d'écraser la pédale de frein au maximum.

— Mais… qu'est-ce que tu fais, là ? m'écriai-je en redressant les mains comme pour me protéger.

— Je te sentirais plus en sécurité si tu acceptais de garder ce revolver sur toi, me répondit Corinne d'un air nonchalant.

— T'es-tu malade, tu as failli nous faire avoir un accident !

— Je suis désolée, je ne pensais pas te faire si peur.

— Et puis, nous ne sommes pas au Far West, ici. Comme je te l'ai déjà dit, je préfère ne pas porter d'arme.

— J'insiste. Tu n'es pas obligé de l'utiliser.

— Justement, si je ne suis pas obligé de l'utiliser, pourquoi la porter ?

— On ne sait jamais… J'ai un mauvais pressentiment.

Elle me fit une leçon simplifiée sur l'utilisation du revolver qu'elle avait volé à Serge. Je le pris malgré moi et le mis dans la poche intérieure de mon blouson. Je redémarrai en trombe, regardant à peine dans le rétroviseur. Un camion klaxonna, en guise de protestation, et fit un écart sur la ligne médiane pour éviter de me rentrer dedans.

Le reste du parcours fut occupé par un échange de propos récapitulatifs et de banalités. Outre ses impressions sur les événements passés, chacun révélait ses goûts culinaires ou musicaux. J'appris que Corinne appréciait les voyages. Je l'invitai donc à passer par chez nous, ce qu'elle accepta de bon cœur.

Une fois en Argonne, je la déposai chez·elle, non sans lui promettre de la revoir dans la soirée. De retour à l'hôtel, un message m'attendait dans le casier de ma clé à la réception:

Cher Monsieur Thibault,

Auriez-vous l'amabilité de me contacter pour un rendez-vous dès votre retour?

Meilleures salutations.

Le docteur de Mont Chevrier.

Je pris le téléphone mis à la disposition des clients dans le hall d'entrée et composai le numéro inscrit en bas du billet. Je réussis à joindre le docteur en personne et pris rendez-vous pour la fin de l'après-midi. Je montai ensuite dans ma chambre. J'enlevai mes vêtements, qui sentaient la transpiration, et me jetai sous la douche chaude. Sans trop attendre, je me changeai et partis au Café de la Gare pour y prendre une bouchée. Michel m'accueillit avec joie, m'installa au fond du bistrot et m'offrit une Heineken.

– Dites donc, vous avez l'air bien amoché, monsieur Alain, dit-il en faisant allusion aux ecchymoses sur mon visage.

– J'ai eu quelques problèmes, le coupai-je sèchement.

– Encore une agression de nuit ?

– Non et je n'ai pas envie d'en parler. Merci. Décidement, sa curiosité me tapait sur les nerfs.

– À part ça, avez-vous aimé votre visite dans la région ?

– C'est correct, Michel.

Je n'étais pas prêt à écouter, ni à discuter.

– Votre ami a appelé du Québec.

– Oui, je l'ai eu au téléphone, merci encore.

Il était évident que Michel voulait faire une jasette.

– Monsieur Alain, je vous ai menti…, dit-il en se dandinant comme un petit garçon qui a fait une grosse bêtise.

– De quoi vous parlez, là ?

– À propos des habitants qui ne sortaient pas la nuit.

– Ah bon, comment ça ?

– En fait, c'est qu'ils ont peur…, chuchota-t-il en se penchant vers moi.

Je sentis l'odeur de l'eau de Cologne bon marché m'agresser les narines.

– Vous me l'avez déjà dit, qu'ils avaient peur des agressions.

– Oui, des agressions. Mais ce ne sont pas des loubards qui les agressent… Il fit une pause et ajouta : ce sont bien d'autres choses…

– Comment ça ? questionnai-je, feignant l'ignorance.

– Ce sont des créatures sanguinaires qui les massacrent. Ça remonte à loin ces histoires-là…, lâcha-t-il, haletant.

Quand nous étions petits, on ne cessait de nous répéter : ne sortez pas seuls, la harpie vous mangera ! On écoutait et on vivait dans la peur... Nos parents se dépêchaient de rentrer, dès le coucher du soleil. On fermait les portes et les volets à double tour et on se cloîtrait entre nos quatre murs. Je les voyais prier en silence, la terreur dans les yeux. Quand il nous arrivait d'oublier de faire un achat, on remettait ça au lendemain... Il ne fallait surtout pas sortir la nuit ! En plus, nous n'avions pas de voitures à l'époque.

— Si cette histoire perdure depuis longtemps, comme vous dites, comment se fait-il que la police n'intervienne pas ?

— La police n'y peut rien. D'ailleurs, ils sont au courant, mais ils ne peuvent nous défendre. Alors ils préfèrent fermer les yeux.

— Comment ça ?

— Personne n'y peut rien. C'est comme une malédiction, un destin, une taxe à payer... appelez ça comme vous voulez.

— Une taxe ? À qui ? Pouvez-vous être plus clair et cesser de parler à demi-mot ?

Il s'assit en face de moi, jeta un coup d'œil furtif au-dessus de son épaule, sortit un mouchoir froissé et s'épongea le front. Je le voyais s'empourprer.

— C'est le prix à payer à nos seigneurs pour vivre en paix.

— Vos seigneurs ? Et puis comment ça se fait que vous me racontez ça, maintenant ?

— Vous êtes si gentil et je vous aime bien, monsieur Alain. Il fallait que je vous mette en garde.

– De quoi, bon sang ?

– Du danger… Partez, monsieur, avant qu'il ne soit trop tard.

Les confidences de Michel m'avaient coupé l'appétit. Je finis ma bière, pris l'auto et me dirigeai vers la demeure de Mont Chevrier. La bâtisse lugubre se découpait dans la pénombre. Je sonnai au portail, qui s'ouvrit dans un chuintement huilé.

Après avoir stationné la voiture et franchi les quelques marches, j'arrivai devant la grande porte de bois. Elle était entrouverte.

Ça sent le guet-apens, pensai-je.

Je cherchai le revolver dans ma poche et poussai la porte. La demeure semblait calme… *comme d'habitude.* D'ailleurs, je me souvins que, chaque fois que j'y étais venu, je n'avais pas aimé l'ambiance de cette maison. J'appelai le docteur. Aucune réponse. J'avançai avec précaution, montai l'escalier en longeant le mur. Je marchai vers la porte du cabinet et la poussai. Je m'attendais au pire.

– Vous voilà ! m'accueillit le docteur de sa voix calme. Il était assis au fond de son fauteuil, les yeux braqués sur moi par-dessus ses lunettes. Ses traits étaient creusés, mais sa moustache toujours aussi bien lustrée. Ses doigts étaient croisés sur son abdomen. Il portait son fameux costume antique de couleur brun foncé.

– Pourquoi n'avez-vous pas répondu à mes appels ?

– Le but était d'ajouter un peu de piquant dans votre vie et dans nos vies à tous en général…

Je croyais rêver. Ce docteur était complètement cinglé.

— J'ai cru comprendre que vous aimiez cela… vous introduire dans des endroits condamnés, c'est plus fort que vous ! Ça coule dans votre sang…

— D'abord, qui vous a dit que je m'étais introduit dans des endroits condamnés ?

— Allons, monsieur Thibault, je suis au courant de tout !

— C'est Corinne qui vous l'a dit, n'est-ce pas ? avançai-je, me sentant trahi par celle que j'aimais.

— Je n'ai pas besoin d'une petite capricieuse pour me mettre au courant de ce que vous faites.

— Donc, vous êtes à la tête de ce réseau ?

— Quel réseau ? Toujours les théories de complot ! Réveillez-vous ! J'ai juste été tenu au courant par monsieur Dalayrac, qui gère et surveille l'abbaye de Prémontré. Vous savez, entre nobles, on se dit tout.

Je reculai d'un pas et raffermis ma prise sur le revolver.

— Restez où vous êtes ! Je ne vous crois pas, aboyai-je pour exprimer toute la colère et l'amertume que je ressentais depuis le commencement de ma quête. NON, pas du tout, renchéris-je en pointant le revolver sur lui, me surprenant moi-même.

— Voulez-vous me tuer ? Je ne trouve pas ça très intelligent de votre part. En fait, je vous ai surestimé, déclara-t-il d'un ton condescendant… Pensez-vous que je suis le seul responsable dans cette histoire ? Vous êtes vraiment naïf.

Son visage s'assombrit soudainement.

— Je vous ai épargné et même protégé, dans une certaine mesure, parce que vous êtes très précieux pour nous, croyez-le ou pas. En plus, vous vous êtes déplacé jusqu'ici. Cela nous a épargné beaucoup de complications.

Ma mâchoire en tomba presque. Après tout cela, il disait m'avoir protégé. Je ne m'attendais pas à un tel déballage.

— Qui êtes-VOUS, à la fin ?

— Monsieur Thibault, vous le savez très bien mais vous ne voulez pas l'accepter... En fait, vous préférez ne pas y croire. Nous sommes partout. Vous vous doutez bien que nous aimons contrôler ou influencer les pauvres humains pour atteindre nos objectifs. C'est un peu comme un jeu entre le fauve et sa proie. J'aurais pu me débarrasser de vous dès votre arrivée.

— Vous êtes qui ? Un homme gris ?

— Ce sont des foutaises ! Les hommes gris n'existent pas, rétorqua-t-il. Nous sommes plutôt un regroupement d'individus. Nous nous sommes donné pour mission de protéger le secret de l'origine de l'humanité. Et vous, vous ignorez la raison qui vous rend encore plus précieux pour nous.

— ...

— Où sont les manuscrits ? se ressaisit-il.

— De quoi vous parlez ?

— Ne faites pas l'innocent... Si vous êtes ici, en France et devant moi, c'est que vous êtes au courant, pour les manuscrits. Ne me dites pas que vous avez fait tous ces kilomètres juste pour enquêter sur la mort de votre grand-oncle.

— Je n'en sais strictement rien, je vous le jure.

Il n'arrêtait pas d'arpenter la pièce, ce qui me donnait le tournis.

– Recommençons depuis le début, reprit-il. Vous êtes forcément en possession des manuscrits.

Ses méthodes d'interrogation me tapaient sur les nerfs.

– Je vous le répète, je ne sais pas de quoi vous parlez… Et si vous m'expliquiez de quoi il s'agit ?

Devant mon air éberlué, il se ravisa et se planta devant moi.

– Voilà, il s'agit de manuscrits ou du moins de la transcription de textes présumériens.

Parlait-il des écritures que j'avais découvertes chez l'oncle Henri ?

– Ah… vous voyez ? Vous êtes au courant de quelque chose, dit-il avec un sourire vorace, me fixant de ses yeux glacés.

– Je commence à saisir, affirmai-je. Mais je n'ai pas ces manuscrits, du moins pas ici.

– Ils sont où alors ?

– Ils sont au Québec.

– Vous êtes en possession de textes anciens de la plus haute importance.

Il ne voulut pas m'en dire plus. Je regrettai de lui avoir avoué détenir ces documents. J'étais complètement mêlé. Qu'est-ce qu'il voulait dire ? Quelle était cette histoire de manuscrits ?

Je décidai d'appeler Pierre afin qu'il m'en envoie une copie. Je réussis à le joindre sur son cellulaire et lui demandai d'aller chez moi et de me rappeler de là-bas.

– Je croyais t'avoir dit de laisser tomber, Alain !

– Ça s'éclaircit, Pierre, on n'a jamais été aussi près du but et ça devient vital que je récupère des documents importants.

– Donne-moi une heure, le temps d'aller chez toi. Je te rappelle, lâcha-t-il avec une pointe de résignation dans la voix.

Une heure plus tard, j'étais attablé à la station Internet de l'hôtel lorsque mon cellulaire sonna.

– Oui, Pierre. Es-tu bien arrivé ?

– Oui, où sont tes documents ?

– Va dans le sous-sol. Je l'entendis descendre les marches.

– J'y suis.

– Regarde sur l'étagère du fond, en face des escaliers. Si mes souvenirs sont exacts, tu y trouveras une chemise bleue dans laquelle j'ai regroupé toutes les écritures de l'oncle Henri.

– Attends une minute.

Je l'entendis se déplacer, poser le cellulaire sur l'étagère et manipuler du papier.

Quelques secondes plus tard, il reprit le téléphone.

– J'ai la chemise bleue, que cherche-t-on là-dedans ?

– Tu trouveras une liasse regroupant les théories qu'il avait accumulées, une autre composée de coupures de journaux et une troisième avec des symboles qui ressemblent à des hiéroglyphes. C'est de celle-là que j'ai besoin.

J'entendis à nouveau un bruit de papier.

– J'ai trouvé ! hurla-t-il dans mon oreille.

– Super ! Peux-tu les scanner et me les envoyer par courriel ?

– Mais tu te rends compte du travail que ça représente ? J'ai ici des dizaines de pages, y en a même qui sont recto-verso !

– Prends ton temps, Pierre. Cela dit, si tu pouvais localiser un dessin représentant une sorte de trident de Poséidon dessiné horizontalement, avec des ramifications vers le haut, le tout ressemblant à un râteau de jardinage, un bonhomme allumette à ses côtés, pourrais-tu me l'envoyer en priorité ?

– Qu'est-ce qu'il a de si spécial, ce dessin ?

– Je ne sais pas, mais j'ai le sentiment qu'il a son importance. En plus, j'ai vu le dessin original ici, dans la région, gravé à répétition dans une cave à quinze mètres de profondeur.

– D'accord, je vais essayer de faire de mon mieux. Je commencerai par te le trouver. Et pour t'éviter de rester planté devant l'ordinateur, je t'enverrai un SMS dès que ce sera fait. D'accord ?

– Tu me sauves la vie… Merci, merci, Pierre.

– Fais juste attention à toi. C'est tout ce que je te demande.

– Je ferai de mon mieux ! À plus tard !

Je profitai des quelques moments qui restaient pour me reposer, avant de rencontrer Corinne. Au moment de partir, je reçus un message de Pierre sur mon cellulaire suggérant de me connecter à ma messagerie électronique, ce que je fis sans plus tarder. Mon ami m'avait envoyé un courriel avec pièce jointe.

Salut, Alain,
Voici la pièce que tu m'as demandée en priorité. Je vais faire le maximum pour t'envoyer le reste dans les heures qui suivent.
Fais attention à toi.
Pierre.

J'ouvris la pièce jointe. Finalement, ma mémoire ne m'avait pas trahi. La figure symbolique était bien là, identique ou presque à celle que j'avais découverte dans la Caverne du Dragon.

Je demandai à la jeune femme si je pouvais utiliser l'imprimante de la réception.

— Bien sûr que c'est possible, répondit-elle.

J'entrepris l'impression et récupérai le dessin symbolique. Je pliai la feuille avec précaution et la rangeai dans la poche intérieure de mon blouson. Je pris ensuite la direction du domicile de Corinne. Vingt minutes plus tard, j'y étais. Elle m'ouvrit la porte et m'accueillit avec son sourire radieux et un baiser sur la joue, ce qui me surprit.

— Entre ! dit-elle.

Je m'introduisis dans la maison que je connaissais un peu maintenant. Un feu crépitait dans la cheminée et une lumière indirecte se diffusait dans les deux coins de la salle.

— On se sent bien chez toi, soufflai-je en m'asseyant dans le premier fauteuil.

— Merci, qu'est-ce que je te sers ? demanda-t-elle en se dirigeant vers le bar, près de la télévision. J'observai sa démarche. Son chandail rose et son jean noir épousaient ses rondeurs attirantes.

— Je prendrai bien quelque chose de léger.

— J'ai du Martini ou du Porto...

— Du Porto, ça ira.

Elle nous servit deux verres et vint s'asseoir dans le sofa, non loin de moi.

— Alors... Es-tu allé voir le docteur, depuis que t'es rentrée ? la questionnai-je.

— Non, je l'ai juste appelé.

– Il n'a rien dit à propos de ton absence ? On est quand même partis deux jours.

– Il a fait une petite remarque là-dessus, mais je m'en fous, répondit-elle. Pourquoi poses-tu cette question ?

– Peut-être que tu le sais déjà, mais il m'avait laissé un message à l'hôtel pour que j'aille à son cabinet.

– Je ne le savais pas, et t'y es allé ?

– Bien sûr.

– Et qu'est-ce qu'il te voulait ?

– Il a d'abord fait toute une mise en scène pour m'accueillir : porte qui s'ouvre toute seule, noir total, silence complet à mes appels et, pour finir, il a exigé que je lui remette les manuscrits.

– Les manuscrits ?

– Oui. En fait, je n'ai pas immédiatement compris de quoi il parlait mais ce sont des transcriptions de textes anciens que l'oncle Henri avait copiées sur différents cahiers et feuilles détachées.

– En quoi ces manuscrits peuvent-ils être utiles au docteur ?

– Il ne me l'a pas vraiment expliqué, mais vu l'intérêt qu'il leur portait, ils doivent être d'une importance capitale.

– Et qu'as-tu fait ?

– J'ai demandé à Pierre de me les envoyer par courrier électronique.

Elle hocha la tête.

– Et devine quoi ? m'exclamai-je.

– Je t'écoute.

– Un des signes reproduits est celui qu'on a vu dans la Caverne du Dragon.

– Quelle coïncidence ! Mais tu ne donneras pas ce document au docteur, j'espère ! ?

– À vrai dire, j'hésite.

– Surtout ne lui donne rien, insista-t-elle.

– Je pensais juste les lui montrer, mais si tu le dis… Je pris une gorgée de Porto qui me réchauffa les entrailles. Dans les mémoires de l'oncle Henri, rien ne dit qu'il soit passé par la Caverne du Dragon, ajoutai-je pour changer de sujet.

– Ah bon !

– C'est ça qui est incroyable. Il faudrait maintenant que je connaisse la signification de ce symbole.

– Comment le pourrais-tu ?

– Je te rappelle que nous allons à Paris demain pour assister à la conférence de Richardson. Il pourrait peut-être nous apporter une réponse, qui sait ?

Chapitre 10
Une nouvelle vie
qui commence

7 novembre 1915

Le trajet a été long jusqu'à l'île d'Orléans. J'ai dû prendre des carrosses et un traversier, sans compter les marches à pied. Il faisait froid, très froid. L'humidité me rongeait les os. Je suis arrivé chez ma tante au milieu de la journée. Une fine couche de neige crissait sous mes pas. Ma tante m'a accueilli à bras ouverts.

Je lui ai expliqué que je devais me réfugier chez elle jusqu'à la fin de la guerre. Elle m'a assuré qu'elle m'hébergerait avec grand plaisir si je les aidais, elle et mon oncle Louis, aux travaux de la maisonnée et de la ferme.

J'avais hâte d'ouvrir l'enveloppe de Pauline, mais je ne pouvais pas fausser compagnie à ma tante Huguette et à l'oncle Louis. Ils m'ont posé mille et une questions sur la guerre, la France, terre de nos ancêtres, et les Allemands qu'on traite ici de « sauvages ».

Malgré leur situation modeste, mon oncle a tordu le cou d'un poulet, que ma tante nous a préparé pour le souper.

— On ne reçoit pas tous les jours un héros de la guerre ! a commenté mon bon oncle.

J'ai beaucoup apprécié leur réaction. Ils n'ont porté aucun jugement négatif sur moi. Tout ce qui comptait pour eux, c'était mon retour au pays. Ils étaient prêts à prendre le risque de me protéger. Je leur en serai reconnaissant toute ma vie.

Le temps d'aller nous coucher est enfin arrivé. Je me suis installé sous les couvertures et, à la faible lumière de la lampe à pétrole, j'ai décacheté l'enveloppe de Pauline.

La lecture de sa lettre m'a mis mal à l'aise. Tout mon corps tremble et je maudis la guerre, le maire, Martin et même Pauline ! Maintenant, je n'ai vraiment plus de but dans la vie. Que vais-je devenir ? La seule femme que j'ai aimée en a choisi un autre et ne veut plus me voir.

C'est décidé, je dois rester ici jusqu'à la fin de la guerre. Loin de mon village, je ne risque rien. Après la guerre, je chercherai un logement à Québec, ou sinon je rentrerai chez moi au risque de mourir de chagrin...

De nouveau à Paris

Nous arrivâmes en fin de matinée après un trajet sans surprises. Nous nous dirigeâmes vers le VIIIe arrondissement. Je roulai en suivant le flot des autos sur l'avenue de la Grande Armée. L'Arc de Triomphe se matérialisa au loin. Le monument se trouve au croisement de douze avenues ! La place de l'Étoile, telle un grand moulin, recrachait les centaines de voitures qui s'y jetaient, en partance de l'une des douze avenues à destination d'une autre. Je m'accrochai au volant comme un diable afin d'éviter de me faire emboutir. Et j'admirai les conducteurs parisiens...

Après deux tours consécutifs, je réussis à me dégager un passage et à bifurquer sur l'avenue des Champs-

Élysées, l'une des plus célèbres au monde ! Des centaines de voitures empruntaient cette artère dans une fluidité déconcertante. J'aperçus, au bout de l'avenue, la place de la Concorde, avec son obélisque égyptien, trophée de la campagne de Napoléon au pays des Pharaons.

C'est vraiment beau, Paris !

Après quelques minutes de recherche, nous trouvâmes une place de stationnement, assez dispendieuse, merci. Nous mangeâmes un repas sur le pouce dans un McDo. L'odeur caractéristique des frites et des hamburgers me rendirent nostalgique…

— Ne te retourne surtout pas, souffla soudainement Corinne. Il y a un homme assis dans le coin, là-bas… J'ai l'impression qu'il nous suit depuis un bon moment.

— Depuis quand ? enquêtai-je.

— Depuis qu'on a garé la voiture, au moins.

— Ne penses-tu pas que ça pourrait être une coïncidence ?

— Non, déclara-t-elle. Je crois que c'est l'homme que j'ai aperçu dans la tour du château de Pierrefonds.

— Et pourquoi ne l'as-tu pas dit avant ?

— Parce que j'ai d'abord pensé, comme toi, à une coïncidence. Mais quand je l'ai revu ici, dans cette salle, j'ai fouillé ma mémoire et me suis souvenue de ce visage morbide.

J'arrêtai de mastiquer et me retournai, faisant fi du conseil de Corinne. L'homme à la silhouette maigre était à la limite du décharné. Son visage blafard, comme s'il avait passé sa vie sous terre, semblait façonné à la serpe. Il portait une tenue en cuir noir. Il nous fixait, un café à la main. Répugnant ! Voilà ce qu'il m'inspirait.

Nos yeux se croisèrent. Son regard était froid et terne. Il me glaça le sang.

Janvier 1919

Les jours ont passé. Les soldats canadiens ont marqué une page de gloire dans l'Histoire. Ils ont remporté plusieurs batailles, là où d'autres pays avaient échoué. La crête de Vimy a été récupérée en avril 1917, avec des pertes et des blessés se comptant par milliers. Puis, en novembre de la même année, Canadiens et Alliés ont repris le village de Passchendaele dans les Flandres, au prix de quelques dizaines de milliers de vies humaines.

Mais la guerre étant ce qu'elle est, une machine qui se nourrit de chair fraîche, il n'y a rien d'étonnant. Amiens, Arras-Cambrai et Drocourt, autant de batailles que le Canada a remportées. À quel prix ? L'armée canadienne a fourni toujours plus d'hommes. Les généraux, ivres de leurs victoires, en demandaient davantage et les envoyaient en pâture.

L'armistice a enfin été signé en novembre 1918 et la guerre est finie. Trop de jeunes ne sont jamais revenus. Combien d'enfants sont devenus orphelins ? Combien de femmes veuves ? Des morts, des blessés, certes, mais aussi des disparus. Du monde qu'on n'a jamais retrouvé ! Ces hommes ont soi-disant été avalés par les cratères remplis d'eau et de boue, creusés par les tirs d'artillerie des deux côtés. Mais moi, j'avais vu de mes propres yeux ces infortunés disparaître. Je n'avais pas rêvé. Mon carnet en témoigne.

Je vis à Québec depuis la fin de la guerre. J'ai trouvé un emploi dans une imprimerie. Quelque chose qui me convient plus que le travail dans les champs.

Mais dans un autre sens, je poursuis mon combat et je gagnerai ! J'ai décidé de pourchasser les monstres qui me hantent la nuit. Je suis à l'affût de chaque nouvelle insolite. Les rôles vont s'inverser et ils sauront bientôt que je ne crains plus rien. Je vais retrouver leurs traces où qu'ils soient, et ils le paieront cher !

Nous continuâmes à manger comme si de rien n'était. Notre repas fini, il nous fallut déjouer la poursuite. Nous nous mîmes d'accord pour sortir du restaurant l'un après l'autre. Corinne proposa que l'on se retrouve une demi-heure plus tard au rayon des livres en anglais du Virgin Mega Store, situé à quelques centaines de mètres de là, sur l'avenue des Champs-Élysées, à gauche en sortant.

– Donne-moi dix minutes de délai avant de partir à ton tour, suggéra-t-elle.

Puis, elle se leva et alla aux toilettes.

Je pris la place de Corinne à table, de manière à faire face à cet homme qui nous suivait. Je voulais constater par moi-même sa réaction. Corinne ressortit des toilettes, me fit un signe de la main, puis quitta le restaurant. De là où j'étais, je voyais qu'elle était partie vers la droite. L'homme n'avait pas l'air de comprendre ce qui se passait. Sa tête faisait des allers-retours entre la porte que Corinne venait d'emprunter et moi, encore attablé sans bouger. Cinq minutes plus tard, j'eus le culot de soulever mon gobelet de coca, en guise de salutation à notre poursuivant. Il n'apprécia pas la blague et sortit du restaurant en trombe. Il marqua un arrêt à la porte, regarda à droite puis à gauche, à la recherche des traces de Corinne. Il partit finalement vers la droite. J'attendis encore quelques minutes et me levai à mon tour. Je m'arrêtai sur le seuil du restaurant, pour jeter un coup d'œil à droite, puis à gauche. Mon bonhomme avait disparu. Je pris le chemin de la librairie en pressant le pas.

Le ciel était gris, le soleil, presque inexistant derrière la masse nuageuse, et la température commençait à se rafraîchir. Une foule de gens de toutes les couleurs et de tous les âges flânaient, prenaient des photos ou achetaient des souvenirs. De temps à autre, je jetais un œil furtif dans les vitrines, à la recherche du reflet de l'homme en cuir noir. *A priori*, il n'était plus dans le décor, même si, avec la densité des badauds, il était difficile de distinguer une personne en particulier.

J'entrai dans le Virgin et me renseignai pour atteindre le rayon des livres anglais. Quelques minutes plus tard, Corinne fit son apparition, le visage rougi mais un grand sourire aux lèvres.

– Ça a donc marché !

– Je pense que oui, dis-je. L'as-tu aperçu à ta poursuite ?

– Non, je pense qu'on l'a semé.

– Je n'aime pas ça du tout. Je me demande depuis quand il nous suivait.

– Je ne vois qu'une seule réponse.

Avril 1933

Un nouveau projet a vu le jour dans la ville de Québec : le musée de la province a été fondé. Avant l'ouverture, une annonce pour un poste de gardien de musée est parue dans les journaux. J'ai posé ma candidature et mon dossier a été retenu. Il semblerait que ma participation à la guerre et mon intérêt pour les arts m'auraient favorisé. L'avantage est que j'ai du temps pour poursuivre mes recherches sur les monstres.

Mai 1936

Martin est mort au cours de l'hiver des suites d'une bronchite. J'ai donc visité Pauline. Elle m'a accueilli avec une joie ternie par la tristesse de son veuvage. Regrette-t-elle au moins ses années perdues avec un époux malade et souvent absent ? J'ai vu le poids des années sur son visage. Elle paraissait au moins dix ans de plus que son âge. Je lui ai présenté mes condoléances et lui ai proposé mon aide, qu'elle a refusée dignement.

Pour elle, sa mission dans la vie est terminée. Sa fille Astrid a, à son tour, mis au monde une petite Blandine. À mon sens, Pauline devrait vivre pour sa famille.

Janvier 1941

Mes recherches m'ont fait découvrir que les descendants d'une certaine race extraterrestre se nourriraient de sang humain. Pour une raison qu'on ignore, le sang des blonds et des roux est des plus appréciés. On prétend qu'il ouvre la porte à l'éternité.

J'ai donc pensé que ma présence en Europe pendant la Seconde Guerre mondiale pourrait m'aider à continuer mon combat. C'est en effet sur le Vieux Continent que tout a commencé ! Là-bas j'ai vu, de mes yeux vu, les monstres dont il est question !

J'ai voulu m'enrôler dans les forces armées, mais le médecin m'a recalé en raison de mon âge et de mes troubles de mémoire. Je n'ai pas réussi à les lui cacher, ce qui m'inquiète. Je suis aussi déçu de ne pas pouvoir retourner en Europe, j'en sais tellement plus aujourd'hui sur le monstre des tranchées.

Le soleil couché, l'avenue s'était habillée de ses parures lumineuses ! Les guirlandes, à l'approche de Noël, décoraient les arbres dégarnis des deux côtés de l'avenue, la transformant en haie d'honneur sur au moins deux kilomètres. Des enseignes de toutes les couleurs se mêlaient à ce tableau fantastique.

Nous empruntâmes la rue du Colisée et nous nous présentâmes à l'entrée de la salle de réception où devait avoir lieu la conférence de Richardson. Comme prévu, deux billets nous attendaient à l'accueil. Des portes en bois massif recouvertes de clous s'ouvraient sur une grande salle où plus d'une centaine de chaises avaient été placées face à un écran de rétroprojection suspendu au plafond. Un jeu de lumières, installé en arrière, passant du violet au bleu polaire et plongeant la salle dans un univers sous-marin, transportait les convives dans un monde féerique et mystérieux. Une musique nouvel âge était diffusée en sourdine à travers quelques haut-parleurs dissimulés dans le décor.

– Décidément, Richardson aime toujours mettre en scène ses présentations, dis-je en m'approchant de Corinne.

– Comment ça ?

– La dernière fois, sa conférence a eu lieu dans un théâtre de marionnettes.

– Il est vraiment bizarre, ton ami !

– Ce n'est pas vraiment mon ami, c'est juste les circonstances qui l'ont mis sur mon chemin pour m'aider dans ma quête.

Des spectateurs circulaient dans la partie arrière de la salle ainsi que dans l'entrée. Des hôtesses élégamment vêtues distribuaient des cocktails de fruits, des boissons légèrement alcoolisées et des petites bouchées.

La soirée risque d'être longue! pensai-je, au vu de ce qu'on nous proposait à manger et à boire... À moins que cela fasse partie du show.

Vers 8 h 30, une charmante voix féminine annonça qu'il était temps de prendre place pour le début de la représentation. Nous nous dirigeâmes vers nos sièges réservés. Nous étions au premier rang, à l'extrémité de l'aile gauche. Les faisceaux lumineux clignotèrent, alternant du rouge au bleu, en passant par le violet. Tout à coup, ce fut la noirceur totale. La musique de fond cessa en même temps. Des spots jaunes et rouges balayaient maintenant la salle. Un roulement de tambour annonça l'arrivée de Richardson. Il s'arrêta dès que le conférencier eut atteint l'estrade improvisée, à l'avant de la salle. Des applaudissements mirent un terme au silence. Richardson se pencha pour saluer son public.

– Bonsoir, mesdames et messieurs, dit-il, une fois les applaudissements terminés.

Bon nombre d'entre vous doivent être curieux, courageux et téméraires pour être venus ici, dans cette salle, surtout après l'incident qui nous a empêchés de présenter cette conférence au Lavoir. Il fit une pause et s'avança au-delà de la première rangée.

Souvenez-vous que le Lavoir a pris feu, comme par hasard, dans la nuit qui a précédé ma dernière représentation à Paris. Et quand je dis « par hasard », je pèse mes mots. Il n'y a pas de hasard, justement. Ce n'était qu'un petit avertissement de « nos amis », une petite tape sur les mains. C'est malheureux que ce soient les propriétaires du théâtre qui paient les pots cassés, mais cela fait partie du risque ! Les gens qui acceptent d'accueillir mes conférences savent à quoi ils s'exposent. Dernièrement, je me suis attaqué à de grosses têtes et cela ne leur a vraiment pas plu. Mais ils ne pourront pas me faire taire avec des méthodes radicales, puisque cela confirmerait ce que je prêche depuis une vingtaine d'années.

Je commençais à m'impatienter. Il restait dans le vague. Je pensais qu'il allait plutôt parler des gargouilles et des manipulations génétiques, comme il l'avait déjà fait auparavant. Je voulais que Corinne entende d'elle-même ses théories.

— Aujourd'hui, je vais vous parler du Comité des 300… Est-ce que quelqu'un en a entendu parler ?

— Est-ce que c'est un groupe commercial ?

— Non, mais il y a de ça… Ce comité est la SEULE hiérarchie de pouvoir organisée dans le monde. Elle transcende tous les gouvernements et les individus, dit-il en pointant son index vers le plafond. Ce comité couvre les finances, le domaine de la défense et les différents partis politiques. Il n'existe aucune entité que ce Comité ne puisse détecter et contrôler, y compris les religions.

L'objectif ultime est de fusionner tous les pays dans un Nouvel Ordre mondial avec un gouvernement unique qui, en apparence, poussera le monde vers le progrès, alors qu'en réalité il sera en constante récession. Et là, je parle de la surveillance accrue des individus, de la limitation des libertés, du contrôle des finances personnelles et publiques… Et j'en passe ! Le Comité a décrété qu'il doit exister un monde plus centralisé et meilleur que celui qu'on connaît, en conformité avec leur vision d'excellence. Il estime par exemple que le nombre d'hommes sur terre augmente de telle façon qu'il menace les ressources naturelles et souhaite que des populations entières soient décimées.

— Ah ! entendit-on dans la salle.

— Ce projet d'extermination passe par les nombreux conflits qui nous opposent et la prolifération des épidémies dans plusieurs régions du globe. Le Comité des 300 prône l'anéantissement de millions de gens, qu'il qualifie de « *surplus démographique* », et l'élimination de tout leader qui oserait se dresser contre ce processus de planification mondiale.

— Qu'est-ce que ce charabia ? me souffla Corinne.

— J'y crois, moi.

— Tout est lié…, compléta-t-il. Nous sommes asservis par une race extraterrestre qui veut maintenir sa suprématie sur nous et, surtout, contrôler les ressources de notre planète. Ils ont des yeux et des oreilles partout : des gens placés à des postes clés pour faciliter leur mission, faire diversion et servir leurs confréries.

Mesdames et messieurs, cela fait une quinzaine d'années que je n'ai plus de cellulaire et n'utilise plus de carte de crédit. Savez-vous pourquoi ? Vos cellulaires ainsi que vos cartes de crédit sont autant de chevaux de Troie introduits dans vos vies. N'importe quel organisme, gouvernemental ou non, peut vous suivre à la trace.

Richardson poursuivit son monologue encore une heure. Certaines personnes prirent la fuite et Corinne fut tentée de faire de même, tant son propos la mettait mal à l'aise.

Bon nombre des personnes qui étaient restées souhaitaient discuter avec Richardson à la fin de la conférence, notamment pour qu'il leur dédicace l'un de ses livres. J'attendis dans un coin avec Corinne que les fans libèrent l'écrivain. Jibril était présent à ses côtés, ses yeux de lynx n'arrêtant pas de scanner la salle à la recherche d'une éventuelle menace. La séance de dédicace terminée, les spectateurs sortirent de la salle et Dan nous accueillit dans une loge, à l'arrière-scène.

— Je vous présente Corinne, lui dis-je en lui serrant la main, puis celle de Jibril.

— Enchanté, déclara Dan en la saluant.

— Heureuse de vous connaître, répondit-elle en balayant la petite salle du regard.

Nous étions assis dans des fauteuils de style oriental. La lumière tamisée enveloppait la loge. La musique nouvel âge, diffusée en arrière–plan, enrichissait l'ambiance. Un plateau de petites bouchées, des canettes de boissons, ainsi qu'un service à thé oriental et de petits verres décorés étaient disposés sur la table basse en cuivre.

— Avez-vous aimé la conférence ? demanda Dan en nous servant du thé fumant.

— À vrai dire, je ne sais pas trop, expliqua Corinne. Alain m'avait fait part de vos propos, mais j'avoue que j'ai du mal à suivre.

— Pourtant, tu m'as accompagné ces derniers jours et on a dû faire face à pas mal de situations qui laissaient supposer…, commençai-je.

— Rien de tout ce qu'on a rencontré ne faisait allusion à un complot à l'échelle mondiale.

— Ce que vous devez comprendre, Corinne, intervint Dan, c'est qu'on fait partie d'un très grand *puzzle*. Ce qui se passe avec vous et ce qui se passe avec d'autres personnes comme nous, en quête de vérité, n'est qu'une infime partie de l'ensemble qui, lui, prend une proportion planétaire.

— Excusez-moi, monsieur, mais je ne partage pas votre avis, dit-elle sèchement.

— Je ne vous demande pas de le partager, d'ailleurs je ne cesse de le répéter pendant mes conférences… Personne n'est obligé de me croire. Moi, j'apporte des informations, j'analyse des situations et chacun de mes spectateurs en fait ce qu'il veut.

Nous étions en train de siroter du thé à la menthe, lorsque je sortis le dessin symbolique et le présentai à Dan.

— Qu'est-ce que c'est ? demanda-t-il.

— Ça fait partie des symboles sur lesquels travaillait mon grand-oncle et que j'ai vus pendant notre balade dans la Caverne des Dragons.

— Bien sûr ! s'exclama-t-il en examinant le symbole, avant de me le rendre.

Alors que j'étais dans l'attente d'une explication, Corinne se pencha en avant, le front entre ses mains :

— Je ne pense pas pouvoir vous tenir compagnie plus longtemps.

— Que se passe-t-il ? m'enquis-je.

— J'ai mal au crâne.

— Je vais t'accompagner, il faut louer nos chambres, de toute façon.

— Non, tu peux rester avec tes amis.

— Sont-ce mes propos qui vous auraient causé cette migraine ? demanda Dan d'un ton moqueur.

— Pas du tout, je ne veux pas être désagréable, votre présentation m'a bien amusée, mais ce que vous rapportez me semble invraisemblable.

— Vous avez toujours mon numéro de cellulaire, Dan. Je ne m'en débarrasserai pas de sitôt, dis-je. Puis, je me levai pour accompagner Corinne.

— Je vous rappellerai demain car j'ai une autre visite à vous proposer, lança-t-il en nous saluant d'un geste de la main.

Nous sortîmes. Il faisait plus froid qu'à notre arrivée. Des flocons de neige avaient garni les trottoirs. J'emmenai Corinne jusqu'à l'hôtel que j'avais repéré avant la conférence, non loin de la salle de spectacle. À la réception, un jeune homme brun, rondouillard, aux lunettes carrées, feuilletait un magazine pour passer le temps. Il le mit de côté et nous accueillit avec un sourire fatigué. Puis, il nous salua avec un accent oriental.

— Auriez-vous deux chambres, s'il vous plaît ? demandai-je.

— Vous avez de la chance ! On vient d'annuler une réservation pour une chambre à deux lits, sinon c'était complet !

– Ça fera l'affaire, répondit Corinne sans trop réfléchir. Elle ouvrit son portefeuille et présenta sa carte de crédit. Nous ne sommes pas des bêtes quand même, me chuchota-t-elle avec un clin d'œil qui voulait en dire long.

Le réceptionniste prit un petit carton blanc et nous le tendit :

– Voulez-vous inscrire vos coordonnées sur cette fiche, s'il vous plaît ?

Corinne s'occupa de remplir la fiche et rajouta mon nom à côté du sien.

Elle rendit le carton au jeune homme qui, entre-temps, avait enregistré l'empreinte de la carte et la lui redonna.

– C'est au troisième étage. Le petit-déjeuner est servi de 6 à 10 h. Il n'est pas compris dans le prix de la chambre.

– Merci, dis-je en récupérant la clé.

Nous montâmes dans un petit ascenseur qui ne pouvait contenir que trois personnes à la fois.

Juin 1942

Mon travail au musée est passionnant. Je rencontre plein de gens, je côtoie des artistes et contemple les œuvres d'art. Ce travail, peu exigeant physiquement, me permet d'être dans un élément que j'apprécie et me laisse le temps de continuer mes recherches.

En passant, des journaux et quelques dépêches évoquent des cas de disparitions dans la province, mais aussi aux États-Unis. Au Québec, ces disparitions mystérieuses ont été mises sur le compte de différents personnages légendaires comme le hère ou la bête à grande queue. Cette créature est aussi appelée l'ogre-serpent par les Premières Nations de l'Ouest américain. Sans oublier les ours, les loups ou d'autres animaux sauvages. Il me semble plutôt qu'il s'agit de sacrifices humains faits pour le compte d'une certaine race sanguinaire extraterrestre...

D'ailleurs, j'ai découvert des notes en marge de textes sumériens qui confirmeraient la venue des créatures vers 1600 avant Jésus-Christ. J'apprends donc le sumérien par moi-même pour décoder les mystères de l'Histoire, ces disparitions, ces sacrifices humains et cette race étrange.

Avril 1950

La Seconde Guerre s'est terminée en 1945. Les Alliés ont fini par triompher contre les forces de l'Axe, même si des millions de gens ont, encore une fois, trouvé la mort, qu'il s'agisse de civils ou de militaires. Hitler et son régime nazi avaient ordonné, organisé et supervisé la déportation de millions de Juifs dans des camps de concentration, lesquels sont devenus des camps d'extermination. Ces sites étaient disposés dans des lieux stratégiques reliés à des chemins de fer pour faciliter le transport des prisonniers en nombre important. Certains de ces malheureux, particulièrement les enfants jumeaux, ont servi de cobayes dans le cadre d'expériences génétiques. D'autres n'ont pas été sélectionnés mais leur sort a été tout aussi macabre. Les endroits où se trouvaient ces camps et ces laboratoires, selon certains calculs, étaient situés sur des lignes telluriques ou des vortex nourrissant la Terre d'énergie malsaine.

Encore des sacrifices! Mais en utilisant d'autres méthodes, plus radicales que tout ce qui avait été utilisé auparavant.

... décembre 1956

J'ai visité les lieux de différents massacres et des champs de bataille en Europe. J'y ai récolté des informations, mais les gens que j'ai rencontrés n'étaient pas très bavards. C'est à se demander s'ils n'avaient pas peur d'une force obscure, tapie au-dessus d'eux...

J'actionnai l'interrupteur. La lumière diffusée par l'applique accrochée sur le mur, entre deux fenêtres, éclaira la chambre d'un halo discret. Je fis le tour de la pièce d'un coup d'œil. Elle était décorée sobrement. Une moquette ocre, des murs blancs, des rideaux et des dessus de lits dans les tons roses. Deux fauteuils face à face, autour d'un guéridon, formaient un coin parfait pour un boudoir. Ce confort contrastait avec l'hôtel du commerce et la chambre minable que j'y louais depuis mon arrivée dans l'Argonne.

Corinne décida de passer dans la salle de bain pour s'y rafraîchir. J'entendis l'eau couler... Notre proximité me troublait. J'étais loin d'être insensible à son charme. J'étais attiré par son côté mystérieux, mais je n'arrivais pas à me décider quant à l'attitude à adopter avec elle.

Je m'assis dans le fauteuil et allumai la télévision. Quelques minutes plus tard, Corinne revint de la salle de bain enveloppée d'un peignoir blanc. Un parfum de noix de coco très agréable embaumait la pièce. Elle prit place dans l'autre fauteuil, croisa ses jambes et me fit un sourire forcé. Le peignoir découvrit ses cuisses fuselées. Mon malaise grandissant, je me levai pour aller à mon tour dans la salle de bain.

L'atmosphère était lourde... Je le sentais. Cette conférence avait terni la complicité qui commençait à s'établir entre nous. Quand je revins dans la chambre,

Corinne était lovée sous les couvertures dans son lit et la télé diffusait un programme musical. Je m'assis sur l'autre lit, en face d'elle et la fixai du regard. Elle était concentrée sur l'image cathodique. Je la trouvai si belle ! Elle tourna la tête vers moi et un petit sourire se dessina enfin sur son visage.

— Excuse-moi… Ce mal de tête…

— Ce n'est rien, dis-je.

— Demain matin, je partirai très tôt.

— Que se passe-t-il ? l'interrogeai-je, préoccupé. On avait convenu de faire l'aller-retour ensemble.

— Je préfère rentrer seule. Je prendrai le train de très bonne heure.

— Tu pourrais attendre un peu plus tard dans la matinée.

— Non, ma décision est prise.

— Ça a quelque chose à voir avec la conférence ?

— Pas vraiment.

— Ton comportement a pourtant changé depuis ce moment, dis-je.

— Bof… Écoute, je pense qu'on n'est pas d'accord sur certains points.

— Qui sont ?

— Ton ami, je ne l'aime pas…

— Ce n'est pas mon ami, pour la deuxième fois !

— Ce conférencier ne m'inspire pas confiance, il me dérange.

— Jusqu'à présent, tout ce qu'il m'a appris semble justifiable.

— Justifiable, de quel point de vue ? attaqua-t-elle. As-tu entendu la défense de l'autre partie ?

– L'autre partie ? Corinne, d'après lui, ce sont des gens haut placés, des extraterrestres peut-être...

– Crois-tu vraiment à cette théorie d'extraterrestres ? me coupa-t-elle. Qui dit que ces gens, qu'il attaque avec tant de férocité, sont impliqués dans quoi que ce soit ? Qui dit que ton Richardson ne manipule pas le monde à sa manière ?

– Comment ça ?

– Comme les gourous des sectes !

– Ce serait quoi, son intérêt ? la défiai-je à mon tour.

– Vendre sa salade, ses livres et des places dans ses conférences.

Je restai perplexe tellement le point de vue de Corinne avait du bon sens...

Février 1961

Pauline, l'amour de ma vie, s'est éteinte un soir de l'hiver 1960. Astrid, qui lui rendait visite tous les deux jours, m'a appris qu'elle était morte durant son sommeil. De mon côté, je l'ai aimée et je l'aimerai toujours.

Décembre 1965

Mes crises de nerfs se rapprochent. Des grelottements et des moments de déconnexion avec la réalité. Mes pertes de mémoire s'intensifient aussi, je m'en rends bien compte. Malgré cela, j'arrive quand même à lire, à écrire et à faire de la peinture. Et je n'oublie pas mes langues anciennes, que je pratique le plus possible. Je n'ai pas réussi à percer le mystère de la race agressive qui a engendré tant de haine et de comportements sanguinaires dans les quatre coins de la planète ! Ma petite maison devient trop grande pour moi. Je suis cloîtré dans le grenier, la plupart du temps.

Avril 1967

Blandine a eu un enfant qu'elle a appelé Alain. Il ressemble tellement à sa mère! Il a des yeux verts et des cheveux bruns qui me rappellent Pauline. Ah! Que c'est bon de voir sourire ce bébé.

Je jetai un coup d'œil à ma gauche. Corinne dormait. Les cheveux étalés sur l'oreiller, la bouche boudeuse, elle respirait profondément dans les bras de Morphée. J'éteignis la lumière et me glissai dans mon lit. À mon tour, je tentai de sombrer dans le sommeil, en adoptant différentes positions. En vain! L'idée d'autres situations imprévisibles à affronter m'empêchait de dormir paisiblement, à l'inverse de Corinne.

Devrais-je insister pour l'accompagner ou attendre l'appel de Richardson?

Je me contentai de patienter en chien de fusil, les yeux rivés sur la lumière distillée par la fenêtre, à travers l'obscurité de la chambre. Le sommeil finit par m'emporter, mais je dormis très mal. Je fis des cauchemars bizarres, peuplés de créatures effrayantes s'apparentant aux gargouilles, qui se nourrissaient de nouveau-nés et de petits enfants... Je vis aussi une horde de morts vivants nous pourchassant, Richardson et moi, afin de récupérer de nos corps les membres qui leur manquaient...

Un de ces zombies me jetait par terre et remontait sa main immonde le long de mes jambes, puis de mes cuisses... J'essayais de le repousser, mais il était bien plus fort que moi. Il ouvrait sa gueule béante et vomissait des borborygmes incompréhensibles. Sa main décharnée et cornue, où manquaient quelques phalanges, me pétrissait le corps. Il était évident que cette créature édentée et sans langue voulait me transmettre un message. Je haletais, j'appelais Richardson qui s'enfuyait et me regardait avec un sourire moqueur. J'ouvrais la bouche pour appeler au secours, mais aucun son n'en sortait. La main hideuse continuait sa progression. Elle était à hauteur de ma poitrine. Le mort vivant cherchait à m'arracher la langue, probablement pour pouvoir parler à son tour. Au prix d'un effort surhumain et usant de tout ce qui me restait d'énergie et de courage, je décollais ma main, scellée sur le sol, et saisissais le moignon du zombie pour l'empêcher d'évoluer plus avant sur ma peau. La sensation était tellement forte que je me réveillai enfin… J'étais en sueur, mais vivant.

— Chhht… Tu n'arrêtais pas de parler, chuchota Corinne collée contre moi.

— Où suis-je? demandai-je, ma main écrasant la sienne.

— T'es à l'hôtel… On est à l'hôtel… Et… tu me fais mal! dit-elle en désignant son poignet.

— Excuse-moi, dis-je en lâchant sa main. Qu'est-ce que je disais?

— Tu hallucinais! Tu appelais Richardson, tu parlais de zombies et de gargouilles.

Corinne me caressa la poitrine, comme pour m'apaiser. Je pris alors son visage entre mes mains et l'embrassai voracement. Elle participa au baiser, timidement au début, puis avec fougue, relâchant toute l'énergie emmagasinée pendant ces années de frustration.

La noirceur de la chambre était entrecoupée, de temps à autre, par les faisceaux lumineux des véhicules qui circulaient dans la rue et de quelques enseignes lumineuses.

Mes mains partirent à la conquête de ce corps généreux. Je fis glisser son peignoir qui était déjà bien échancré. Mes doigts caressèrent ses épaules, sa nuque et son dos, pour finir à la naissance de ses seins. Ses seins étaient lourds et souples. Je les embrassai tendrement. Elle gémit et s'abandonna, ses bras emprisonnèrent mon cou en m'entraînant avec elle. Son corps, d'une souplesse et d'une douceur chaude, aspirait mes caresses. Je voulus que ce moment ne s'arrête jamais. Ça faisait des mois que je n'avais pas eu de contact intime aussi sensuel et intense. De son côté, elle sentit ma virilité battre contre son ventre. Elle croisa ses jambes autour de mes reins et m'accueillit en elle sans retenue.

Septembre 1970

Je vieillis et perds souvent connaissance. J'entends des voix dans ma tête. Des bruits s'y s'installent et s'intensifient. Qu'est-ce que cela veut dire ? Suis-je en train de devenir fou ? Je dois redoubler de concentration pour ne pas avoir ces problèmes dans la rue, car je pourrais me perdre. Par chance, mes crises sont fortes surtout la nuit.

Juillet 1973

J'ai déménagé et me suis installé à Saint-Jean-sur-Richelieu, dans une maison du début du siècle. Je me rapproche des gens avec qui je me sens bien : Blandine et son fils Alain. Les jours passent et le gamin grandit. Ensemble, nous dessinons, peignons, modelons des statuettes. Il est doué, vraiment.

Blandine, quant à elle, est très affectueuse et protectrice envers moi. Elle ne cesse de dire que je lui rappelle sa mère, d'une certaine façon… Dans les gestes ou le regard, je ne sais pas, mais ça me remplit de joie.

Juillet 1980

Je me rends compte que je n'ai pas d'héritier. Je suis fatigué et las, ma vue faiblit de jour en jour et mes troubles de mémoire s'intensifient. La guerre m'a volé le plus précieux de ma vie et mes recherches m'ont pris tout mon temps libre. Après Pauline, j'ai perdu l'envie de me marier et de fonder une famille. Je ne sais pas jusqu'à quand j'aurai la chance de vivre. D'ailleurs, peut-on considérer cela comme une chance? Que me reste-t-il?

2 octobre 1980

Aujourd'hui, je suis allé voir le notaire. J'ai écrit mon testament, profitant d'un moment de lucidité. Les pertes de conscience m'attaquent toujours au moment où je m'y attends le moins… Que la volonté de Dieu soit faite!

Chapitre 11
David contre Goliath

Au réveil, je ressentis le manque de sommeil. J'étais épuisé ! Je n'avais pourtant pas besoin de ça... En tout cas, le plaisir en valait la peine...

Je regardai autour de moi. Corinne n'était pas là. Le lit ressemblait à un champ de bataille. Avait-on vraiment fait l'amour, ou était-ce une hallucination ? Je me levai et fis le tour de la chambre. Pas un bruit. Personne dans la salle de bain non plus. Elle serait partie sans même laisser un mot ? Serait-ce sa façon de me faire ses adieux ? À 9 h 30, je me jetai sous la douche, m'habillai à toute vitesse et descendis à la réception pour voir si elle y était. Là encore, personne. Vers 10 h 30, je reçus l'appel de Richardson, qui me donnait rendez-vous en fin d'après midi devant une maison à Vincennes, en banlieue parisienne. Je pris l'adresse en note.

— Pourquoi là-bas ? lui demandai-je, intrigué par l'emplacement mais, surtout, fatigué du casse-tête qu'il m'imposait depuis notre rencontre. Il fallait reconnaître que les doutes que Corinne avait semés dans mon esprit n'arrangeaient pas la situation.

— Notre ami Eugène et ses disciples sont passés par là, répondit-il, amusé.

— Mais qu'y aura-t-il à voir ?

– *You shall see...* Des indices supplémentaires pour votre enquête ! La demeure en question fut habitée très peu de temps par un certain Eugène Viollet-le-Duc ! Ça vous dit quelque chose ? L'architecte. Celui qui façonnait des gargouilles. De plus, j'ai peut-être une réponse concernant votre mystérieux symbole.

Là, il avait réussi à attirer mon attention.

– OK ! On se voit là-bas alors, dis-je, excité à nouveau.

Entre-temps, et pour m'imprégner davantage de l'œuvre de Viollet-le-Duc, je visitai la cathédrale Notre-Dame de Paris. Après l'hôtel de ville de Bruxelles, le château de Coucy et le château de Pierrefonds, je me devais de voir ce monument. Et je fus servi, en matière de gargouilles et autres chimères... D'après le petit fascicule acheté chez un bouquiniste, sur les quais de la Seine, les chimères au sommet de l'édifice, sur la façade et au niveau de la galerie supérieure reliant les deux tours de la cathédrale y étaient seulement à des fins décoratives.

Ces statues mêlaient le fantastique au diabolique. Des têtes surmontées de longues cornes, aux museaux allongés et aux yeux exorbités, fixaient les visiteurs comme si elles les surveillaient. Leurs gueules ouvertes laissaient entrevoir des crocs menaçants ou des langues effilées... Leurs dos courbés, présentant des nœuds tout le long de leurs colonnes vertébrales, évoquaient les sauriens... Leurs pattes aux griffes acérées complétaient ces grotesques sculptures.

Le fascicule expliquait que la galerie des chimères fut incorporée à la cathédrale par Eugène Viollet-le-Duc au cours du XIXe siècle. Je ne croyais plus à la théorie des coïncidences... Pas à ce stade-là ! Viollet-le-Duc avait œuvré dans la majorité des monuments portant des chimères et des gargouilles. Richardson avait peut-être dit vrai. Une relation entre cet architecte et les gargouilles existait véritablement. Mais laquelle ? J'étais impatient de revoir Richardson pour en jaser. L'ancienne demeure de Viollet-le-Duc allait peut-être apporter un éclairage nouveau sur cette affaire. Elle allait certainement mettre fin à mes espoirs, dont celui selon lequel toute cette histoire n'était qu'un ramassis de superstitions et d'hallucinations et Richardson, un parano ou un menteur.

Je déambulai dans les rues de Paris, la tête vide et le cœur lourd. Mes nerfs étaient à fleur de peau. Je voyais des monstres partout : au coin d'une rue, à l'entrée d'une porte cochère, à côté d'une bouche de métro, sur le toit d'un immeuble… Je commençais à comprendre la sensation et les frayeurs du brave Henri. Était-il possible qu'on puisse voir des monstres pour vrai ?

D'après ce que j'avais compris à la lecture des notes de l'oncle Houde, les êtres maléfiques se présentaient sous une forme humaine, de sorte que très peu de gens étaient capables de les voir sous leur vrai jour. Je maudissais l'instant où j'avais rencontré le conférencier et le temps passé sur les manuscrits de l'oncle Houde.

Finalement, je pris le métro pour rejoindre Richardson. Je descendis à la station « Porte de Vincennes » et sortis de la bouche de métro. Au fur et à mesure que j'avançais, j'avais la sensation persistante d'être observé et même suivi. Je me retournai régulièrement, davantage pour éloigner mes craintes que pour vérifier la présence de quelqu'un sur mes traces. C'est alors que j'aperçus l'homme du McDo, vêtu de cuir, qui avait l'air de me suivre à distance. Coïncidence ? Impossible ! Je décidai d'accélérer le pas. Je tournai à droite en longeant l'angle d'un immeuble, pour vérifier si j'étais encore suivi. Je m'arrêtai dans un recoin, me préparant à la confrontation.

Après quelques secondes, je réalisai que l'homme qui me pourchassait n'était toujours pas là où je l'attendais. Avec beaucoup de précaution, je penchai ma tête de l'autre côté du mur. Personne ! Il avait disparu, évaporé comme par miracle ! Je pouvais reprendre ma route sereinement.

Suivant le plan de Paris et de ses banlieues, je m'avançai dans les rues menant à l'endroit choisi par Richardson. Je traversai les pelouses Marigny, pour finir sur l'avenue Foch. La maison se trouvait non loin de l'ancien cimetière de Vincennes. Un calme angoissant enveloppait le quartier. Une Mercédès noire, un taxi, était arrêtée à côté du portail, tous feux éteints. Seul le plafonnier diffusait un halo blême. Une Rover de couleur foncée se tenait à proximité.

Inquiet, je m'approchai à pas de loup, jetant des coups d'œil rapides aux alentours. Un corps gisait par terre, à côté du véhicule. J'attrapai ma lampe de poche et la dirigeai sur ce corps inanimé. Son cou et son visage étaient lacérés. Un trou de la taille d'un poing perforait sa poitrine, à la hauteur du cœur. On n'avait certainement pas tué ce chauffeur de taxi pour son argent... Je jetai un regard à l'intérieur de la voiture. Des traces de sang sur le siège avant et sur le tapis. Malgré moi, mes yeux s'incrustèrent dans ceux du mort, s'abreuvant de leur impénétrable fixité. La terreur et la détresse me saisirent.

Je m'éloignai prudemment de l'auto et me dirigeai vers la maison en dégainant le revolver que m'avait laissé Corinne. Je me préparais au pire ! Tous les volets de la demeure étaient fermés et un silence lourd pesait, ce qui augmentait ma tension. Je ne pouvais pas attendre Richardson éternellement devant cette maison, je devais agir.

Le portail n'était pas barré, mais je décidai d'emprunter une entrée secondaire. Mieux valait être discret. Je fis donc le tour de la demeure pour trouver la deuxième entrée. Je grimpai sur le grillage, m'égratignant le menton au passage, puis je basculai au sol. N'étant pas habitué à ce genre d'acrobatie, je heurtai la base du muret à la hauteur de mon coccyx. Je me relevai péniblement, le plus vite possible, lampe de poche et revolver à la main. En boitant, je fis le tour du jardin, à la recherche d'une porte ou d'une fenêtre ouverte par laquelle entrer.

En arrière de la résidence, des traces de pas se succédaient sur la mince couche de neige. Leur forme était pour le moins étrange et ne m'inspirait rien qui vaille. Elles disparaissaient devant une porte-fenêtre, qui semblait être celle de la cuisine ou d'une salle de séjour. J'entendis alors une série de hurlements qui me parvinrent à travers les murs de la maison. Allais-je enfin voir l'un de ces monstres dont parlait l'oncle Houde ?

Tenant fermement le revolver de ma main droite, je m'approchai de la porte-fenêtre. Elle n'était pas barrée. Avec précaution, je tirai les volets vers moi… Une odeur pestilentielle me gifla. Puis, j'entendis un bruit étouffé…

Un bruit continu de frottement sur un mur ou des dalles de plancher. J'étais paralysé par une peur que je n'avais jamais éprouvée jusqu'à ce soir. Mon rythme cardiaque s'accéléra. Ma bouche s'assécha et un goût de bile acide envahit mes muqueuses. Ma main droite tremblait. Je penchai ma tête à gauche, puis à droite. Des ampoules blêmes diffusaient de faibles lueurs jaunâtres dans les coins des salles, en enfilade. Je fis un pas, puis un deuxième et encore un autre. J'étais tétanisé. Vigilance oblige, je m'adossai au mur et tentai de me dissimuler dans l'ombre. Je regardai autour de moi : la demeure me parut cossue, mais surtout abandonnée depuis des lustres, vu le nombre de toiles d'araignées.

Devais-je avancer ou déguerpir ? Rien ne me disait que Richardson était à l'intérieur. Mais rien n'indiquait le contraire non plus. Un rugissement déchira le silence… Puis, un coup de feu. Ce fut assez pour répondre à mes interrogations. Je crus apercevoir au loin une masse sombre qui s'éloignait lentement. Ignorait-elle ma présence, ou me méprisait-elle ?

Février 1985

Depuis quelque temps, tous les soirs, je me demande si je serai encore de ce monde demain. Aujourd'hui, je suis encore vivant mais j'ai tellement peur. Maintenant, des grognements me poursuivent nuit et jour. Dans mon sommeil, des monstres ignobles me pourchassent. Ils sont si proches que je peux sentir leur haleine nauséabonde. Comment pourrais-je courir et fuir à mon âge ? Je me retrouve à l'entrée d'un château d'où s'échappent des hurlements de détresse. Ce château est tellement immense qu'il couvre l'horizon. Une vraie forteresse protégée par des miradors et des tours. Je peux apercevoir des soldats qui montent la garde, au-dessus des murs, mais ils sont si loin que je ne distingue pas leurs visages. Ils portent des lances et des épées.

Je m'approche du château, je n'ai plus le choix. Le portail s'ouvre... Je me jette dessus! Il se referme de justesse, avant l'arrivée des monstres. Mais je les entends rôder dehors. Leurs griffes raclent les portails. Des soldats viennent à ma rencontre. Ils s'approchent de moi, mais je ne vois toujours pas leurs visages. Ils portent de longues capes. À deux pas de moi, ils se débarrassent enfin de leurs manteaux. Ce sont les Sénégalais de l'armée française. Seraient-ils venus me délivrer?

L'un d'eux me tend la main pour me saluer. Je l'accepte et sa peau part en lambeaux, se décomposant au contact de la mienne. Je crie! Je jette cette chair pourrie par terre et j'essuie ma main souillée sur mes vêtements.

— Bienvenue, mon frère. On t'attendait depuis si longtemps!

— Où sommes-nous? que je demande, affolé.

— Nous sommes en enfer, Henri!

— Comment connaissez-vous mon nom?

— Nous t'attendions depuis longtemps! répète-t-il, sans répondre à ma question. C'est à ton tour, l'ami!

Au petit matin, je me réveille en sueur, bouleversé mais toujours vivant.

Je m'élançai à sa suite dans le couloir, non sans avoir l'arrière-pensée de faire une erreur monumentale. Le cliché de quelques jeunes vacanciers inconscients, s'aventurant à tour de rôle dans une maison hantée et se faisant étriper, me trottait dans la tête. *Que faisais-je là ?* J'essayai de me rassurer en pensant au revolver dans ma main, laquelle ne cessait de trembler et qu'il faudrait réussir à contrôler.

Un filet d'une matière visqueuse et répugnante couvrait le sol par endroits. Virage à gauche puis élargissement de la galerie. Une salle centrale vide de tout mobilier. Les pièces inhabitées se succédaient. Sur ma droite, une porte entrebâillée m'invita à poursuivre. Je m'arrêtai quelques secondes sur le seuil : la porte n'était pas munie de poignée intérieure. Étrange. Il ne fallait pas que je me retrouve enfermé là-dedans.

Je m'y engouffrai. Les entrailles de la demeure m'avalèrent. Les marches de bois craquèrent, saluant mon passage. Je continuai d'avancer, tendu, avec le sentiment de plonger dans un abysse. Quinze marches plus bas, un long couloir : je choisis d'aller à droite, la peur et l'incertitude comme seules accompagnatrices. Dire qu'il faisait froid n'était rien. La température était tellement glaciale que je me croyais dans un congélateur. Une odeur de salpêtre et de moisissure flottait dans l'air. Je découvris, au fur et à mesure, des portes défoncées, des amoncellements de vieux meubles et de caisses éventrées. Un foudroyant claquement retentit derrière moi ! La porte du sous-sol venait de se refermer...

Janvier 1991

Je reviens sur mes notes de guerre. Elles font partie du passé, mais des cris me hantent, ils évoquent des souvenirs confus : le monstre des tranchées, le gaz moutarde, les Sénégalais, le caisson d'exécution, mon séjour à l'asile, ma nuit infernale, violé par les infirmiers...

Le monstre des tranchées m'attaque la nuit. Un cauchemar! À bien y penser, ce n'est pas le monstre des tranchées... C'est autre chose! Une créature encore plus terrifiante. Je l'entends, sans qu'elle ouvre la bouche. D'ailleurs, elle n'en a pas. Elle avance dans la pénombre, une aura bleue brillant derrière elle. Puis, elle s'approche lentement, comme si elle flottait... Elle a d'énormes ailes, aussi grandes que son corps. Une silhouette immense. Un corps svelte, un long visage creusé et de grands yeux perçants, elle n'a ni bouche ni oreilles... Elle me terrifie. Elle dit que je dois reposer en paix. Qu'est-ce que cela veut dire? Serait-ce l'ange des ténèbres, celui qui vient annoncer la mort?

Me voici de nouveau dans un hospice. Cette fois, tout le monde est gentil. Les infirmières sont aux petits soins avec moi. Blandine me rend souvent visite. J'allais oublier son fils... Comment s'appelle-t-il déjà? Je dois vérifier dans mon carnet. Alain, qu'il s'appelle. Il est venu plusieurs fois avec elle.

Une fois même, il m'a parlé de symboles qu'il a vus dans mon grenier... Je ne sais pas ce qu'il veut dire. Devrais-je lui donner mes carnets? Comment le revoir? J'aimerais tant pouvoir lui confier mes souvenirs... J'aimerais tant lui dire de suivre son instinct... De ne pas se fier aux apparences... Il y a toujours des choses cachées qu'on ne peut voir qu'avec son âme et son esprit.

Au bout d'une dizaine de minutes, j'étais revenu au point de départ, sans rencontrer la « Chose »... Je cherchai ses traces visqueuses sur le sol, en vain. Disparues! La créature ne s'était pas évaporée tout de même! Ou alors, il existait un corridor secondaire que je n'avais pas décelé.

Sait-on jamais ? Je m'enfonçai à nouveau dans le sombre couloir. Soudain, à mi-chemin, je découvris une porte fermée, lugubre. Je la poussai. Elle résista. Je tentai un coup d'épaule : je ne réussis qu'à me faire mal. Je reculai de deux pas, pris mon élan et flanquai un bon coup de pied dans la porte. Elle céda dans un craquement sinistre.

Je me retrouvai dans une petite pièce… Une cave à vin, certainement, vu le nombre de casiers à bouteilles. Au fond, une autre porte, fermée, elle aussi… Des raclements étouffés provenaient de l'autre côté. La « Chose » devait être derrière.

Après plusieurs secondes d'intolérable attente, la porte s'ouvrit lentement. Une odeur immonde m'assaillit. Ce que je vis était à la limite de l'horreur. La « Chose » était là, à quelques pieds de moi, me tournant le dos. Je retins ma respiration. Je m'apprêtai à reculer, mais laissai échapper un cri de terreur.

Je portai ma main à ma bouche, mais il était déjà trop tard. La créature fit volte-face et avança d'un pas lourd en direction de la grosse table qui nous séparait. Un manteau déchiré couvrait ses épaules, il avait craqué sous la pression des chairs et des os. Le monstre se métamorphosait sous mes yeux. Des excroissances couvertes d'ongles et de griffes poussaient continuellement sur son corps.

La « Chose » émit un feulement caverneux en se précipitant vers la table, mais se figea brusquement. Quelque chose l'empêchait d'avancer vers moi. Comme si un mur invisible la bloquait. Elle semblait avoir vu ou senti une présence quelconque. Elle pencha la tête en avant, tourna lentement son long museau vers la droite, puis vers la gauche. Ses ailes parcheminées s'ouvrirent dans son dos. *Où pensait-elle aller comme ça?* On était à quelque huit pieds sous terre! Pouvait-elle au moins voler avec cette masse corporelle?

La tête hideuse se redressa vers moi. Ses paupières se soulevèrent au-dessus de ses yeux qui se mirent à luire d'un jaune éclatant. Les chairs dilatées de ses babines se déplièrent, découvrant une rangée de crocs hideux et jaunâtres.

— Je suis là, dit une voix, à l'intention de la créature. Une voix que je reconnus être celle de Richardson.

La créature contrariée replia ses ailes et poussa un rugissement. Elle s'avança vers la voix. Ses membres inférieurs reprirent leur mouvement, labourant le sol de leurs puissantes griffes. J'attendis qu'elle m'ait tourné le dos, puis je m'élançai dans le couloir aussi vite et discrètement que possible. Derrière moi, un vacarme apocalyptique signalait que la bête venait de fracasser le contenu de la cave. Je présumai que table, chaises et autres meubles avaient valsé dans tous les sens.

Où aller, mon Dieu? Je venais d'atteindre le bout du couloir, butant contre la porte d'accès à l'escalier, lorsqu'un hurlement terrible me déchira les tympans. Je me faufilai à l'intérieur d'une pièce remplie d'outils, un ramassis inconcevable qui sentait le bois moisi et les excréments. Mon pied heurta ce qui me sembla être la roue d'une brouette. Je me retournai pour verrouiller la porte et poussai un soupir de soulagement.

Je me laissai tomber à terre, sur la surface crasseuse de cette pièce en désordre, l'oreille tendue vers les beuglements qui avaient repris de plus belle. Je ramassai mes jambes contre mon torse et tentai de contenir mon désespoir et ma peur. Que faisais-je dans cette galère ? La créature caverneuse n'avait fait qu'une bouchée du chauffeur de taxi. Aurais-je plus de chance ? Quand bien même, je ne pouvais pas me sauver si près du but. Je devais bien ça à l'oncle Henri. Et à Richardson. Alors, un courant de 1 000 volts parcourut mon corps. Une force intérieure. Je me sentis plus fort, plus résistant. Je ne pouvais pas abandonner. Je me relevai, prêt à affronter cette créature. Que me restait-il à perdre ? Ma vie n'était qu'un ramassis d'échecs, de petits boulots et, dernièrement, je n'avais fait que vivoter.

Je me relevai. Le halo de ma lampe découpant l'obscurité commençait à faiblir. Un pied-de-biche rouillé traînait au sol. Je m'en emparai, puis ouvris la porte. L'obscurité régnait. Le silence était lourd. L'odeur pestilentielle m'assaillit de nouveau. Je crus sentir le souffle de la bête sur mon visage. J'allumai ma lampe. Rien. J'éteignis de nouveau et attendis, le cœur battant.

Je n'y voyais rien. J'avançai à tâtons dans une multitude de couloirs qui se profilaient, les uns à la suite des autres. Je n'avais plus aucun point de repère.

Après un temps interminable, mon pied heurta quelque chose de dur, en bois… Une marche probablement. En effet, je me trouvais en bas de l'escalier qui m'avait conduit dans ces souterrains ignobles. Sauvé ? Encore fallait-il atteindre la sortie, et ce, sans rencontrer la créature cauchemardesque.

Les pieds hésitants, une main contre le mur tandis que l'autre tenait le pied-de-biche, je montai l'escalier en retenant mon souffle. Arrivé en haut, je pris une grande inspiration. Je plaçai ensuite l'extrémité du pied-de-biche dans le cadre de la porte et poussai de toutes mes forces sur la barre, produisant un effet de levier. Après un ultime effort, la porte céda dans un craquement sec. Je lâchai le pied-de-biche et la refermai aussitôt derrière moi. Je la bloquai avec une chaise ramassée à la hâte. J'avais peu d'espoir d'arrêter ainsi la monstrueuse bête.

J'étais persuadé que si Richardson restait au sous-sol plus longtemps, il n'en sortirait pas vivant. Puis, la créature se lancerait certainement à ma recherche… Je courus vers la porte-fenêtre et m'arrêtai brusquement. Quel lâche j'étais ! Je devais prêter main-forte au conférencier.

Des bruits de pas et un vacarme me parvinrent de l'autre côté de la porte de la cave. La poignée bougeait. Était-ce Richardson, seul ? J'étais partagé… Devais-je garder la porte bloquée ou l'ouvrir ? Finalement, je la déverrouillai.

Richardson apparut dans l'embrasure de la porte, les cheveux ébouriffés, le teint blême, haletant et transpirant abondamment. Ses vêtements étaient couverts de poussière et de toiles d'araignées. Il bloqua la porte derrière lui, utilisant la même chaise.

– Ne restons pas là…, cria-t-il. Il faut filer en vitesse !

J'entendis les marches en bois derrière la porte grincer. L'ascension de la créature s'interrompit quelques secondes, puis reprit à un rythme plus soutenu.

– Il est où, Jibril ?

– Il s'est sacrifié pour me sauver, répondit-il en haletant. Il a affronté la bête pour que je m'échappe.

– D'où vient cette créature ?

– Elle m'a suivi jusqu'ici et sa transformation s'est faite, en partie, devant Jibril et moi. Je t'expliquerai plus tard ! Avance, vite, ordonna-t-il.

J'avais tellement de questions à lui poser, mais ce n'était pas le moment, je crois. Un bruit de tonnerre nous arrêta net. Nous nous retournâmes. La porte de la cave venait de voler en éclats !

Pas après pas, la créature avançait. Elle finit par occuper les dernières marches de toute sa hauteur, puis elle fit son apparition dans la salle. Un rugissement de haine remplit la pièce, faisant vibrer les vitres des deux portes-fenêtres. La créature montra enfin son visage. Elle faisait penser à une chimère surgie de la nuit des temps, tout en ayant un aspect actuel, du fait de son accoutrement. Un manteau et des vêtements contemporains pendaient dans son dos. Elle dépassait tout ce qu'avaient pu imaginer les écrivains et les artistes dans le domaine de la terreur ou du fantastique... y compris Viollet-le-Duc.

Elle était d'une taille imposante, au-delà de huit pieds. Une grosse tête, qui tenait à la fois du babouin et de l'iguane, des yeux vitreux, sans expression, dans lesquels on aurait pu se noyer... La créature ressemblait à un dragon. Elle était debout sur ses extrémités arrière. Sa queue fouettait l'air.

Nous échangeâmes un regard terrorisé, Dan et moi.

– J'aurais dû prendre mon *katana*, grommela-t-il.

— Votre *katana* ?

— Mon sabre japonais… précisa-t-il, agacé, comme si c'était une évidence. Je l'ai laissé sur le siège arrière de mon véhicule…

Je le regardai, ahuri, dans l'attente d'une explication supplémentaire. Mais je n'en eus aucune. La créature nous toisa du regard, comme si elle comprenait notre langue. Une lueur de haine fusa de ses pupilles. Indécis quant à l'action à entreprendre, nous sommes restés cloués sur place, incapables de tourner le dos au danger. La créature fit un pas en avant, ouvrit sa gueule et lâcha un grognement caverneux. Elle dégageait une odeur infecte de chairs en décomposition.

Quelques pas à peine nous séparaient du monstre.

Richardson sortit une arme de sa poche. Il la pointa sur la bête sans hésiter.

— Je suis certain que ça n'aura pas grand effet, mais je vais tenter le coup quand même ! dit-il en reculant. Profite de cette diversion pour filer, je te suivrai…

Il vida son chargeur sur la créature. Je reculai vers la sortie, profitant de cette couverture. À mon tour, je dégainai mon arme et la dirigeai vers la bête. Elle semblait inutile face à cette masse inébranlable. La créature ne fit aucun geste pour éviter les balles de Richardson. De simples grognements témoignèrent de sa désapprobation.

En deux enjambées, elle disparut soudainement. Nous visions encore l'emplacement qu'elle occupait une seconde plus tôt, alors qu'il était maintenant désespérément vacant. Nous tentâmes de localiser la bête. De mon côté, j'essayai de contrôler les tremblements convulsifs de mes mains. J'étais incapable de tenir l'arme fermement.

En un rien de temps, la chimère, venue de nulle part, fonça sur nous, rugissante. Je fis deux pas en arrière, mais Richardson n'eut pas le temps de suivre. D'un geste vif et rapide, elle s'empara des mains du conférencier, tendues en avant, crispées sur le revolver. Elle le souleva à sa hauteur et happa ses mains entre ses mâchoires, lui extirpant un cri de douleur. Les pieds de mon compagnon fouettaient le vide. Richardson porta un regard ahuri sur ses moignons d'où le sang coulait abondamment.

La bête relâcha sa pression, remit sa victime par terre, sans desserrer sa prise pour autant. J'étais là, paralysé de peur, revolver à la main, la gorge sèche et le corps liquéfié par la transpiration... N'étant pas tireur d'élite, il m'était difficile de viser adroitement la cible... Je risquais de blesser Richardson.

La créature releva la tête et se tourna dans ma direction. Elle me fixa de ses yeux dépourvus de vie. Voulait-elle voir si j'allais attaquer ? Voulait-elle jouir de mon incapacité à agir ? Je vis Richardson tenter de se libérer. Il poussait des cris insupportables de rage et de détresse et donnait des coups de pieds inutiles dans la partie inférieure de son tortionnaire. La chimère ne lui laissa pas la chance d'aller plus loin. D'un seul coup, elle lui trancha la tête de ses griffes terrifiantes ! Elle colla ensuite sa gueule à cet élixir de jouvence qui sortait de la blessure béante. Je vomis. Ma vue s'embrouilla. C'était plus que ce que je pouvais supporter. Je voulais voir un monstre, j'étais servi... Je tirai tout en continuant de reculer. La créature lâcha sa victime, poussa un autre feulement et s'avança dans ma direction d'un pas déterminé en me fixant de son regard haineux.

Mes balles n'avaient aucun effet. Je rangeai donc le revolver dans ma poche et m'apprêtais à décamper, lorsque mon pied percuta un tabouret. Je perdis l'équilibre et tombai à la renverse. La chimère gagnait du terrain. En un clin d'œil, elle fut sur moi.

Sa tête abominable se pencha vers moi. Quelques centimètres à peine la séparaient de mon visage. Son odeur repoussante me faisait suffoquer. Je fermai les yeux, imaginant ses dents se refermer sur mon cou. Je ne voulais pas assister aux dernières minutes de ma vie.

Je sentis son haleine fétide et son souffle chaud s'approcher, centimètre après centimètre. Une odeur de caveau ouvert m'assaillit. Une matière humide et visqueuse coulait sur mon visage. Je ne voulais pas en connaître la nature. J'ouvris tout de même un œil, puis les deux…La face hideuse était là, en train de me humer. Sa langue fine et disproportionnée pointait entre ses babines, me léchait la joue droite, puis la gauche. Qu'attendait-elle pour me dévorer ?

Un gémissement étouffé me parvint. La créature me fixa encore un moment puis recula de quelques pouces. J'avais la chienne. Que me réservait-elle encore ? Je profitai de ce moment de flottement pour rassembler ce qui me restait de courage et lui hurlai à la figure. Dans un dernier élan d'espoir, j'accompagnai mon cri d'un coup de butoir, me hissant sournoisement hors de sa portée, afin de filer au plus vite à l'extérieur de cette maison diabolique.

Mais où aller? Me laisserait-elle me sauver? Si je pouvais seulement atteindre l'auto de Richardson... Je me retournai pour vérifier où en était la bête... Bizarrement, je constatai que je n'étais pas suivi.

J'atteignais la porte principale quand j'entendis son rugissement. Moi qui croyais qu'elle allait me laisser tranquille. *Fallait pas rêver!* Je poussai le loquet de l'intérieur. J'ouvris la porte. Je me précipitai dehors.

Je courus vers la Rover et vérifiai la portière du conducteur. Elle était ouverte. Le plafonnier diffusa une lumière faible, mais suffisante pour distinguer ce que je cherchais. Je passai ma main à l'intérieur de l'habitacle et ouvris la porte arrière. Le *katana* était bien là, sur la banquette, dans son fourreau. Le grognement se faisait de plus en plus fort. Je n'avais jamais utilisé une telle arme. Mais ce n'était pas le moment de tergiverser.

C'était tout simplement une question de survie. La créature était là, à quelques pouces de moi!

J'eus à peine le temps de brandir le sabre que la bête se jeta sur moi. La lame tranchante s'enfonça dans son corps comme dans du beurre. La créature fit deux pas en arrière pour se dégager. Elle baissa la tête vers sa blessure à la poitrine, d'où un liquide visqueux se répandait. Était-ce du sang comme le nôtre? Elle l'observa se déverser hors de la plaie, puis me fixa cruellement. Sa colère déchira la nuit.

Comment se faisait-il qu'un sabre ait réussi, là où un revolver avait échoué?

— Allez! J'attends! hurlai-je pour défier la bête.

Elle s'avança vers moi, au ralenti cette fois, cherchant le meilleur angle d'attaque. Elle émit un rugissement. Je perdis ma concentration pendant une fraction de seconde. Avec une souplesse déconcertante, elle m'assena un formidable coup et le sabre vola dans les airs. Le monstre me renversa et je me retrouvai, la seconde suivante, plaqué par terre.

Ça y est ! C'est la fin, pensai-je.

Je résistai quand même de toutes mes forces, écartant la bête à l'aide de mes deux bras, tendus à l'extrême, et de mes genoux, dans un ultime effort de survie. La tête cauchemardesque me flairait, sa bave écœurante coulait sur mon visage et son haleine de charogne m'asphyxiait.

Une idée me traversa la tête. Je lâchai ma prise et plongeai la main dans ma poche pour saisir mon revolver. Sa tête me frôlait le visage, sa gueule s'ouvrait largement pour me déchiqueter. J'eus tout juste le temps de flanquer mon poignet entre ses crocs… Une douleur éclata dans ma tête au contact de ses dents acérées. C'est à cet instant précis que je vidai le chargeur. Les balles lui traversèrent la cervelle, ne lui laissant pas le temps de me sectionner la main. La créature s'effondra sur moi en lâchant un dernier rugissement étouffé. J'extirpai ma main ensanglantée de sa gueule.

De toutes mes forces, je réussis à me dégager du monstre. Je saignais abondamment.

De ma main valide, j'actionnai la lampe de poche pour chercher le sabre, que je retrouvai dans une motte de terre. J'essuyai le manche pour en retirer mes empreintes digitales et l'abandonnai à proximité du corps inanimé de la bête. Je m'empressai de quitter les lieux. Ma main me faisait de plus en plus mal. Il me fallait trouver une clinique ou un hôpital. J'aurais pu utiliser la Rover, mais je ne voulais pas avoir à me justifier si je me faisais arrêter. Je déambulai dans les rues, traversai le parc et arrivai avenue de Nogent. Je levai le pouce en direction d'une auto, qui m'évita en klaxonnant. J'avançai vers la station de métro en faisant des signes désespérés. Enfin, un véhicule s'arrêta. Une dame d'un certain âge descendit sa vitre et, à son air, je devinai mon état délabré…

– Oh ! Mon Dieu ! Vous saignez, monsieur…

– Oui, je me suis fait mordre par un chien.

– Montez vite ! Je vais vous déposer à l'hôpital Begin… C'est tout près d'ici, dit-elle en déverrouillant la portière.

Je montai à ses côtés et elle démarra sur les chapeaux de roues.

Chapitre 12
Libération

Novembre 2007 – De retour en Argonne

Je devais rendre son arme à Corinne, mais je souhaitais aussi faire le point avec le docteur de Mont Chevrier. Les journaux n'avaient rien évoqué de ma malheureuse aventure.

J'appelai Corinne à deux reprises et laissai un message afin qu'elle me rejoigne sur mon cellulaire. Le lendemain, son silence laissait supposer qu'il se passait quelque chose ou, tout simplement, qu'elle ne voulait pas me contacter. J'appelai donc le cabinet du docteur pour prendre un rendez-vous. J'espèrais par la même occasion parler à Corinne.

– Cabinet du docteur de Mont Chevrier, comment puis-je vous aider ?

La voix féminine n'était pas celle de Corinne…

– Pourrais-je parler à Corinne, s'il vous plaît ?

– Mademoiselle Delannoy ne travaille plus ici.

– Pouvez-vous me dire où je peux la joindre ?

– Chez elle, certainement.

– J'ai essayé, mais elle ne répond pas.

– Écoutez, ce n'est pas un service d'annuaire téléphonique ici, et je ne peux pas savoir où elle se trouve au milieu de la journée ! rétorqua la nouvelle secrétaire, agacée. Désolée, monsieur, mais ça ne me regarde pas, ajouta-t-elle avant de raccrocher.

Je recomposai le numéro et j'insistai :

— Surtout ne raccrochez pas, dis-je. J'ai besoin d'un rendez-vous avec le docteur.

— Avez-vous un dossier ici ?

— Oui, mentis-je en espérant que cela suffirait.

— Votre nom ?

— Alain Thibault.

— Ne quittez pas s'il vous plaît, dit-elle avant de me mettre en attente. Je ne trouve rien à ce nom, ajouta-t-elle quelques minutes plus tard.

— En fait, je n'ai pas de dossier, mais le docteur me connaît.

— Faudrait savoir, monsieur. Vous en avez un ou vous n'en avez pas ?

— Je vous dis que le docteur me connaît très bien. Demandez-le-lui, il le confirmera.

Elle grommela dans le combiné, me mit en attente et revint quelques secondes plus tard.

— Il est avec un patient, je ne peux pas l'interrompre. Puis-je vous rappeler ?

Ce fut mon tour de raccrocher.

Moins d'une demi-heure plus tard, je sonnai à la porte du docteur. La nouvelle assistante m'ouvrit la porte. Je la bousculai presque pour monter les marches quatre à quatre. Sa voix résonna dans mon dos, dans une ultime tentative de m'arrêter. Connaissant le chemin, je fonçai vers le bureau du docteur. Un patient assis dans la salle d'attente me dévisagea, outré, lorsque j'ouvris la porte du cabinet sans ménagement. De Mont Chevrier était calmement assis à son bureau, seul. Il me fixait d'un œil moqueur, comme s'il s'attendait à ma visite…

— J'ai essayé de l'arrêter mais…, expliqua l'assistante en se précipitant, essoufflée, dans l'embrasure de la porte.

— Ce n'est rien, madame Prévost, répondit le médecin d'une voix très calme. Laissez-nous maintenant.

Elle se retira docilement.

— Et faites mes excuses au prochain client, dites-lui que c'est une urgence ! ajouta le psychiatre avant qu'elle referme la porte.

Il me regarda droit dans les yeux essayant, comme toujours, de percer les mystères de mon âme. Je restai planté devant son bureau. Vraisemblablement, le client précédent était déjà parti.

— Je vous écoute monsieur Thibault, dit-il en croisant ses doigts noueux à hauteur de son menton.

— Je n'irai pas par quatre chemins… Je sais que vous êtes à la tête de cette mascarade !

— De quoi parlez-vous ?

— De ce qui m'est arrivé à Paris, déclarai-je en exhibant ma main enroulée dans le bandage.

— Et qu'est-ce qui vous est arrivé à Paris ? reprit-il d'une voix sarcastique.

— Vous nous avez fait suivre, Corinne et moi.

— Ah bon ? Parce que vous étiez ensemble à Paris ?

— Ne faites pas l'innocent… Je sais ce qui lui est arrivé pendant sa jeunesse…

— Ah ! Je vois que vous êtes devenus intimes ! Mais pourquoi vous considérez-vous si important, au point que je vous fasse suivre ? dit-il en décroisant ses doigts.

– Je pense que vous êtes jaloux !

Un rire perfide emplit le cabinet.

– Décidément, vous n'avez rien compris ! Elle vous a joué le grand jeu ! déclara-t-il en caressant la lame de son ouvre-lettres d'une main distraite.

– Vous n'êtes qu'un salaud ! dis-je, sans quitter sa main des yeux.

– Et vous, un imbécile ! dit-il avec autorité en tapant de son poing gauche sur son bureau et en avançant sa tête vers moi... Vous êtes exactement comme votre grand-oncle.

De ma main meurtrie, j'effleurai le petit calibre qui reposait dans ma poche. Son regard suivit le mouvement de ma main.

– Surtout, pas de folie, monsieur Thibault ! Vous ne voulez quand même pas vous mettre la France entière à dos ? demanda-t-il calmement.

Mon geste s'arrêta net. *Qu'allais-je gagner à abattre cette ordure ? Nous n'étions plus dans le sous-sol de l'abbaye,* me raisonnai-je.

– Vous êtes revenu jusqu'ici. C'est donc votre droit de connaître la vérité, annonça-t-il d'une voix plus posée. Asseyez-vous et passez-moi le revolver.

Mon séjour en France se termina ainsi. Je réglai la facture de l'Hôtel du Commerce ainsi que mes dettes à Michel. Le bonhomme versa une larme en me faisant ses adieux à l'aéroport Charles-de-Gaulle, où il avait insisté pour m'accompagner. Je le remerciai de son aide précieuse et promis de garder le contact.

Assis confortablement dans l'avion, je réalisai que je m'en étais sorti par miracle. De Mont Chevrier m'avait expliqué que j'étais trop naïf pour croire que le cycle des créatures allait s'arrêter avec la mort de celle de Vincennes. Il avait précisé que la disparition de celle-ci ne changeait rien, car d'autres restaient cachées dans l'ombre et agiraient au moment qu'elles jugeraient opportun.

J'étais toujours persuadé que le docteur nous avait fait suivre à Paris par l'homme en cuir, sauf que ce dernier n'était, selon ses dires, qu'un des serviteurs de la créature. Par ailleurs, je m'étais demandé si ce personnage gothique n'était pas la chimère elle-même, puisqu'il avait brusquement disparu en entrant dans Vincennes, prenant ainsi une longueur d'avance sur moi pour « m'accueillir » là-bas. J'avais attendu la confirmation du docteur.

— Nous sommes placés de façon stratégique à différents postes, dans tous les corps de métier… Nous sommes les yeux, les oreilles et les mains de ces créatures. Nous sommes une confrérie composée de plusieurs familles, qui ont pris en charge la protection des intérêts des représentants de cette civilisation depuis des millénaires.

— Vous appelez ça une civilisation ? avais-je rétorqué.

— Bien sûr… que nous le voulions ou non, l'humanité leur doit beaucoup. Et ce n'est pas quelques sacrifices qui changeront l'avenir de la planète.

— Vous appelez les massacres perpétrés « quelques sacrifices » ? m'étais-je indigné.

— Considérez-les comme le rétablissement de l'équilibre de la planète. Avec la prolongation de l'espérance de vie des êtres humains et la démographie galopante, pouvez-vous imaginer l'état de la Terre, s'il n'y avait pas de conflits ? Réalisez-vous le manque de ressources naturelles qui pourrait en résulter ?

Le discours que j'entendais était démuni de toute humanité. J'étais sidéré.

— Et pourquoi me racontez-vous tout cela ? lui avais-je demandé.

— Je vous l'ai déjà dit, vous avez survécu. Cela vous met sur un pied d'égalité avec nous. C'est donc votre droit de savoir.

— Vous n'avez pas peur que j'aille divulguer tout ça aux autorités, en sortant de chez vous ?

— Peur ? m'avait-il lancé, amusé. Pas le moins du monde. Soit on vous prendra pour un halluciné, soit vous tomberez sur des personnes qui, comme moi, font partie de la confrérie et feront tout pour étouffer l'affaire, en menant l'enquête vers une voie sans issue.

Quand je lui avais demandé où trouver Corinne, il m'avait raconté toute une histoire :

— J'ai le regret de vous annoncer que mademoiselle Delannoy fait partie de la Race supérieure.

Cette nouvelle m'était tombée sur la tête comme une massue.

— Que voulez-vous dire ? avais-je insisté, bouche bée.

— Corinne n'est pas la fille du colonel… Mais le fruit d'une union entre un membre de la famille royale et une humaine… La mère de Corinne ne l'a jamais su, cela s'est passé durant une cérémonie où les femelles étaient hypnotisées. Elles ont perçu l'acte comme un rêve… ou un cauchemar, selon leur disposition.

— Et votre relation avec Corinne pendant sa jeunesse ? l'avais-je questionné en essayant de ne pas défaillir.

— Il a fallu initier Corinne aux secrets de la Race… La plupart des cérémonies d'initiation passent par des accouplements collectifs. L'énergie ainsi libérée pendant l'acte est plus puissante que toute autre.

Une boule s'était formée dans ma gorge, je n'arrivais pas à avaler ma salive et un poids pesait sur mon estomac.

— Je n'avais pas le choix, avait-il ajouté, comme pour se défendre. Ce n'était que la voie habituelle empruntée par les Prêtres de la Race pour inculquer l'éducation à l'Élite.

— Mais où voulez-vous en venir avec cette histoire ?

— Ce que je veux vous dire, c'est que des enfants nés de ce genre d'union, il y en a partout sur la planète. Ils ont tous les chromosomes nécessaires pour leur permettre de se transformer...

Il s'était levé en s'approchant de moi. J'avais regretté de lui avoir rendu l'arme...

— Au début, les transformations se produisent d'une façon incontrôlée et, petit à petit, ces demi-dieux commencent à maîtriser le processus et se transforment par la suite à leur guise.

— Voulez-vous dire que ?...

— Oui... Corinne est la créature que vous avez exterminée. Et, si elle s'est transformée, c'est certainement parce qu'elle a détecté un danger direct et imminent qui menaçait la Race. Votre présence et celle du conférencier représentaient un risque.

Je rentrai au Québec où je trouvai, parmi les dizaines d'enveloppes reçues, une lettre d'un notaire qui me convoquait à son bureau, au sujet de l'héritage de mon grand-oncle. J'étais surpris. Une fois les papiers d'usage signés, le notaire me remit une grande enveloppe beige. Je m'installai dans un café, à deux pas du bureau du notaire, et ouvris la missive d'une main hésitante. J'y trouvais une longue lettre, en plus du testament.

Mon très cher Alain,

Voilà que tu as quarante ans ! Il y a tant de choses que j'aurais voulu te dire, mais Pauline a insisté pour que je garde le secret. Je ne pouvais pourtant me résoudre à l'emporter dans ma tombe.

Tu trouveras dans ce pli une lettre qui m'était destinée. Elle a traversé les années et répondra à tes questions.

Mon bien cher Henri,

Je ne sais pas par où commencer. Voilà plusieurs mois que j'attends un signe de vie de ta part et tu débarques devant ma porte, comme si tu étais parti hier. Mais c'est trop tard, je suis mariée maintenant.

Quelques semaines après ton départ, j'ai compris que j'étais enceinte. Je portais ton enfant, notre enfant, celui qu'on avait prévu avoir à la fin de la guerre. Je ne voulais pas l'abandonner, mais je ne pouvais pas non plus être une fille-mère. Ma famille m'aurait reniée. Et Martin qui se faisait de plus en plus pressant... J'ai donc dû l'épouser et, avec lui, j'ai eu ton, notre enfant, Astrid. Cela s'est passé très vite, personne ne devant savoir que j'étais déjà enceinte, et Martin lui-même a cru que nous avions conçu l'enfant lors de notre nuit de noces.

Les jours ont passé et ma bedaine s'est arrondie. Je t'ai envoyé des lettres auxquelles tu n'as jamais répondu. Je ne savais pas ce qui t'était arrivé. Petit à petit, même tes parents n'ont plus eu de nouvelles. Qu'aurais-je dû faire ? Je demande ton indulgence et me console en pensant qu'une petite part de toi reste à mes côtés, grâce à Astrid. Je te conjure de ne rien faire pour casser mon union. Puisses-tu me pardonner.

Pauline.

Mon arrière-petit-fils... Maintenant, je peux te le dire sans crainte : je suis fier que tu sois entré dans ma vie et que tu sois de ma famille. C'est pour cette raison que je te lègue mon patrimoine.
Ton arrière-grand-père, Henri.

Les larmes aux yeux, je constatai dans quelle mesure ces deux-là avaient souffert en silence, chacun de son côté, pour le bien-être de leur entourage...

Je finis par dénicher le document officiel où mon grand-oncle et arrière-grand-père me désignait comme légataire universel de son patrimoine. Ce dernier se résumait à sa maison, son contenu, ainsi qu'à quelques dizaines de milliers de dollars.

En feuilletant les documents, je découvris également une feuille, arrachée du cahier d'écolier...

Juin 1988
Les chroniques anciennes rapportent que seules les lames faites dans un alliage particulier (mais lequel ?) peuvent causer du tort aux monstres sanguinaires. On y parle aussi d'un talisman qui, gravé sur un mur, pourrait apporter une certaine protection et décupler les chances des hommes.

Cela expliquerait pourquoi le soldat Louis n'arrêtait pas de griffonner ce symbole autour de lui, pendant mon séjour à l'abbaye. Mais Louis ayant perdu la raison et les chroniques étant parfois calomnieuses, rien ne garantit le succès ou l'échec de telles méthodes.

Après coup, je réalisai que le sabre de Richardson devait avoir été coulé dans cet alliage si spécial. Ma survie, lors de la confrontation avec la Créature, devait certainement découler du talisman que mon arrière-grand-père avait reproduit dans ses feuillets dont j'avais gardé une copie dans la poche de mon blouson, inconsciemment.

ÉPILOGUE

Novembre 2008

Bien installé dans mon sofa, un café aromatisé sur la table d'appoint, j'assistai avec attention à l'événement. L'homme apparut sous les applaudissements d'une foule en délire. Il s'avança d'un pas assuré sur la scène, regarda tout droit vers son public. Il portait un costume élégant de couleur foncée, une chemise blanche immaculée et une cravate rouge.

On disait de lui qu'il avait fait un parcours sans faute pour en arriver là. D'après les chroniqueurs et les spécialistes, c'était un orateur exceptionnel, capable de soulever des montagnes avec seulement les intonations et le timbre de sa voix. Ils disaient que son ascension marquait le début d'une ère nouvelle.

Il avait les traits fins, un regard profond, une démarche posée et dynamique à la fois. Un grand sourire, qui se voulait rassurant, se dessina sur son visage allongé. Ses lèvres se fendirent pour dévoiler deux rangées de dents blanches et longues. Il salua la foule de sa main, avant de prendre la parole.

Il était là, devant un ou deux millions de partisans venus pour lui. Quelques centaines de millions, voire des milliards d'individus, partout sur la planète, le suivaient à travers les médias.

Ce jour-là, j'assistai à une nouvelle page de l'Histoire. J'assistai à l'ascension d'un Métis noir au poste le plus important sur Terre : celui de président des États-Unis d'Amérique, la première puissance mondiale. Serait-il possible qu'il ait échappé à la règle, imposée par les Draconiens, selon laquelle seuls les Blancs qui partagent leur sang peuvent diriger le monde ?

Remerciements

Mon rêve d'adolescent se réalise enfin grâce à vous.

J'aimerais remercier :

Tout d'abord, mon éditrice Ingrid Remazeilles pour son excellent flair en ne lisant que les quatre premières pages de ce roman sur mon blog. Merci de me donner cette première chance littéraire tant espérée de tous les écrivains.

Toute l'équipe des Éditions Goélette qui a participé, de près ou de loin, à la réalisation de ce livre.

Chaque lecteur pour avoir pris le temps de lire ce roman.

L'UNEQ (Union des Écrivaines et Écrivains Québécois), représentée par Katia Stokman, pour leur programme de parrainage.

Mon parrain littéraire, l'auteur David Homel, pour m'avoir rassuré, au début de mon aventure, sur la crédibilité de mes idées et la faisabilité du roman.

L'auteur Denis Richard, pour ses conseils en toute simplicité.

Mon cousin, l'auteur Pierre Coulon, pour avoir partagé sa méthodologie d'écriture et avoir pris le temps, lors d'une visite en France, de débroussailler mes balbutiements d'idées sur la Première Guerre dans le département des Ardennes.

Mon amie, l'auteure Marguerite Elias-Quddus, pour sa disponibilité, sa lecture, ses corrections et son humour.

Le poète Roger Stéphane Blaise qui m'a convaincu que tout est possible.

L'animatrice, conférencière et auteure Christine Michaud pour m'avoir écouté et encouragé lors d'une rencontre fortuite.

Mon ami, Christophe pour sa lecture et sa critique de mes premiers chapitres.

Marc Bellavance et Eric Byrne pour leur flexibilité, leur intérêt et leur encouragement, ainsi que les autres personnes que je côtoie tous les jours.

Toutes les personnes qui ont visité mon blog et qui y ont laissé un commentaire. C'est toujours un plaisir de découvrir un nouveau message !

Mes parents qui nous emmenaient, mes frères et moi, chaque année au salon du livre.

Mes deux frères pour leur sens artistique et leurs conseils.

Mes deux fils, Morgan et Camille, pour leur patience lors de mon écriture, pour leur sens de l'humour et leur encouragement. Je suis fier de vous autant que vous l'êtes de moi.

Finalement, Christine, ma conjointe, pour m'avoir encouragé à présenter mon projet de roman à l'UNEQ, pour sa patience alors que je passais de longues soirées en compagnie d'Henri Houde et d'Alain Thibault, pour son soutien inconditionnel, pour sa relecture et son aide lors des corrections, et surtout pour être là, dans ma vie.

DATE DUE

1 6 JUIN 2011	
2 8 JUIL. 2011	

lr
lés
7

106M plutôt
ns suivantes :

e(s) par année

Imprimé sur SILVA EDITION 106, contenant 100 % de fibres recyclées postconsommation, certifié Éco-Logo, Procédé sans chlore, FSC Recyclé et fabriqué à partir d'énergie biogaz.

ANENT